1/04/2024

da

www.einaudi.it

ISBN 978-88-06-23153-8

Francesco Piccolo

La bella confusione

L'anno di Fellini e Visconti

Einaudi

La bella confusione

In una domenica di metà luglio del 1962, una barca salpa da Villa Igiea a Palermo con un po' di gente a bordo. Ci sono Claudia Cardinale e la sua segretaria americana Carolyn Pfeiffer, il produttore Franco Cristaldi che è lí con Claudia; c'è Suso Cecchi d'Amico, Paolo Stoppa, Gioacchino Lanza Tomasi, lontano cugino di Tomasi di Lampedusa che prima di morire lo ha adottato; e qualche altra persona della troupe. È giorno di riposo dalle riprese del *Gattopardo*, e alcuni hanno deciso di passarlo cosí: giro in barca, pranzo approdando direttamente in un ristorante di pesce, e ritorno con calma, godendosi il mare e il sole che scende verso sera.

Nel tardo pomeriggio finiscono il pranzo a Mondello e risalgono sulla barca, che comincia ad andare lenta nel mare di Palermo. Il tramonto lo guardano sentendo il rumore dell'acqua che sbatte contro la chiglia. A un certo punto però, il motore va in avaria. Il pescatore che li accompagna cerca di fare qualcosa, ma è in difficoltà. E qualcuno si accorge di avere tra i piedi un po' d'acqua; sembra strano. Il pescatore, che cerca di non allarmare, suggerisce di buttarla fuori: forse c'è una piccola falla. I presenti cominciano a togliere acqua dalla barca per ributtarla in mare, con qualsiasi mezzo, e con un certo divertimento. Un imprevisto che rende un po' piú allegra quella gita. Soltanto che l'acqua che viene cacciata via è meno dell'acqua che la falla lascia entrare.

E cosí pian piano l'umore cambia, cominciano a stare tutti in silenzio e a buttare acqua fuori con piú rapidità e piú preoccupazione. Ma la barca non può ripartire e l'acqua tra i piedi sale. Lentamente. Sono al largo, il cielo comincia a inscurirsi, è tardi ormai, sarebbe ora di tornare, anzi di essere già tornati. E invece sono lí, fermi.

Qualcuno dice: io non so nuotare. Qualcun altro dice: anch'io non so nuotare. Stiamo calmi, poi si rassicurano tutti. Ma si sta facendo buio. Cristaldi ha un rolex al polso, se lo sfila, lo consegna a Suso e le dice: prenda il mio orologio, vado a nuoto a cercare aiuto. La costa è lontana, il mare è scuro. Suso risponde riallungandogli il rolex: Franco, non dica bischerate, si tenga l'orologio e rimanga qui. Claudia ride di quella scena, e si stempera un po' la tensione. Cristaldi rinuncia. Cercano tutti rifugio nel punto piú alto della barca, per stare lontani dall'acqua che aumenta. Poi a qualcuno viene l'idea di togliersi qualche vestito, una maglia, quello che ci si può togliere, per fare una specie di bandiera da appendere, cosí che una barca di passaggio possa vederla. Fa anche un po' freddo, adesso, in mezzo al mare e al buio che cala, con l'acqua che copre i piedi e anche un po' le gambe. Ma i vestiti vengono annodati l'uno con l'altro e la bandiera viene esposta. E poi restano in silenzio ad aspettare. Ogni tanto qualcuno butta fuori acqua, piú per aver l'impressione di fare qualcosa che per reale utilità.

Intanto, a terra, a Villa Igiea dove pernottano gli attori, e al castello che Luchino Visconti ha affittato per questi mesi di permanenza a Palermo, cominciano a preoccuparsi. Non sono arrivati, e non li vedono arrivare. Qualcuno decide di andare a Mondello, altri sono davanti all'albergo ad aspettare la barca, con la preoccupazione che cresce. Se stanno nel buio del mare fino a tardi sono degli incoscienti; oppure, e si teme sia sempre piú probabile, dev'essere successo qualcosa.

Tra i gitanti c'è sconforto, perché la barca, anche se lentamente, affonda. Ci metterà del tempo ma alla fine affonderà, e bisogna cominciare a capire come fare. Si continua a sperare che la barca si avvicini verso riva prima di calare giú, ma nessuno sa come comportarsi, ed essersi pentiti di questa gita non serve a niente.

A un certo punto passa un motoscafo, si riesce a intravederlo anche se è a fari spenti nell'imbrunire che volge verso il buio. Tutti si sbracciano, ma quegli altri, anche se sono passati davvero vicino ed è impossibile non li abbiano visti, decidono di andare via; è questo il momento in cui nella barca comincia la disperazione, perché ormai è tardi, sono tutti impauriti e non vedono piú una via d'uscita.

Poi succede qualcosa: chi guida il motoscafo ci ripensa e decide di riavvicinarsi alla barca, per andare in soccorso. Perché allora quando li aveva avvistati se n'era andato? Perché si tratta di contrabbandieri che trasportano materiale illegale e non hanno nessuna intenzione di palesarsi. Ma evidentemente le leggi del mare prendono il sopravvento e il motoscafo si avvicina per soccorrere la barca che affonda, nel buio. Hanno i fari spenti perché non vogliono che dalla costa qualcuno li avvisti; però cosí, senza luci, dal motoscafo la barca non si vede bene, e il motoscafo si avvicina velocemente. Troppo.

E infatti quelli che sono sulla barca sentono un colpo forte, perché il motoscafo, incredibilmente, sperona la barca, non avendo preso le misure e avendo una vista limitata. Cosí, la chiglia viene squarciata in un altro punto, e l'acqua adesso la invade. Alcuni per il colpo sono caduti, altri si buttano in mare, quelli che non sanno nuotare si aggrappano alla barca. Ci sono urla, richieste di aiuto, preghiera di restare calmi. Quelli del motoscafo raccolgono a uno a uno tutti, li issano a bordo, infreddoliti e spaventati.

Quando sono tutti in salvo, accovacciati per coprirsi dal vento, il motoscafo dei contrabbandieri riparte verso riva.

L'incubo sembra finito. Ma non del tutto. Perché i contrabbandieri quando si avvicinano alla costa rallentano, e dicono che hanno merce di contrabbando a bordo e non possono rischiare: cercheranno di avvicinarsi quanto piú possibile alla spiaggia, ma l'ultimo pezzo i naufraghi dovranno farlo a nuoto. Quelli che non sanno nuotare si spaventano molto, ma si decide che quelli che sanno nuotare si faranno carico di due persone fino a quando non ci sarà piede. Non sarà tanto, sarà facile, ce la facciamo.

I motori vengono spenti, la spiaggia di Mondello è vicina, forse vicinissima, ma è comunque là. Si calano in acqua. Claudia Cardinale è una buona nuotatrice, si prende cura della sua segretaria e di un'altra persona. La riva è vicina, e forse ci sarà piede tra poco, ma il problema è che le persone che non sanno nuotare si spaventano, scalciano di continuo, e Claudia fa un'enorme fatica, viene tirata giú – cosí come gli altri che cercano di aiutare: Cristaldi, Suso, Paolo Stoppa.

Alla fine, con fatica e momenti di paura, ecco che toccano. Ecco che escono dall'acqua. E si avviano bagnati, infreddoliti, verso la strada. Ma la voce subito si sparge, e delle persone della produzione, già allertate, accorrono a prenderli.

Questa domenica di riposo dalle riprese, questo giorno di svago in barca nell'estate palermitana, si è rivelato un incubo. Claudia Cardinale, Franco Cristaldi, e chiunque sapesse nuotare, vengono ringraziati dagli altri, come se gli avessero salvato la vita. Forse esagerano, ma in realtà quello che è successo verrà chiamato da tutti, sempre: il naufragio.

Questo naufragio con ritorno di notte e semisvestiti sarà l'unico bagno (se cosí si può chiamare) che Claudia farà per tutta l'estate, perché Visconti non vuole vedere la minima traccia di abbronzatura. La mattina dopo, prestissimo, Claudia arriva sul set: bisogna di nuovo lavorare con la tintura per scurire i suoi capelli, anzi quelli di Angelica, il suo personaggio. Devono essere nerissimi, è cosí che Visconti li vuole; e nessuno avrebbe avuto il coraggio di proporre una parrucca, anche perché lui avrebbe risposto: la parrucca gliela facciano mettere quegli altri. Claudia, intanto che aspetta di girare, ripete le tre parole che Visconti le ha imposto: pera, mela, pappagallo. Deve farlo davanti allo specchio, per verificare che le labbra assumano la piega sprezzante che deve avere Angelica.

Angelica Sedara è la giovane promessa sposa di Tancredi nel *Gattopardo*. La prima volta che appare, nel film, è proprio come è descritta nel libro: «gli altri mangiavano senza pensare a nulla e non sapevano che il cibo sembrava loro tanto squisito anche perché un'aura sensuale era penetrata nella casa». E in piú ha la bellezza luminosa e straziante di Claudia Cardinale. I costumisti infilano Claudia in uno degli abiti che Visconti ha voluto esattamente come quelli dell'epoca, l'abito le entra dopo molta fatica, e glielo chiudono ancora piú stretto. Poi si presenta sul set quando tocca a lei, davanti al regista.

Claudia ha già partecipato, con un piccolo ruolo, al film precedente di Visconti, *Rocco e i suoi fratelli*. C'era nella scena della rissa dopo l'incontro di boxe, insieme ad Alain Delon, i fratelli e gli altri, e Visconti aveva afferrato il megafono e urlato: attenti alla Cardinale! Non me l'ammazzate!

E in quel momento lei si è sentita vista; e protetta, amata.

Ma il legame con Visconti è ancora piú misterioso – un segno del destino. Claudia Cardinale è nata a Tunisi, e lí un giorno, a diciannove anni, accompagna sua sorella a un'elezione di Miss italiana di Tunisi; se ne sta tra il pubblico a distribuire volantini ma qualcuno dal palco la nota, dice: è lei la piú bella. Claudia non vuole salire, ma in un attimo si ritrova addosso la fascia della vincitrice. Il premio consiste in un invito alla Mostra del Cinema di Venezia di quell'anno, il 1957. Cosí a settembre va a Venezia con la madre. Ha deciso di indossare abiti africani e per questo motivo, oltre che per la bellezza, la notano in molti, e i fotografi scattano e scattano. E per la prima volta nella sua vita, Claudia assiste a un film in una sala cinematografica.

Il film è *Le notti bianche* di Luchino Visconti.

Poi, tornata a Tunisi, un giorno sente alla radio che il regista italiano Mario Monicelli sta cercando, per il suo nuovo film, una ragazza tunisina vista a Venezia. Sa benissimo che cercano lei, ma fa finta di niente; però alla fine la rintracciano. Arriva un contratto a suo padre, che è scettico. Ma Claudia decide di partire. E cosí esordisce nei *Soliti ignoti*. Il suo primo film è uno dei grandi film del cinema italiano. Comincia una favola. Solo che intanto ha scoperto di essere incinta, ed è una tragedia perché deve rivelare cosa le è successo: un uomo, adulto, fuori dalla scuola l'ha fermata, l'ha convinta a farsi accompagnare a una festa, è andato a prenderla la sera, e poi l'ha violentata. Ed ecco che Claudia, incinta, non sapendo come dirlo, è sul set dei *Soliti ignoti*. Stringe i vestiti e nessuno se ne accorge.

Poi Claudia fa un film dopo l'altro, e diventa Claudia Cardinale ancora prima del *Gattopardo* e di Angelica, che saranno il film e il personaggio che segneranno la sua carriera. La misura di chi è diventata la dà nel 1961 la rivista americana Esquire: chiede ad Alberto Moravia di intervistarla. Lo scrittore le propone di essere trattata come un oggetto, senza passato e senza futuro, senza considerare i film che ha fatto. Quindi le chiede misure e altezza, e descrive il sorriso, il corpo, il neo sul collo; le chiede della biancheria intima, in quale posizione dorme, cosa sogna, cosa fa al risveglio. È un'intervista che avrà molto successo, in cui Claudia dirà di non sentirsi bella, ma strana, con una strana differenza tra la testa piccola e il corpo abbondante.

Sul set, Visconti intende sottolineare la conquista che la borghese Angelica vuole fare dell'aristocrazia. Le fa infoltire le sopracciglia, le chiede di mordersi le labbra, e le impone di camminare a grandi falcate, di passare per le porte come un animale sicuro, di prendere possesso del territorio come una pantera. Vuole che Angelica si innamori di Tancredi, ma anche che sia consapevole di volerlo usare per compiere l'arrampicata sociale.

Ripete a Claudia una formula che per sempre le segnerà il volto: ricordati, gli occhi devono dire una cosa che la bocca non dice, perciò lo sguardo deve avere un certo tipo di intensità che contrasti con quello che stai dicendo... Anche se ridi, gli occhi non devono ridere. Insomma, con una parte del tuo viso e del tuo corpo devi raccontare una storia diversa e contraria a quella che racconta l'altra parte del tuo viso e del tuo corpo.

E se si guarda con attenzione Angelica nel *Gattopardo*, la si riconosce, questa lezione. E il risultato è che le è rimasta, da allora, una ruga in mezzo alla fronte. Tutti noi che la vediamo in un film, dal *Gattopardo* in poi, quella ruga la notiamo, o la ricordiamo.

Dopo pochi giorni di riprese, Claudia deve partire.

Un altro set la aspetta, a Roma. Quando va a salutare Visconti lui le dice: fammi questo regalo, quando stai girando fai finta di confonderti e chiamalo Luchino, e poi ti correggi. Ridono. Ma Claudia teme che dietro quella battuta perfida ci sia una richiesta seria.

Con Carolyn, la sua segretaria, partono per Roma.

Torna ancora una volta sul set dell'altro film, preceduta dalla fama di aver salvato delle persone in mare, tutti si congratulano con lei. Sono gli ultimi giorni di disponibilità che può dare, perché poi deve tornare a Palermo dove cominceranno le riprese della scena del ballo, che dureranno per settimane.

Intanto, però, deve fare un'operazione che ha già fatto sul set di Visconti: cambiare il colore dei capelli. Perché qui il regista vuole i capelli chiari, castano chiaro, e nemmeno lui ha voluto la parrucca. Quindi, quando arriva sul set, Claudia deve di nuovo cambiare il colore dei capelli; e quando torna in Sicilia dovranno di nuovo intervenire per farli nerissimi. È già successo un po' di volte, finora, per accontentare i due registi. Uno è Visconti, e l'altro è quello che sta arrivando adesso sul set.

Federico Fellini.

Fellini le parla con la sua voce suadente, la coccola, le spiega l'importanza del personaggio. Le suggerisce delle battute. Claudia ormai sa che è inutile chiedere un copione, deve eseguire ciò che Fellini le dice in quel momento. Fellini è guidato dalla sceneggiatura, ma nessuno, nemmeno gli altri sul set, possono vederla; perché lui vuole cambiare, improvvisare scene, provare soluzioni.

Adesso la porta verso una finestra di una casa di Filacciano – in realtà sono in studio, a Filacciano hanno girato o gireranno la scena in una piazza famosa, ma per tutto il resto si fa soltanto finta di essere a Filacciano. Cosí succede nel cinema, cosí succede quasi sempre, e sempre di piú, film dopo film, nel cinema di Fellini.

I modi di lavorare, l'atmosfera, sono diversissimi. Sul set del *Gattopardo* c'è disciplina, silenzio, si imparano le battute del copione, si vive impauriti di disturbare Visconti, che vuole concentrazione e nessun suono che non riguardi il film; e si cerca di riprodurre tutto ciò che è esistito davvero ai tempi del *Gattopardo*; si cerca, per quanto è possibile, di girare in palazzi dell'epoca, con arredi dell'epoca, vestiti che riproducono esattamente quelli originali, se a volte non sono addirittura autentici. Sul set di Fellini, invece, regna la confusione. E se c'è silenzio Fellini si innervosisce, si preoccupa, non riesce a pensare. Il film lo costruisce facendolo, e in questo baccano. Si evocano luoghi con soluzioni fantasiose, forse pure improbabili, ma che sono cinema – appunto.

Claudia indossa una sottana di seta un po' trasparente, ha raccolto i capelli in alto e ha un ciuffo sulla fronte. Dice che ha sonno, che ha le occhiaie. Ma quando un riflettore si accende sul suo volto, Fellini è lí sotto la finestra, con le braccia aperte, incantato. E la guida: non batter gli occhi, va bene, no, mi diventi seria, non devi diventar seria, il tuo è un sorriso materno, di perdono.

E la Cardinale fa il sorriso materno, di perdono.

Il film che Claudia sta girando, contemporaneamente al *Gattopardo*, è *Otto e mezzo*.

Nel 2014 ero uno degli autori del Festival di Sanremo, e decidemmo di invitare Claudia Cardinale. Per certe suddivisioni automatiche ma anche logiche nelle mansioni, degli ospiti di cinema dovevo occuparmene io. Quindi nel pomeriggio, quando Claudia Cardinale arrivò per le prove, mi presentai, la accolsi e in attesa del suo turno ci sedemmo a un tavolino un po' appartato nel foyer del teatro Ariston. Ci mettemmo a chiacchierare, lei voleva fumare, non si poteva ma ce ne fregammo e fumammo insieme; e lei mi raccontò un po' di cose. Mi disse che quando davano in televisione la finale del Festival di Sanremo, lei andava sempre a casa di Visconti e con un gruppo di amici scommettevano su chi avrebbe vinto e litigavano sulle canzoni.

E poi, raccontandomi di Visconti, cominciò a parlare della storia dei capelli neri e dei capelli chiari quando girava contemporaneamente *Il Gattopardo* e *Otto e mezzo*.

Da quel pomeriggio all'Ariston insieme a Claudia Cardinale, la storia di *Otto e mezzo* e *Il Gattopardo* girati contemporaneamente non mi è mai piú uscita dalla testa. Ho scritto libri, sceneggiature di film e serie tv, ho fatto e progettato tante cose. Eppure continuavo a pensare che quella storia mi interessava, e mi sembrava che mi riguardasse, anche perché pian piano ricostruivo tante piccole e grandi cose della mia vita. Tu pensi: devo occuparmene, e da quel momento fioccano le coincidenze. Del tutto personali, o irrilevanti per il mondo; ma che danno a te un senso, una motivazione. Forse è la scelta stessa che, a monte, coincide con qualcosa che non sai o non ricordi.

E cosí, ogni tanto mi dicevo: posso scrivere un soggetto e farne una serie tv – a un certo punto ho visto *Feud*, che racconta la storia di Bette Davis e Joan Crawford sul set di *Che fine ha fatto Baby Jane?*, e ho pensato: be', hai visto?, si potrebbe fare. Poi pensavo a un documentario. Poi pensavo di voler scrivere un racconto su Claudia Cardinale che andava da un set all'altro, solo un racconto dedicato a lei. Poi di nuovo lasciavo perdere, mettevo questo progetto nel mio file in cui conservo tutto ciò che sto facendo, o progetti che voglio fare o che vorrei fare – file che ogni anno, a dicembre, rivisito e rimetto a posto; dentro c'è una quantità di cose che se volessi farle tutte non basterebbe la vita che ho davanti, e forse nemmeno altre due. È il mio metodo per continuare ad avere presenti varie cose, in modo che continuino a essere delle possibilità. In seguito alcune le elimino perché non mi interessano piú, altre le aggiungo perché arrivano stimoli nuovi. La vicenda del *Gattopardo* e di *Otto e mezzo* non l'ho mai eliminata, ma non sapevo che farne.

Poi qualche tempo fa, un po' perché stavo scrivendo qualcosa su Lucia e l'Innominato, un po' perché era uno dei pochissimi libri di Natalia Ginzburg che non avevo ancora letto, ho preso in mano *La famiglia Manzoni*.

Non so perché non l'avessi mai letto, forse avevo idea che fosse un libro non veramente suo. E invece, fin dalla prima pagina, ho scoperto non solo che mi piaceva molto, e che mi appassionava, ma che era senza alcun dubbio un libro della Ginzburg. E del resto, come avevo potuto pensare che la Ginzburg si mettesse a fare una cosa che esulava dalla sua scrittura?

Ecco. A quel punto, mentre leggevo *La famiglia Manzoni*, mi è sembrato chiarissimo il desiderio e la possibilità di scrivere un libro sul *Gattopardo* e *Otto e mezzo*. Era un pensiero che avevo evitato, era evidente; e invece, appena la Ginzburg mi ha aiutato a togliere quel velo davanti, mi è sembrato semplice e chiaro: scrivo un libro. E l'idea di dover studiare, cercare, capire qualcosa di un periodo e di due film che amavo molto, del legame che c'era tra i due film e i due registi, mi ha dato un'energia tale che ricordo di essermi ritrovato in piedi, mentre stavo leggendo steso sul divano. Ed ero in piedi perché questa idea mi rendeva euforico.

E per tutto il tempo, fino a ora e finché questo libro non verrà pubblicato, ormai ne sono certo, continuerò a sentire quell'euforia. So benissimo che l'euforia di scrivere non è per forza un automatismo positivo: non c'è nessun legame tra l'essere euforici e scrivere un libro buono. Però l'unico criterio che ho imparato in questo lavoro, per passare del tempo felice, visto che scrivere un libro dura qualche anno, è quello di essere euforico quando mi sveglio la mattina perché ho da scrivere il libro che sto scrivendo.

Le riprese di *Otto e mezzo* cominciarono il 9 maggio del 1962, e quelle del *Gattopardo* soltanto cinque giorni dopo, il 14 maggio; entrambe finirono in ottobre, prima *Otto e mezzo* e una decina di giorni dopo *Il Gattopardo*. E in tutti e due recitava Claudia Cardinale.

Angelica era un ruolo da protagonista, Visconti aveva sempre pensato a Claudia, e infatti la proposta del *Gattopardo* era arrivata per prima; invece la ragazza della fonte in *Otto e mezzo* era una piccola parte, ma Fellini fin dall'inizio parlava di una donna che assomigliasse alla Cardinale – forse perché sapeva che non avrebbe potuto averla. Però poi decise di chiederglielo, andava a prenderla e facevano lunghe passeggiate o giravano in auto, le spiegava il personaggio. Claudia aveva moltissima voglia di fare un film con Fellini, ma le riprese erano perfettamente contemporanee. Eppure, per la differenza di quantità di pose, una soluzione si poteva cercare, e si trovò alla fine un accordo sul calendario. Cosí Claudia riuscí a passare da un set all'altro, cambiando epoca, modi, e soprattutto colore dei capelli.

Ma non fu facile, perché non si trattava solo di due film importanti, e di due registi importanti. La questione era che Visconti e Fellini erano rivali, si detestavano apertamente, e non si parlavano ormai da otto anni.

Tutto comincia nell'estate del 1954. Luchino Visconti ha terminato le riprese di *Senso*, Federico Fellini quelle de *La strada*. Sono entrambi candidati a partecipare alla Mostra del Cinema di Venezia. Fellini e Visconti sono due registi di rilievo, ormai, e i loro film sono attesi; non si può ancora dire che siano registi di fama internazionale, ma saranno proprio questi film a renderli noti nel mondo.

Si tratta di due opere molto diverse: *Senso* è un melodramma d'epoca, girato a colori; *La strada* è un film di ambientazione contemporanea, che non si può definire propriamente realista, ed è in bianco e nero (nel 1963 il parallelo si ripeterà: *Il Gattopardo* sarà a colori, *Otto e mezzo* in bianco e nero). Il film di Fellini è già pronto, e riceverà una specie di viatico dall'Ufficio cattolico: «un film suscettibile di far scoprire allo spettatore attento il senso cristiano del destino umano». Fellini sa bene in quali tempi vive e dove vive, e quindi sa che questa patente cattolica significa automaticamente un'inimicizia del mondo comunista, che già finora lo ha trattato con distacco. A capo del governo c'è Mario Scelba, un cattolico conservatore; la Democrazia Cristiana combatte la cultura comunista, il Partito Comunista combatte la cultura cattolica. E quindi per questo giudizio favorevole dell'Ufficio cattolico, Fellini verrà considerato (per anni) estraneo alla cultura organica della sinistra.

Senso, da una novella di Camillo Boito, invece si porta dietro il problema opposto: voci dicono che sarà un film scandalo per il fatto inedito di raccontare una storia d'amore ambientata durante la guerra risorgimentale, e si sospetta quindi che possa operare una demitizzazione; e poi nel film si parla della battaglia di Custoza, storica sconfitta che costrinse l'esercito dei Savoia alla ritirata. Ma il problema vero è il regista, e il fatto che sia proprio lui ad affrontare il Risorgimento. Visconti è molto temuto per la sua bravura; il film è molto temuto perché le voci dicono anche che sia molto bello; ed è soprattutto temuta l'ideologia comunista di Visconti, che è esplicita, spesso esibita. È però possibile - per molti è una speranza - che il film non faccia in tempo a essere finito per Venezia; e nei racconti a posteriori si è alluso spesso al fatto che con vari mezzucci abbiano provato a ritardarne i lavori per non permettergli di essere pronto per l'invito alla mostra. Allo stesso modo, burocrati del ministero si occupano di raccomandare un altro film affinché ottenga l'invito - e non è il film di Fellini, ma *Giulietta e Romeo* di Renato Castellani, un film classico, un kolossal ancora prigioniero negli stabilimenti di sviluppo e stampa di Londra. Girato in technicolor, ha tutti i requisiti per rappresentare il cinema italiano senza problemi politici e storici. Quindi arrivano contributi e agevolazioni per accelerare la sua corsa.

E alla fine in concorso vengono invitati tutti e tre: *La strada*, *Senso* e *Giulietta e Romeo*. Tre film che rappresenteranno l'Italia, che nel suo festival non ha mai vinto il Leone d'oro. E quest'anno si prevede un'edizione importante con film bellissimi come *La finestra sul cortile* di Hitchcock, *I sette samurai* di Kurosawa, *Fronte del porto* di Kazan, *L'intendente Sansho* di Mizoguchi - tra gli altri.

L'attesa per la proiezione del film di Visconti, il primo degli italiani in concorso, è enorme. Visconti è riuscito a portare il film finito alla mostra soltanto il 31 agosto, e la proiezione è tre sere dopo. Per sottolineare la scarsa simpatia verso questo film da parte del potere politico, la fila delle autorità resta vuota. In sala, il pubblico borghese e piuttosto anticomunista accenna a qualche protesta. In particolare c'è una scena in cui Massimo Girotti consegna alla contessa Livia, interpretata da Alida Valli, dei soldi che servono per i patrioti; e la contessa, che è veneziana, li dà invece al suo amante austriaco. Si sente un brusio di disapprovazione, e un signore addirittura si alza e urla verso lo schermo: sei un insulto alla donna veneziana! Ma non c'è molto altro da opporre: il film è bello, tragico, potente, e alla fine conquista. Però la divisione rimane: c'è un pubblico borghese che è inquietato e tende a disapprovarlo, e c'è la critica italiana che lo candida invece senza alcun dubbio al Leone d'oro.

La critica italiana in quegli anni è prevalentemente (per essere cauti) marxista, e il suo rappresentante piú illustre è Guido Aristarco. Tutti scriveranno recensioni entusiaste; alle quali si accoderanno anche moltissimi critici stranieri. Quindi *Senso*, pur in concorrenza con tanti film importanti, diventa immediatamente il favorito al Leone d'oro, con la speranza di portare per la prima volta quel premio cosí prestigioso alla cinematografia italiana.

In realtà, *Senso* ebbe, per i critici di sinistra, una vita piú complicata. Perché era un film che faceva evidentemente presagire quel che Visconti sarebbe stato in futuro, ma questo i critici non potevano ancora saperlo; potevano però intuire, come fecero in molti, i germi di un'estetizzazione, i germi di una melodrammaticità, che certo non si sposavano bene con il neorealismo. Insomma, quello che videro era diverso dai film che Visconti aveva fatto fino a quel momento. Quindi in molti furono imbarazzati, anche infastiditi. Ma tutti questi dubbi furono cancellati dal fatto di doverlo difendere, dal fatto che Visconti era «uno dei nostri», dal fatto che bisognava forzatamente spingere il film lí dove doveva stare. Aristarco si mise a capo della difesa, pur nutrendo qualche dubbio egli stesso, spiegando che si trattava non piú di neorealismo ma di realismo storico. Quindi *Senso* divenne il cavallo di battaglia della critica di sinistra contro *La strada*, a Venezia. Ma all'interno della sinistra cominciò una spaccatura su Visconti che poi si sarebbe espressa, negli anni successivi, con progressiva convinzione.

La Mostra del Cinema è cominciata il 22 agosto. Si concluderà il 7 settembre con la premiazione. In mezzo alla sequenza di capolavori, viene proiettato anche il secondo film italiano, *Giulietta e Romeo* di Castellani. Viene accolto in modo tiepido ma rispettoso, come un prodotto di qualità senza particolari ambizioni.

Il 6, la sera prima della premiazione, è il momento della proiezione de *La strada*. In una posizione molto sfavorevole, visto che è solo poche ore prima che la giuria si riunisca per decidere.

Quando Federico Fellini e Giulietta Masina entrano in sala, c'è qualche flash dei fotografi, ma in un silenzio teso. Un radiocronista afferma che il pubblico è irritabile, e tutto ciò è inspiegabile, o si può spiegare soltanto con il fatto che il film venga proiettato la penultima sera, e gli spettatori, come spesso succede nei festival, sono ormai stanchi, distratti. In piú, le attenzioni sono tutte concentrate sul film di Visconti e sugli altri film considerati favoriti. Insomma, non c'è sufficiente fiducia verso il film di Fellini, che i giornali italiani non hanno considerato abbastanza, ed è lo stesso atteggiamento degli organizzatori del festival, vista la collocazione che gli hanno dato. La critica, e buona parte del mondo del cinema italiano, spinge per *Senso*, sente la possibilità della vittoria di un film italiano.

La strada comincia. È la storia di Zampanò, un saltimbanco che gira paesi portando i suoi spettacoli, e della giovane Gelsomina, l'aiutante che lui ha comprato dai genitori, e del loro legame via via piú commovente. E infatti intanto che la storia prosegue, il pubblico si ritrova coinvolto. Man mano ci si rende conto che si sta assistendo decisamente a un bel film – e dico «bel film» con intenzione, perché è quello che si può pensare qui, in questa sala del palazzo del Cinema in una sera di settembre del 1954, in questa atmosfera problematica, quando sta per avere inizio il cammino di quella che diventerà una delle grandi opere di Federico Fellini. Il pubblico in sala si scalda sempre di piú e alla fine libera un enorme applauso. Lo stesso radiocronista testimonia, un po' sorpreso, che ci si trova davanti a un film a tratti bellissimo.

All'uscita, Fellini e Masina trovano una gran folla: sono quelli che hanno da poco finito di vedere il film in un'altra sala lí vicino, e sono corsi ad attendere il regista. E infatti quando Fellini e Masina appaiono, c'è un'ovazione. Il film è piaciuto tantissimo, e gli applausi piú convinti sono per Giulietta, anzi per Gelsomina, che è diventata immediatamente la beniamina degli spettatori.

La strada è piaciuto al pubblico, è piaciuto a gran parte della critica straniera (i Cahiers decidono da subito che «appartiene alla classe delle opere mitologiche»), mentre in Italia divide. I giudizi sono perlopiú ambigui, tiepidi, o freddi; si riconosce la qualità del film ma si sottolineano le riserve. E poi è evidente che lo scivoloso plauso cattolico ha prodotto diffidenza. La critica di sinistra reagisce in modo severo. La pilota Aristarco, anche se decide di non scrivere subito: scriverà in seguito che Fellini è anacronistico, «invischiato com'è in problemi e dimensioni umane largamente superate». Questa stroncatura si ricollega direttamente al racconto che sto facendo, perché è a lui che sarà ispirato il personaggio del critico odioso di *Otto e mezzo*, che Guido immaginerà di veder impiccato in una sala cinematografica. La recensione è di novembre, e pare che Fellini nel Natale del '54 gli mandò una cartolina con scritto: «Auguri, stronzetto».

Comunque è qui che nasce la ragione decisiva sia della forte resistenza verso il cinema di Fellini, sia della unicità della sua opera e di conseguenza del successo che sta per arrivare; e sia della divisione tra Fellini e Visconti. *La strada* viene attaccato perché si allontana dal neorealismo, qualcuno addirittura dice che lo scaccia via in malo modo. L'Unità scrive che Fellini non si è reso conto «di aver portato l'attacco piú a fondo, dall'interno, contro il realismo cinematografico italiano». E aggiunge: «dopo *La strada* Fellini, col suo grande talento, deve assolutamente cambiare strada». L'Avanti dice che tutti gli interpreti del film «forniscono, nei panni degli incredibili protagonisti, la prova piú infelice della loro carriera». Quindi, la presa di posizione cattolica è solo il rafforzativo di una base teorico-ideologica del cinema in quegli anni, in cui il neorealismo ha fatto del cinema italiano il piú amato nel mondo; e Fellini, che pure era nato come sceneggiatore di Rossellini, che pure aveva scritto *Roma città aperta*, *Paisà*, se ne allontana con disinvoltura e scandalosa convinzione. Il suo film racconta dello scorrere del tempo, di infelicità e nostalgie, e non sembra affrontare problemi sociali. Insomma, manca l'impegno e quindi viene bollato come decadente e reazionario. In pratica, lo accusano di tradire il cinema italiano. E gli contrappongono l'esempio luminoso di *Senso*, che invece è stato amato da tutti, anche dalla critica internazionale, perché rappresenta in pieno il cinema italiano. Quindi, come a Visconti è già accaduto altre volte in passato, di *Senso* importa meno che sia un film molto bello, importa di piú che diventi una bandiera politica e culturale.

Quello che Fellini non sa è che il 6 sera, in una delle sale dove viene proiettato *La strada*, ci sono anche Visconti e Franco Zeffirelli, il suo aiuto regista. Con loro c'è probabilmente anche Enrico Lucherini, che mi ha raccontato, forse con un falso ricordo, di aver visto il film di Fellini insieme a Luchino in un cinema di Roma, e che Luchino durante tutto il film non disse una parola, ma durante la proiezione scuoteva di continuo la testa e alla fine sbottò:

«Ma sembra Macario!», riferendosi a Giulietta Masina. Visconti sapeva essere molto cattivo.

Ma non era in un cinema romano, era a Venezia. Quando uscirono dalla sala, scrissero a Suso: STRADA ESITO INCERTO CON CONTRASTI MA GENERALI PARERI SFAVOREVOLI NOSTRA OPINIONE PESSIMA ABBRACCI.

È in questo clima, con tali reazioni, che la sera successiva si giunge alla premiazione. E anche con alcuni sospetti, piú o meno espliciti. Perché *Senso* secondo i piú meriterebbe senza dubbio il Leone d'oro, ma si sostiene che possa essere vittima di un boicottaggio (non si voleva nemmeno che fosse pronto per la mostra), che non è amato dal ministero, non è amato dal governo. E si teme che *La strada* possa invece, grazie al giudizio cattolico incassato, superarlo nei favori, anche se Fellini aveva già ottenuto il Leone d'argento l'anno prima, con *I vitelloni*. C'è anche un altro dubbio: il presidente della giuria è Ignazio Silone, lo scrittore che ormai ha, per molti, soltanto fama di intellettuale anticomunista, per essere uscito dal partito dopo essere stato tra i dirigenti piú importanti, e con delle ragioni molto solide che in quegli anni per i marxisti erano considerate il tradimento della causa. In giuria ci sono cinque italiani su nove – anche da questo nasce la speranza concreta del Leone d'oro a un film italiano. Tra loro c'è Piero Regnoli, critico dell'Osservatore romano che aveva cominciato anche a fare lo sceneggiatore, e di cui poi bisognerà dire, poiché farà un racconto importante dell'esperienza di quei giorni.

Per tutti questi motivi, i viscontiani, i collaboratori e gli amici del regista, sono inquieti. E infatti, capeggiati da Franco Zeffirelli, entrano in sala con intenzioni bellicose: sono convinti che *Senso* abbia diritto al Leone d'oro, e sono convinti, di conseguenza, che se questo non avverrà, allora la questione del boicottaggio avrà una conferma. Quindi la serata nasce con molta tensione – tensione che la giuria ha sentito fin dall'inizio della mostra, soprattutto a causa dei film italiani, e soprattutto a causa di questo duello improvviso, nato lí, tra i film di Fellini e Visconti. E pian piano che arrivano i verdetti, la tensione sale.

Per il miglior attore la coppa Volpi va a Jean Gabin. Ma è il premio per la miglior attrice che tutti stanno attendendo, perché concorrono come favorite sia Alida Valli sia Giulietta Masina, e quindi sarà il primo segnale della giuria per capire cosa succederà. Nessuno sembra tener conto che ci sono altre attrici, tra le quali Grace Kelly e la sua meravigliosa interpretazione in *La finestra sul cortile*.

E, tra lo stupore di tutti in sala, la coppa Volpi come miglior attrice non viene assegnata. In seguito si dirà che è accaduto per l'imbarazzo dei giurati nel dover scegliere tra la Valli e la Masina; in quel momento qualcuno lo ha già intuito, e in ogni caso si capisce che c'è un problema. Di conseguenza la tensione sale ancora.

A questo punto del racconto c'è un passaggio che non sono riuscito a chiarire: nella consuetudine che conosciamo, il Leone d'oro viene assegnato come ultimo premio, essendo il piú prestigioso. Ma sia le cronache del tempo, sia i cinegiornali testimoniano che la sequenza è invertita, e il Leone d'argento viene assegnato dopo quello d'oro. Lo dicono le testimonianze e lo dice la logica della narrazione, perché quello che poi è successo si può spiegare soltanto con tale sequenza dei fatti.

Quindi si arriva all'assegnazione del Leone d'oro. Lo annuncia il direttore della mostra, con Ignazio Silone al suo fianco, in un silenzio curioso della sala in attesa. E anche qui accade qualcosa di molto sorprendente: il cinema italiano si aggiudica finalmente per la prima volta nella storia il Leone d'oro, ma non sono né Fellini né Visconti a vincerlo, bensí *Giulietta e Romeo* di Renato Castellani.

La proclamazione lascia tutti sconcertati: molti hanno anche apprezzato il film di Castellani, ma nessuno avrebbe mai immaginato che potesse ambire a un premio; il regista è sul set di un altro film, e sembra che il riconoscimento abbia spiazzato anche lui, che non aveva messo minimamente in conto di presentarsi alla serata finale. E quindi il Leone lo ritira il produttore. Il gruppo di Visconti è davvero deluso. Non era preparato a questa sorpresa, ritiene che il boicottaggio si stia compiendo, ma la vittoria del film di Castellani è cosí spiazzante che non li fa reagire.

Se mettiamo insieme il premio non assegnato alla miglior attrice e il Leone d'oro al terzo dei film italiani, sembra proprio che la questione Fellini-Visconti abbia creato tali problemi tra i giurati da portarli a risolvere tutto in modo contorto.

Quando i fotografi sono soddisfatti di aver fotografato il Leone d'oro, si passa all'assegnazione dei Leoni d'argento, che vengono annunciati con un ex aequo per ben quattro film. A questo punto gli ammiratori di *Senso* lo ritengono un ripiego. Man mano che vengono nominati, passano a ritirare il premio e a farsi la foto Kurosawa per *I sette samurai*, Elia Kazan per *Fronte del porto*, Mizoguchi per *L'intendente Sansho*. Manca l'ultimo. Sebbene per *Senso* sia una consolazione magra, si pensa che se non arriva nemmeno questa, allora…

A quel punto viene annunciato *La strada* di Fellini.

Federico Fellini arriva dalla platea, con uno smoking bianco, alto ed elegante. Non si accorge o non tiene conto del rumoreggiare che lo accompagna, afferra il Leone con atteggiamento scanzonato, e si mette da parte.

Intanto in platea, tutti si sono voltati indietro. Non guardano il palco. Ci sono immagini di repertorio che lo testimoniano. Dalle prime file le persone non solo si girano indietro, ma per guardare meglio si alzano. Ciò che accade sul palco viene ignorato.

Ci sono contestazioni al premio a *La strada*. E le contestazioni arrivano in modo evidente e organizzato da un gruppo di persone che vengono individuate subito: gli amici e collaboratori di Visconti. Davanti a loro, a capitanare la protesta immediata, c'è Franco Zeffirelli, che ha dato il segnale agli altri al momento dell'annuncio del premio a Fellini: alcuni hanno tirato fuori fischietti, altri urlano; e Zeffirelli, con un fischietto in bocca, fischia a piú non posso, come atto di disturbo e protesta.

In sala sono presenti anche alcuni collaboratori di Fellini. Moraldo Rossi è stato l'aiuto regista de *La strada*. In realtà è un vecchio amico di Fellini, il quale sembra raccontare, quando mette in scena personaggi autobiografici, una combinazione tra sé stesso e Moraldo. Moraldo, infatti, è il nome del protagonista dei *Vitelloni*, interpretato da Franco Interlenghi: è lui che alla fine del film parte con un treno per andare via da Rimini. E «Moraldo in città» è un progetto che Fellini tiene pronto per molti anni, la continuazione dei *Vitelloni*, in qualche modo. Moraldo Rossi potrebbe esserne addirittura l'interprete. Lui lavora con Federico già da tempo, e la carriera di attore lo seduce. Ma a un certo punto è messo di fronte a una scelta: o prova a fare l'attore, o fa l'aiuto regista. Sceglie, per molti motivi, anche di sicurezza economica, la seconda soluzione. «Moraldo in città» verrà alla fine accantonato, forse proprio per riprendere un copione scritto in precedenza, *La strada*. E poi Fellini, girando *La dolce vita*, dichiarerà, abbastanza inconsapevole di ciò che sta per fare, che è il seguito dei *Vitelloni*: cosa fa adesso quel giovane che è arrivato a Roma?

Moraldo Rossi è in alto, in sala, insieme ad altri. Sotto di lui vede gli schiamazzi di un gruppo di contestatori del premio a *La strada*, e uno davanti a tutti, di spalle, che si agita. Moraldo è furioso, si precipita giú per le scale, seguito da altri amici. Afferra alle spalle Franco Zeffirelli, sostenendo in seguito di non aver capito subito che si trattasse di lui, ma di questo si può dubitare; comunque lo tira via e comincia a scazzottarlo. I suoi amici felliniani aggrediscono i contestatori viscontiani, tutto il pubblico ormai si è voltato a guardare cosa succede lassú, c'è chi accorre per dividere i due gruppi. Moraldo si accorge che Zeffirelli, colpito in pieno volto, lascia cadere un pezzo di qualcosa, e lui a quel punto pensa di avergli spaccato un dente, ma in realtà è solo il fischietto che aveva in bocca che salta giú.

È una vera e propria rissa. Breve, per il fatto che molti si lanciano a dividerli, dopo un primo momento di stupore spiazzato. Nella confusione viene anche stracciato l'abito bellissimo di Lucia Bosè, seduta lí accanto, che non ha fatto in tempo ad allontanarsi. Tutto questo accade nel palazzo del Cinema, la sera in cui un film italiano ha conquistato per la prima volta il Leone d'oro – ma di *Giulietta e Romeo*, a questi che si lanciano gli uni contro gli altri, non importa niente.

Perché qui dentro nasce la divisione tra viscontiani e felliniani; nasce la divisione tra Visconti e Fellini. Si palesa una rivalità che durerà molti anni.

Fellini ha scritto *La strada* prima dei *Vitelloni*, e l'ha scritto per sua moglie. Però dopo *Lo sceicco bianco*, il suo primo film (a parte la co-regia con Lattuada di *Luci del varietà*), che andò malissimo, il produttore gli suggerí di fare un film piú abbordabile. Quindi Fellini, insieme a Flaiano e Pinelli, scrive *I vitelloni* che diventerà non solo un buon successo, ma sarà il film fondativo di un genere che caratterizzerà la produzione italiana per decenni: la commedia all'italiana – che però Fellini smetterà immediatamente di seguire, lasciando ad altri il suo proliferare. In questo film riabiliterà anche il suo amico Alberto Sordi, che dopo *Lo sceicco bianco* era stato bollato come antipatico, e che nessuno voleva piú: per farlo recitare nei *Vitelloni* Fellini dovette accettare di non mettere il suo nome sui manifesti e dovette anche rassicurare che non avrebbe avuto un ruolo da protagonista. E invece non solo Sordi e il suo personaggio straziante furono molto amati, ma la sua carriera fu caratterizzata dalla commedia all'italiana, e ne divenne l'interprete principale.

A quel punto, il produttore chiese a Fellini: cosa vuoi fare?

La strada, rispose Fellini, se non lo faccio muoio.

E il produttore: va bene, facciamo *La strada*, però senza Giulietta.

La Masina, sia per le caratteristiche fisiche sia per il modo di recitare, era considerata un'attrice che non avrebbe attirato spettatori in sala. Ed è bello ricordarlo a maggior ragione se si pensa a quell'accoglienza a Venezia, a ciò che sono stati *La strada* e *Le notti di Cabiria*, al mito della Masina dopo quei film.

Lo fai ma senza Giulietta, si sentí dire Fellini. Lui però l'aveva scritto per lei, quindi salutò il produttore e andò a raccontare il film a Carlo Ponti (allora socio di Dino De Laurentiis). Ponti lo trovò formidabile, gli fece un contratto subito. E poi, quando tutto era pronto per cominciare la preparazione delle riprese, Ponti gli disse: devi metterci Silvana Mangano e Burt Lancaster.

È una delle coincidenze che accadono nella storia di questi due registi, e nella storia del *Gattopardo* e di *Otto e mezzo*. Il futuro principe di Salina viene qui imposto a Fellini come condizione per poter fare *La strada* – e succederà lo stesso a Visconti anni dopo per *Il Gattopardo*. Fellini organizza la sua lotta in due tempi: prima si dice pronto a stracciare il contratto se il film non lo fa Giulietta, per il semplice fatto che lo ha scritto per lei; e alla fine Ponti e De Laurentiis si arrendono e accettano la Masina. E poi, solo dopo aver ottenuto la prima vittoria, dice che l'attore con la faccia giusta e il fisico giusto per interpretare Zampanò è Anthony Quinn, non Burt Lancaster. Anthony Quinn in quel momento, non è un attore protagonista, ma Fellini si impunta e alla fine vince anche questa battaglia. Il film parte, però Fellini in seguito dirà: me lo fecero fare, ma mi trattavano come un orfanello. Poi *La strada* va a Venezia e vince un premio importante, come era accaduto ai *Vitelloni*; ma stavolta è diverso: da Venezia comincia un volo che lo porterà al successo nelle sale, esportato in molti Paesi, fino ad approdare all'Oscar come miglior film in lingua straniera.

La nascita di *Senso* è legata a un altro personaggio importante di questa storia: Giorgio Bassani.

Bassani aveva curato un libro di racconti di Boito, ne aveva scritto l'introduzione e aveva regalato una copia a Suso Cecchi d'Amico. In quel periodo Visconti e Suso dovevano fare con il produttore Gualino «Marcia nuziale», un film con storie incrociate che nella sostanza raccontavano quanto fosse necessario il divorzio. Però il ministero fa sapere che non è proprio il caso di mettersi a fare un film a favore del divorzio e quindi Gualino, abbastanza disperato, si ritrova con contratto firmato e anticipo dato, ma senza un film. Visconti però ci tiene molto a onorare contratto e anticipo ricevuto, quindi si impegna a cercare un altro soggetto e promette di trovarne uno al piú presto. Cosí con Suso si mettono alla ricerca. E Suso una sera prende dal tavolo il libro di Boito ricevuto da Bassani e se ne va a letto. Comincia a leggere la novella «Senso» e pensa senza dubbi: questo è il film perfetto per Visconti. La mattina dopo gli telefona e dice: ho trovato il film.

Gli fa leggere la novella, vanno da Gualino, gliela raccontano e lui dice che va bene, però bisogna trovare un cast internazionale – e infatti poi arriveranno Farley Granger e Alida Valli, che aveva già fatto alcuni film a Hollywood. All'inizio Suso, sia per riconoscenza sia per la sapienza che Bassani ha mostrato su Boito, propone a Visconti di coinvolgere anche lui nella scrittura. Cominciano a lavorarci, ma come dice Suso a proposito degli scrittori: a volte non hanno voglia di lavorare a una sceneggiatura, non capiscono come si fa, sanno lavorare soltanto da soli sui libri. E insomma Bassani rinuncia dopo pochissimi incontri.

Piero Regnoli, uno dei nove giurati di Venezia, verrà indicato come uno dei colpevoli per il premio mancato a *Senso*. Ma lui ha raccontato in seguito, con un virgolettato diretto – cosí è strutturata la serie di libri *L'avventurosa storia del cinema italiano* di Goffredo Fofi e Franca Faldini – che pochi giorni dopo essere stato chiamato a far parte della giuria, fu convocato al ministero dello Spettacolo, dove c'era il ministro democristiano Ermini, che gli spiegò il compito che avrebbe avuto a Venezia, cioè il motivo per cui era stato messo in giuria: andare con pieni poteri e impedire a *Senso* di ricevere il Leone d'oro, e possibilmente qualsiasi altro premio – sia perché Visconti era comunista, sia perché si vociferava che fosse una visione troppo di parte della storia risorgimentale.

«E il termine pieni poteri significava avere a disposizione qualsiasi somma».

Ma le richieste non finivano qui. Regnoli doveva anche fare in modo di favorire *Giulietta e Romeo* di Castellani, perché erano riusciti a portarlo a Venezia facendo dei miracoli per completarlo in tempo.

La Democrazia Cristiana investiva Regnoli della responsabilità di manipolare il giudizio dei giurati. Quello che Regnoli aggiunge al suo racconto è che fece resistenza, disse che non è che si poteva fare una cosa del genere, e in ogni caso cercò di minimizzare il suo ruolo di giurato rispetto agli altri otto. Questa reazione dubbiosa spinse il ministro a mandare a Venezia, praticamente di nascosto, Annibale Scicluna Sorge, che ai tempi del fascismo aveva ricoperto importanti incarichi nel ministero per la Stampa e la Propaganda e nel Minculpop. Adesso era parlamentare democristiano e in seguito farà parte a lungo di commissioni ministeriali per la censura dove opererà tagli a parecchi film. Ebbene, il suo compito fu questo: restare per tutto il periodo del festival all'hotel Excelsior, in una stanza sopra la stanza di Regnoli, per controllarlo e per controllare cosa succedeva, per intervenire presso gli altri membri della giuria e cercare di condizionarli; soprattutto gli italiani (che appunto erano cinque su nove).

Secondo Regnoli, e per sua dichiarazione diretta, la maggior parte dei giurati furono comprati.

L'ostracismo non si limitò al festival. *Senso* fu denunciato, processato e condannato per vilipendio alle forze armate.

Sempre nel 1954, qualche settimana prima della mostra di Venezia, a luglio, si tiene a San Pellegrino Terme un convegno letterario organizzato in questo modo: uno scrittore importante presenta uno scrittore o un poeta esordiente o che ha da poco cominciato a pubblicare, davanti un pubblico composto da altri scrittori, editori, giornalisti letterari. Si intitola: «Romanzo e poesia di ieri e di oggi: incontro di due generazioni» e si svolge dal 16 al 19 luglio – quindi praticamente negli stessi giorni in cui si sta decidendo se *Senso* e *La strada* andranno a Venezia, negli stessi giorni in cui cominciano le manovre contro *Senso* e a favore di *Giulietta e Romeo*. Tra i tanti partecipanti al convegno c'è anche Giorgio Bassani, che sta scrivendo *Cinque storie ferraresi*; è il padre di Suso, Emilio Cecchi, a presentarlo. Comisso presenta Parise che ha da poco pubblicato *Il prete bello*, Piovene presenta Bettiza, Ungaretti presenta Andrea Zanzotto, Alba de Céspedes presenta Rombi, Leonida Repaci presenta Calvino, e altri.

In piú c'è Montale che presenta un poeta siciliano sconosciuto di cui ha ricevuto alcune poesie che ha molto apprezzato, accompagnate da una lettera leziosa e retorica che invece ha apprezzato molto meno. Questo poeta si chiama Lucio Piccolo, ed essendo sconosciuto, avendo presentato una lettera pretenziosa e ingenua, Montale lo immagina molto giovane. In ogni caso, è davvero colpito dalla complessità colta dei suoi versi, tanto che gli scrive per chiedergli di partecipare al convegno, sarà lui stesso a presentarlo. Una proposta inimmaginabile per un poeta siciliano fuori dalla cerchia letteraria dove gli altri, pur giovani, sono già pienamente attivi.

E poiché questo poeta nessuno sa chi sia, tutti sono in attesa di conoscerlo, curiosi.

Sul corso principale di San Pellegrino Terme arrivano un uomo di cinquantatre anni (che nel 1954 sono davvero tanti), accompagnato da un altro signore alto, corpulento, con i baffetti, il bastone da passeggio, taciturno, pallido in volto; dietro di loro un omino che porta le valigie, cercando di resistere contegnoso alla fatica.

Il primo è Lucio Piccolo, barone di Calanovella. Il secondo è suo cugino Tomasi, principe di Lampedusa. Il terzo è Paolo, il cameriere fidato del barone. Si fermano al Grand Hotel, dove hanno prenotato due camere adiacenti, e all'inizio si meravigliano di non trovarvi nessuno del convegno. Poi Lucio Piccolo ipotizza: è un albergo troppo costoso per i letterati.

Infine, raggiungono il Kursaal. Dove i letterati, appunto, sono già riuniti insieme a molti giornalisti, qualche editore, amici, curiosi e spettatori. E a un certo punto vedono entrare questi due nobili siciliani, di cui uno indossa, a luglio, un cappotto di cammello: Tomasi, salito in camera per cambiarsi, e rendendosi conto di aver portato solo un gessato un po' liso, decide di indossare il cappotto chiudendolo fino all'ultimo bottone, cosí da nascondere il vestito.

E con enorme stupore si scopre che uno dei due è il poeta che Montale ha scelto. Lo stupore riguarda soprattutto l'età del «giovane» poeta; Montale è il piú stupito di tutti, perché si aspettava un ragazzo battagliero. I giornalisti, delusi dal fatto che Quasimodo ha rinunciato a venire, e quindi di non poter assistere alla rivalità velenosa tra lui e Montale, colgono l'occasione per riaccendersi davanti a questa coppia molto curiosa e inaspettata: il poeta chiamato da Montale e un suo cugino; un barone e un principe. Il principe, con il cappotto, sembra disinvolto e sicuro di sé, addirittura risponde lui ad alcune domande poste a suo cugino, anticipandolo con autorevolezza. E infatti alcuni giornalisti, con divertimento maligno, sostengono che il principe è venuto per assaporare un po' la gloria del cugino barone.

«Ci siamo sentiti come due mezzi contadini provenienti chissà da dove o almeno due goffi provinciali impacciati», dirà alcuni anni dopo Lucio Piccolo a Camilla Cederna. In fondo sia il principe Tomasi di Lampedusa, sia suo cugino, a Palermo erano considerati delle persone prestigiose, e quando arrivarono a San Pellegrino Terme si ritrovarono a essere uno un poeta sconosciuto e l'altro il cugino del poeta. Insomma, sembravano avere per davvero un po' di sapore folkloristico.

Molti degli altri scrittori presenti al convegno si presentano, stringono la mano ai due. Tra questi, Bassani – e in quel momento, mentre si stringono la mano e il principe accenna quasi a un inchino, né Bassani né Tomasi possono sapere da quale destino comune saranno legati. Un giornalista chiede a Tomasi, dopo aver fatto alcune domande al cugino poeta, che mestiere fa. E lui: il principe. E vabbè, dice quello, ma per vivere? Faccio il principe, ribadisce. Poi l'altro insiste, e allora Tomasi gli confida che sarebbe piaciuto anche a lui scrivere qualcosa, che ci sta pensando ma questo incontro a San Pellegrino Terme lo rende ancora piú timoroso.

Che cosa vuole scrivere?, gli chiede il giornalista.

E lui risponde: un romanzo storico.

In questa conversazione si parla anche di un possibile vincitore (evidentemente alla fine del convegno c'era un premio), e il giornalista gli chiede: secondo lei chi sarà? E Tomasi, in un modo che poi risulterà significativo rispetto al suo destino, risponde che secondo lui vincerà Rocco Scotellaro, di cui vengono presentati degli scritti postumi essendo scomparso da pochi mesi. Tomasi aggiunge: è morto e adesso verrà premiato.

Che è esattamente ciò che accadrà a lui qualche anno dopo.

C'è un'altra curiosità: quando Montale sale sul palco a fare la consueta presentazione del prescelto, confessa subito che non si aspettava di trovarsi davanti un uomo cosí in là con gli anni; e aggiunge, facendo ridere la sala, che quando le ha ricevute, le poesie erano state mandate con un'affrancatura insufficiente, e aveva dovuto pagare lui una differenza. In piú la lettera di presentazione che le accompagnava era generica e scoraggiante; a quel punto non si aspettava piú nulla da quei versi, e invece li aveva trovati molto belli.

Laggiú, Tomasi deve essere trasalito. Perché quella lettera l'aveva scritta proprio lui. E qualcuno sostiene che lo aveva fatto all'insaputa del cugino.

Ovviamente nessuno in quel momento, tantomeno Bassani, si rende conto che oltre a Lucio Piccolo, che sarà comunque considerato in quel convegno e anche in seguito un poeta di valore, ha davanti l'uomo che scriverà *Il Gattopardo*, uno dei grandi capolavori degli anni a venire. In realtà Tomasi, pur avendo detto «non so se scriverò perché devo avere a che fare con questa gente», al contrario tornò da quel convegno molto incoraggiato nell'affrontare il romanzo storico di cui aveva parlato al giornalista, e che evidentemente aveva in animo di scrivere da molti anni. Cominciò a scriverlo nell'autunno, o probabilmente anche prima. Addirittura è possibile che abbia iniziato subito dopo essere tornato dal convegno.

Tomasi, in una lettera, spiega cosí all'amico Guido Lajolo quello che gli capitò nell'estate del 1954: «Da un paio di anni in questi miei tre cugini si è svegliata una violenta attività artistica; il terzo (il piú giovane, ma che ha 53 anni) ha fatto stampare un volumetto di versi; ne ha inviato una copia al terribile Eugenio Montale e, a giro di posta, ha ricevuto una lettera che lo proclama un genio, ha ricevuto un premio letterario a S. Pellegrino, e le sue poesie saranno pubblicate il mese prossimo da Mondadori con prefazione di Montale; intervista sui giornali, fotografia nell'Epoca (luglio '54); un'iradiddio. (Compra il volume quando uscirà: Lucio Piccolo. *Canti Barocchi*). Benché io voglia molto bene a questi cugini (specie ai due ultimi) debbo confessare che mi sono sentito pungere sul vivo: avevo la certezza matematica di non essere piú fesso di loro. Cosicché mi son seduto a tavolino ed ho scritto un romanzo».

Secondo sua moglie Licy, Tomasi covava da almeno venti anni una storia del suo bisnonno Giulio vissuto ai tempi di Garibaldi, e continuamente diceva che avrebbe voluto scriverla ma non si era mai deciso; quindi fu il convegno di San Pellegrino a dargli la spinta, e questo incrocio di combinazioni (di destini) è davvero importante. Anche perché quando si mette a scrivere il libro, sente di divertirsi. Eppure il romanzo ha fin da subito una storia tormentata: lo fa leggere a Licy, che ne è entusiasta; ma quando lo fa leggere ai suoi amici, a Gioacchino, nessuno di loro comunica entusiasmo, anzi Tomasi riceve una risposta fredda.

In ogni caso, decide di spedire il romanzo alla Mondadori, con l'intermediazione di Lucio Piccolo. La risposta è negativa ma interlocutoria: c'è la raccomandazione di rimetterci mano e di far rileggere. Questa è l'indicazione che dà Elio Vittorini, ma non è certo che abbia letto personalmente i quattro capitoli spediti da Tomasi, e forse arriva a queste conclusioni per le due schede di lettura che riceve dai suoi collaboratori. Nel dicembre del '56, poi, la Mondadori comunica il rifiuto definitivo.

Proprio in quel periodo, Tomasi si ammala gravemente di un cancro ai polmoni. Intanto continua a proporre il manoscritto in giro, e lo manda alla casa editrice Einaudi. Alla fine di maggio scrive una lettera con le ultime volontà in cui dice che i funerali devono essere piú semplici possibile e a un'ora scomoda, in modo che non venga nessuno; e poi rispetto al *Gattopardo* scrive: «Desidero si faccia il possibile affinché venga pubblicato. Beninteso ciò non significa che esso debba essere pubblicato a spese dei miei eredi, considererei ciò come una grande umiliazione». Cioè: dovete fare in modo che questo libro sia pubblicato ma che lo pubblichi una casa editrice vera.

Nel verbale della riunione del mercoledí dell'Einaudi qualcuno dice: si può anche fare, ma non sarà mai una bomba. Poi in un secondo tempo viene di nuovo esaminato da Vittorini per i Gettoni, ma questa volta Vittorini, dopo averlo senz'altro letto, decide che non c'entra niente con la sua collana, e anzi in qualche modo è un romanzo che contraddice la linea di ricerca che ha impostato.

Il Gattopardo non viene accettato nemmeno da Einaudi.

Tomasi riceve la lettera di rifiuto un pomeriggio; la sera a cena sulla veranda legge alla moglie e ai presenti la lettera per intero, in cui si dice che Einaudi ha deciso di non pubblicare il romanzo pur trovandovi pagine belle, perché non pensano che una storia cosí antiquata possa trovare mercato. È deluso, ma sorride e poggia la lettera, nel silenzio, accanto al piatto. Come recensione non è male, dice.

Quattro giorni dopo, il cancro ai polmoni peggiora rapidamente, e in poche ore Tomasi di Lampedusa muore.

Investita delle ultime volontà del marito, e della convinzione sulla qualità del romanzo, Licy lo mandò a Elena Croce, figlia di Benedetto, tramite un amico comune, l'ingegner Giargia. Qui ci sono testimonianze divergenti, ma provo a raccontare quella piú diffusa: la Croce, un punto di riferimento tra gli intellettuali romani, non lo lesse e se ne dimenticò. Quando venne sollecitata piú volte da Giargia, che diceva che Licy voleva sapere cosa ne pensasse, Elena Croce confessò di non averlo letto, e che non sapeva piú dove fosse. E poi, un giorno, per caso, il manoscritto fu ritrovato dalla cameriera nel guardaroba della sua cameretta, in mezzo ad altre cianfrusaglie. Forse la donna lo aveva appoggiato lí, mettendo in ordine, senza sapere bene cosa fosse. A quel punto Elena Croce, che si sentiva in difetto anche per aver trascurato la richiesta, decise di dare il romanzo a Marguerite Caetani, affinché lo proponesse per la rivista Botteghe Oscure. In questa rivista lavorava, come redattore, uno scrittore: Giorgio Bassani.

Ricapitolando: il manoscritto che Licy aveva mandato a Elena Croce, era stato dimenticato dalla Croce, abbandonato e perso, ed era finito nel guardaroba della cameriera. Quindi la Croce non ne aveva fatto niente, ma poi era stata sollecitata e aveva deciso di mandarlo a Marguerite Caetani di Botteghe Oscure. A quel punto Bassani va a prendere in portineria della sede romana del Partito Repubblicano il manoscritto che la Caetani ha lasciato lí per lui, e se lo porta a casa. Bassani, molti anni dopo, dirà che già lí, nella guardiola del portiere, aveva letto la prima pagina e gli era bastato per sentire la musica che lo faceva sperare di trovarsi davanti a qualcosa di importante.

Bassani torna a casa e comincia immediatamente a leggerlo, legge un terzo del libro senza mai smettere e poi a mezzanotte va al telefono, compone un numero, e dall'altra parte risponde, con il pronto cavernoso di chi sta dormendo, Mario Soldati. Bassani gli dice: devi venire subito qua perché sto leggendo un libro incredibile. Soldati si precipita a casa di Bassani e si mettono, in piena notte, a leggerlo tutti e due insieme, fino alla fine. E decidono che è un capolavoro.

Ma non sanno di chi. Perché il dattiloscritto non porta la firma di nessuno. Allora Bassani risale a chi glielo ha mandato, e quindi a Elena Croce. Pare che lei abbia risposto: credo sia di una vecchia signorina dell'aristocrazia palermitana. Questa risposta la conosciamo perché Bassani l'ha riportata nella sua presentazione del libro; la Croce si arrabbierà molto perché sosterrà di non averla mai pronunciata.

In realtà, secondo un'altra versione di questa storia Elena Croce davvero non sapeva di chi fosse il manoscritto, ma lo aveva subito letto e apprezzato. Però, nonostante molti anni dopo questa tesi sia sostenuta da un grande studioso come Giovanni Macchia, sembra meno solida di quella raccontata sul momento dai protagonisti. E del resto, che Elena Croce abbia ricevuto un manoscritto e l'abbia messo da parte è ciò che accade spessissimo a molti, non sapendo che lí dentro ci può essere un *Gattopardo*.

Comunque Elena Croce dà a Bassani il numero dell'ingegner Giargia perché era lui che l'aveva sollecitata. A quel punto Bassani chiama Giargia e scopre che l'autore del romanzo è quel signore che aveva visto anni prima a San Pellegrino Terme accompagnare suo cugino, il poeta Lucio Piccolo, e al quale era stato anche presentato. Bassani ricorda che quell'uomo gli aveva fatto un breve inchino per salutarlo. Quel personaggio di cui, come dire, un po' si erano incuriositi tutti per l'insensatezza della sua presenza, era l'autore di questo capolavoro che lui con la complicità di Soldati ha letto comprendendone immediatamente la grandezza.

Bassani capí anche che non era il caso di pubblicare un romanzo cosí bello su Botteghe Oscure – al limite avrebbe potuto fare l'anticipazione di un capitolo. Ma essendo il consulente esterno della collana narrativa di Feltrinelli, lo fece leggere a Giangiacomo. E pare che Giangiacomo non fosse stato cosí entusiasta – quanti finora non lo erano stati (e quanti ancora non lo saranno). Per Feltrinelli era il romanzo scritto da un aristocratico, e per un marxista non era un buon punto di partenza; questo pregiudizio avrebbe anticipato tutto quello che sarebbe stato detto dopo. Ma Bassani fu insistente: era veramente un grande libro e bisognava assolutamente pubblicarlo. Allora, davanti a tanta convinzione di Bassani, Giangiacomo fece il contrario di quello che aveva pensato, mentre leggeva. Decise di accettare la sfida che né Einaudi, né Mondadori avevano accettato, e di pubblicare questo libro che probabilmente avrebbe ricevuto anche molte critiche a sinistra. Del resto, per Feltrinelli era niente rispetto a ciò che aveva attraversato, fregandosene, quando soltanto un anno prima aveva pubblicato *Il dottor Živago*.

L'ingegner Giargia dà alla vedova di Tomasi la notizia che la casa editrice Feltrinelli vuole pubblicare il romanzo. Dopodiché arriva a Licy la telefonata di Bassani, che chiacchierando insinua che a quella versione del *Gattopardo*, nonostante sia un libro bellissimo, sembra mancare qualcosa. E in effetti Licy dice che la versione che lui ha letto è in sei parti e non in otto. Bassani le dice: il romanzo non si può dire che non si chiude bene, però c'è qualcosa di poco convincente nella parte finale.

E qui c'è la risposta di Licy che Bassani ha riportato: le piacerebbe un ballo?

Perché nelle parti non consegnate c'era un capitolo in cui c'era una festa da ballo.

Il ballo del *Gattopardo*.

Qualche giorno dopo la chiusura della Mostra del Cinema di Venezia, Fellini e Visconti si incrociano nell'atrio dell'hotel Principe di Savoia a Milano. Fellini cerca Visconti con lo sguardo, e Visconti evita di salutarlo. Una questione di pochi secondi, ma è il gesto che mancava, quello definitivo. Finora si sono scontrate le persone intorno, adesso che i due non si salutano diventa ufficiale la rivalità personale.

Moraldo Rossi ha raccontato che cominciò allora una specie di battibecco a distanza tra i due, tramite i collaboratori e gli amici; c'erano messaggeri che riportavano a uno e all'altro quel che si diceva – cioè nel gruppo di Fellini c'era qualcuno che raccontava a qualcuno del gruppo di Visconti cosa diceva Fellini di lui, e viceversa.

Però come si era visto subito a Venezia, non si trattava semplicemente della divisione tra Fellini e Visconti, tra felliniani e viscontiani. Nacque, con *La strada* e *Senso*, una divaricazione netta della critica. Tra i critici di sinistra c'è un affannarsi nel condannare *La strada* indicando in Fellini un traditore della causa del neorealismo; oltre alle recensioni che ho citato, anche in seguito vengono usati aggettivi pesanti: falso, insincero, bamboleggiante. Non mancano le voci dissonanti, è ovvio: Pasolini dice che è un capolavoro. Ma il clima in poco tempo divenne questo.

Un critico inglese che amava anche partecipare in molti film facendo piccole parti, John Francis Lane, venne in Italia come corrispondente del Guardian. E disse che i critici italiani facevano rientrare o non rientrare nella rigida estetica marxista i film che vedevano, forzando quasi sempre i giudizi. E la prima cosa che aveva notato era che non fosse lecito, in quegli anni, amare sia Fellini sia Visconti. Lui, che aveva dichiarato che li amava entrambi, era considerato qualunquista, quindi si lasciò convincere e dovette scegliere. E per stare dalla parte giusta si capisce chi scelse.

Ma da qui – da Venezia, dall'uscita nelle sale – comincia il successo dei due film; da qui, da adesso, Fellini e Visconti cominciano a essere considerati dei registi da cui non si può prescindere. E soprattutto *La strada* fa un percorso che lo trasforma da film riuscito e sorprendente a film mitico: Fellini e Giulietta Masina sono invitati ovunque, sia il film sia la protagonista ottengono premi su premi, e negli Stati Uniti il film vince il premio della critica newyorchese; infine nel 1956, quasi un anno e mezzo dopo, si aggiudica il primo Oscar assegnato con la dicitura «Miglior film in lingua straniera».

Fellini è raggiante, non ha ancora l'atteggiamento riluttante verso Hollywood che svilupperà tra poco, quando si sentirà piú sicuro. E quindi accetta di restare a Los Angeles un altro mese e mezzo per discutere di un progetto che gli è stato proposto dalla società di produzione di Burt Lancaster – ecco che il futuro principe di Salina torna a incrociare il suo destino con quello di Fellini; Federico resterà lí alcune settimane, però del film non se ne farà nulla, come per tutti i progetti cinematografici a Hollywood per il resto della vita di Fellini.

Con il passare dei mesi, piú *La strada* ha successo, piú la polemica a sinistra diventa netta. E alla fine tutti compatti sono schierati contro il film. Il critico Gian Piero Brunetta sostiene che un'antologia critica de *La strada* potrebbe costituire il test definitivo dell'incapacità e dell'ottusità raggiunta dalla critica di sinistra verso la metà degli anni Cinquanta. E intende dire che gli attacchi sono tutti strumentali, di pregiudizio politico. Anche Fellini lo disse: «il guaio de *La strada* è che la Chiesa se n'è impadronita come una bandiera», e ha scatenato tutti.

Non è certo la prima volta che emerge questa contraddizione terrificante che allora sembrava legittima, necessaria, addirittura obbligatoria. Questa parte spaventosa dell'imposizione del pensiero del partito, che ho fatto solo in tempo a sfiorare da ragazzo, poi per fortuna si è dissolta; e cosí ho potuto dichiararmi ed essere di sinistra senza vergognarmi, almeno non nel corso della mia vita, ma soltanto per il passato. Però l'idea che un gigante come Fellini sia stato trattato cosí (e ci sono molti altri esempi), e anche l'idea che un gigante come Visconti sia stato trattato con opposto riguardo per motivi ideologici, fa davvero vergognare. L'idea che tutto ciò che ho amato nella mia vita, nel cinema e nella letteratura, sia stato sottoposto a questo scempio ideologico, non mi fa indignare, mi fa soffrire. Potrei fare qui un lungo elenco di persone (mi limiterei a scrittori, intellettuali, registi) che o perché uscite dal partito, o perché su posizioni liberali, o perché anticomuniste per ragioni che poi si sono rivelate piuttosto sensate, hanno subito vessazioni ideologiche o sono state ostacolate nel loro percorso creativo. E che oggi consideriamo dei grandi artisti; o, come nel caso di Fellini, dei geni assoluti.

Il Contemporaneo, la rivista nata da poco e voluta da Togliatti, diretta da Romano Bilenchi e Antonello Trombadori – amico di Visconti per tutta la vita – sferra il primo attacco esplicitamente politico al film di Fellini. E a quel punto la questione del neorealismo ritorna al centro del dibattito. Fino al giorno in cui la rivista Cinema Nuovo pubblica la lettera di un lettore di Sant'Antimo che chiede ai redattori se secondo loro *La strada* di Fellini si può definire un film neorealista; lui ritiene che non lo sia perché i personaggi sono irreali o tutt'al piú eccezionali, e aggiunge, forse maliziosamente: «Desidererei in proposito una risposta di Luchino Visconti e, se non chiedo troppo, un'altra dello stesso Fellini».

Siamo nel settembre del 1957, *La strada* a Venezia è uscito addirittura tre anni prima. Tre anni. Ma la polemica sembra non voler finire piú.

E cosí, la rivista pubblica la risposta di Luchino Visconti, che interviene direttamente:

«Penso che in sostanza il lettore abbia ragione. *La strada* non è per nulla un film neorealista. Mi sembra piuttosto che i personaggi abbiano una natura di eccezione, e che si tratti di una vicenda campata piú sull'astrazione che non sulla realtà. È un film che probabilmente apre una nuova strada: una specie di neo-astrattismo. È sottinteso che al termine neorealismo io do il significato che persone piú autorevoli di me in questo campo hanno ormai stabilito essergli proprio».

Visconti è sbrigativo e feroce. L'astrazione – la definizione di neo-astrattismo – risponde al lettore con complicità. E bisogna ammettere, anche con disprezzo.

Ora, Visconti può detestare Fellini ma non può darne un giudizio artistico cosí feroce – non potrebbe se non fosse per il contesto, per la questione politica; che non soltanto gli dà forza e gli fa sentire di giocare in casa, ma è proprio il senso di appartenenza a una parte che lo aiuta a essere cosí duro.

E a quel punto c'è anche la risposta di Fellini al lettore, ma in realtà è come se parlasse direttamente a Visconti:

«Quale sia il significato che persone "piú autorevoli" di Visconti abbiano ormai stabilito esser proprio al termine neorealismo, io non lo so: né mi consta un intervento che si possa dire storiografico, e quindi almeno terminologicamente sicuro, sulla questione. Sono però certo che il termine "neo-astrattismo" usato dall'autore di *Senso* a proposito del mio lavoro, è quanto di piú inesatto si potesse inventare: se Visconti usa "astrattismo" nel senso corrente della parola a proposito dell'operazione artistica, mi pare che ci sia una contraddizione in termini, poiché nulla è, per definizione, piú "figurativo" del cinema (mio ed altrui). Se invece il termine astrattismo è usato in un senso generale o generico allora lo sbaglio è veramente sostanziale (e forse non privo di malafede): io penso che non si possa immaginare niente di meno astratto del mio modo di lavorare: il mio rapporto col neorealismo (su cui mi sono formato) è appunto un abbandono totale ai suoi dati, senza nessuno schema né sociologico né estetico: non sta a me, naturalmente, giudicare i risultati di questa dedizione assoluta al mondo che mi riempie sensi e anima: so soltanto che se una via nuova è indicata da un film come *La strada* è appunto il superamento di ogni schema (d'impegno o di gusto) esauritosi nel corso della breve storia del neorealismo, da *Roma città aperta* agli ultimi epigoni: e quindi il superamento di ogni astrattismo, per un'aspirazione, magari rischiosa, ma personale, ma piena».

Fellini si difende con furia, e anche lui con velenosità: cita *Roma città aperta*, al quale ha contribuito, e gli «ultimi epigoni». Dentro un confine a stento educato, maltrattenuto, Visconti e Fellini, dopo che sono passati ormai tre anni, in seguito alla sollecitazione di un lettore, vanno allo scontro duro e diretto sui loro film.

È l'unico scontro esplicito, e violento, tra i due registi che finora, come quel giorno all'hotel Principe di Savoia, hanno adottato e adotteranno il metodo dell'ignorarsi, almeno ufficialmente. Ma in realtà continueranno a contrapporsi con velenosità, pettegolezzi, dispetti e distanza esibita.

Un aneddoto probabilmente apocrifo, ma che mi piace molto, può darne un'idea. A un giornalista che confidava a Fellini che un grande regista aveva dichiarato che i cineasti italiani con il cognome in «ini» avevano tutti poco talento, Federico rispose: «È Viscontini che ve lo ha detto?» Era la differenza tra un aristocratico comunista infatuato dalla cultura borghese e un regista popolare amante dei fumetti e del teatro di varietà.

E ancora alla fine del 1960, sul numero di dicembre de L'illustrazione italiana, Visconti, incorso nelle ire della censura per *Rocco e i suoi fratelli*, affermava a proposito di come invece il suo rivale fosse riuscito a sfilarsene: «Dietro *La dolce vita* c'è il cardinale Siri e c'è tutta l'abilità cagliostrica di Fellini».

Visconti nacque a Milano nel 1906, Fellini nacque a Rimini nel 1920, quindi erano di due generazioni diverse. Ma la curiosità è che arrivarono a Roma tutti e due per fare cinema nel 1938, e con questo inizio in parallelo comincerà un cammino tutto in parallelo, che davvero non ha paragoni. Una specie di destino accomunerà i due registi in un dualismo che li accompagnerà sempre. *La strada* e *Senso* fondano questa simultaneità ma essa si ripresenterà di continuo, in maniera quasi misteriosa e magica, per tutto il resto dell'esistenza. Dopo Venezia nel '54, Fellini girerà *Il bidone* l'anno dopo. Ma nel 1957, usciranno insieme anche *Le notti di Cabiria* e *Le notti bianche*: durante le riprese dei due film, Fellini e Visconti avranno un periodo di convivenza forzata negli studi di Cinecittà, in cui per forza di cose si saranno dovuti incontrare ogni giorno, facendo finta di non vedersi.

Nel 1960, a uscire insieme saranno *La dolce vita* e *Rocco e i suoi fratelli*, due successi giganteschi e due film quanto piú lontani non si potrebbe. Non escono in sala contemporaneamente perché i problemi della censura con *Rocco* sono davvero pesanti e l'uscita viene ritardata. Ma i due film hanno una doppia somiglianza. La prima, è un successo grandioso: addirittura *La dolce vita* è stato e rimane uno dei film italiani piú visti di sempre. Ma soprattutto tutti e due i film hanno avuto un consenso enorme e durevole. *La dolce vita* è considerato (insieme a *Otto e mezzo*) il piú grande film di Fellini; e *Rocco e i suoi fratelli* combatte con *Il Gattopardo* il primato del film piú amato di Visconti. Ma ad accomunarli sono stati anche i grandi problemi di contestazioni e censure. Per *La dolce vita* ci fu una specie di picchetto militante davanti ai cinema, da parte della borghesia benpensante, dei cattolici, cioè proprio quel mondo che fino a qualche anno prima proteggeva Fellini (al di là della sua volontà). *Rocco e i suoi fratelli* ha avuto dei problemi con la censura molto piú sostanziosi, cominciati addirittura durante le riprese, quando il Comune di Milano negò l'autorizzazione per girare la scena dell'accoltellamento all'Idroscalo; e finiti con il taglio di quindici minuti ordinato dalla magistratura milanese, accettato da Goffredo Lombardo e in un primo momento respinto da Visconti, che poi alla fine si arrese.

Però senz'altro *Rocco e i suoi fratelli* e *La dolce vita* sono stati film dirompenti e infiammati dalle polemiche, con grande giovamento per gli incassi in sala. Mai come in questo momento i due registi hanno un potere cosí grande, mai come in questo momento tutti i giornali e i rotocalchi si occupano di sapere quali saranno i loro film successivi. Quindi: *La strada* e *Senso* sono i film che portano Fellini e Visconti sulla ribalta internazionale; e poi *La dolce vita* e *Rocco* fanno di loro i due piú grandi registi italiani, insieme ad Antonioni che proprio in quegli anni compone la sua trilogia dell'incomunicabilità con *L'avventura*, *La notte* e *L'eclisse*.

A questo punto, il modo in cui impongono i loro nuovi progetti è molto interessante, perché riguarda il rapporto con la creatività nel momento in cui si ha potere. È un rapporto difficile, pericoloso, perché la forza può far debordare e perdere lucidità; oppure può far sentire onnipotenti, cosí convinti dei propri mezzi da non tollerare dubbi o ostacoli. Nel caso di Fellini e Visconti, per come sono arrivati a concepire *Otto e mezzo* e *Il Gattopardo*, si può dire che c'è stata presunzione e perfino arroganza da parte di entrambi; ma invece di esserne penalizzati, hanno miracolosamente ottenuto un risultato grandioso che forse non lo sarebbe stato altrettanto senza la sicurezza, la presunzione, l'arroganza. Smentendo quindi tutte le regole.

Già *La dolce vita* era un film troppo complicato da produrre e poco comprensibile, eppure è diventato uno dei piú importanti della storia del cinema – e ancora una volta Fellini ottiene piú gloria di Visconti, il quale con *Rocco* rivive i veti a Venezia: neanche stavolta un suo film ottiene il Leone d'oro, anche se gli viene assegnato almeno quello d'argento. Ma dopo *La dolce vita*, Fellini riesce a imporre un'idea improducibile: un film senza trama, senza mai una sceneggiatura definitiva – che se anche la si considerasse compiuta, rimarrebbe piena di punti interrogativi, trattandosi di un film evidentemente senza precedenti. Insomma impone un film difficile, difficilissimo, incomprensibile, nuovo; e riesce a imporlo perché è il regista della *Dolce vita* (e riesce a imporre un film che racconta di un regista che dopo aver fatto *La dolce vita*, non sa piú cosa fare).

Visconti, lo vedremo, impone la sua presenza in un film che non doveva essere il suo. E invece se lo prende. Perché è diventato anche lui un regista cosí importante e decisivo per un progetto che l'idea che voglia fare un film dal *Gattopardo* finisce per cancellare ogni altro programma già avviato.

Quindi, nel momento in cui decidono di fare *Otto e mezzo* e *Il Gattopardo*, Fellini e Visconti sono al massimo della loro forza e anche – come dicono i rotocalchi e i quotidiani di quei mesi – al massimo della loro rivalità.

Appena prima di girare *Otto e mezzo* e *Il Gattopardo*, partecipano entrambi a un film a episodi, e per girare il proprio episodio devono procrastinare l'inizio delle riprese dei film in preparazione.

Il film è *Boccaccio '70*, e come vedremo sarà occasione di ulteriore tensione a causa di un fotografo di scena. Ma a parte questo episodio, i due restano distanti e ognuno fa il proprio lavoro in autonomia; alla fine non si incontrano nemmeno a Cannes, dove nel 1962 il film viene presentato fuori concorso: il motivo è una contestazione. Il film è in quattro episodi, firmati anche da De Sica e Monicelli. Ma l'episodio di Monicelli, tra l'altro ispirato a un racconto famoso di Calvino, quello dei due sposi operai che non si incontrano mai perché uno ha turni di notte e l'altra di giorno, viene tagliato per la proiezione al festival perché altrimenti il film risulterebbe troppo lungo. Monicelli ci resta davvero male, e gli altri tre per solidarietà decidono di non partecipare.

L'episodio di Visconti si intitola «Il lavoro», è tratto da Maupassant, è con Tomas Milian e Romy Schneider. Lei scopre che suo marito frequenta delle ragazze-squillo e per vendetta decide che da ora in poi si farà pagare le prestazioni sessuali. Sul divano, a un certo punto, si vede una copia del *Gattopardo* in tedesco, che la Schneider sta evidentemente leggendo.

L'episodio di Fellini è quello con Peppino De Filippo, e con Anita Ekberg che appare su giganteschi cartelloni pubblicitari (e appare gigantesca nei sogni) che inneggiano a una marca di latte, con un jingle ossessionante. Si chiama «Le tentazioni del dottor Antonio», e il dottor Antonio è un moralista ossessionato dalla desiderabilità della Ekberg. A un certo punto schiaffeggia persino una signora secondo lui discinta in un ristorante, il che rivela l'ispirazione iniziale: uno schiaffo che Oscar Luigi Scalfaro diede (o si mitizza che diede) a una signora nella vita reale.

Dopodiché arriva la coincidenza perfetta: *Il Gattopardo* e *Otto e mezzo*. Dopo due film che hanno segnato la loro carriera e la storia del cinema italiano, concepiscono contemporaneamente il progetto successivo, lo girano in perfetto unisono, escono in sala negli stessi giorni, partecipano agli stessi festival e agli stessi premi, sembrano davvero lottare l'uno contro l'altro.

Eppure non finisce qui, e scorrere le date successive è davvero stupefacente:

1965: *Vaghe stelle dell'Orsa* e *Giulietta degli spiriti*.

Poi, dopo *Lo straniero* di Visconti, nel 1969 ci sono *Fellini Satyricon* e *La caduta degli dei*.

La quasi coincidenza tra *Morte a Venezia* e *Roma*, a cavallo tra '71 e '72.

Amarcord e *Ludwig* nel 1973.

E poi, mentre Fellini comincia ad avere problemi con i produttori e con le scelte dei progetti, Visconti gira *Gruppo di famiglia in un interno*. E quando nel 1976 *Casanova* è pronto, coinciderà con l'ultimo film di Visconti, ormai molto malato, *L'innocente*.

Adesso, a posteriori, potrebbe non sembrare cosí, visto che Fellini aveva già realizzato *Lo sceicco bianco* e *I vitelloni*; Visconti aveva già realizzato *Ossessione*, *La terra trema* e *Bellissima*: ma sono *La strada* e *Senso* che daranno ai due registi il grande successo e la fama internazionale.

Quindi nel '54, nel momento in cui si affermano definitivamente, nasce anche la loro rivalità; nasce ferocissima e si impianta una competizione, una concorrenza, un silenzio tra i due. In quegli stessi mesi, nasce la prima scintilla del *Gattopardo*, quando Tomasi si decide a scriverlo, in conseguenza dell'incontro di San Pellegrino Terme – dove oltretutto ci sono vari personaggi ed eventi che si incroceranno per tutti gli anni a venire. Nasce qui quella scintilla – e nasce proprio nell'anno di *Senso*; e *Senso* è il primo film di Visconti sul Risorgimento, tema che lo legherà in maniera inscindibile al *Gattopardo*.

In teoria, non nasce e non può nascere qui nulla che possa far presagire *Otto e mezzo*, perché *Otto e mezzo* sarà la conseguenza creativa (o di mancanza di creatività) originata da un successo oltre ogni immaginazione, che è quello per *La dolce vita*; eppure, anche le radici di quel successo di Fellini si piantano qui, a partire da *La strada* e dal premio a Venezia. Se *Otto e mezzo* è un film su un regista di successo in crisi, questo successo nasce proprio nel 1954.

Quindi Visconti nel 1954 non può pensare al *Gattopardo* perché non esiste ancora – ma qualcuno da qualche parte comincia a scrivere le pagine del *Gattopardo*; e Fellini non può concepire ancora *Otto e mezzo* perché è un film lontanissimo – ma qui nasce il primo sentimento del successo assoluto che lo porterà un giorno a questa crisi.

È nel 1954 che germoglia tutto. È qui che comincia la bella confusione.

È una notte del 1960. Fellini sta guidando una delle sue auto costose – faceva a gara con Marcello Mastroianni per chi la comprava piú bella, e Mastroianni ha raccontato che cosí hanno buttato via un sacco di soldi. Va verso Torvajanica, poi Fregene, girando per ore come piace a lui, sempre con qualcuno accanto con cui chiacchierare.

Accanto a lui stavolta è seduto Pier Paolo Pasolini.

Sono stati a cena insieme, per riappacificarsi dopo un litigio serio.

Fellini gli sta dicendo che la decisione di mettersi a fare il produttore è completamente sbagliata, visto che oltretutto sta sentendo l'esigenza di fare un nuovo film. Ha un'idea; e la racconta a Pasolini quella notte in quella macchina. Racconta la vita di un uomo in crisi che non sa cosa fare. È un'idea confusa di *Otto e mezzo*. Ma Fellini ripete molte volte, mentre racconta, che non sa se è un film che farà mai. In realtà, è molto piú avanti nel progetto di quanto voglia far credere.

Si erano conosciuti molti anni prima. Fu Fellini a cercare Pasolini; aveva letto le sue poesie, e poi aveva visto la sua capacità straordinaria di restituire la lingua del proletariato romano, e poiché stava lavorando a *Le notti di Cabiria*, volle parlargli. Cosí cominciano subito i giri in macchina, diventano amici; e proprio come sta accadendo stasera, Fellini andando in giro gli raccontò tutta la storia de *Le notti di Cabiria*; e gli chiese di collaborare alla sceneggiatura. Cosí, Pasolini partecipò alla sceneggiatura insieme a

Flaiano e Pinelli, occupandosi in particolar modo del linguaggio delle prostitute nella Roma notturna e strampalata del film. Dopodiché – non accreditato – collaborò anche alla *Dolce vita*, contribuendo ad alcune scene. E quando poi il film uscí, Pasolini ne scrisse per esprimere il suo entusiasmo – ma è solo qualche mese prima di questa notte, e Pasolini ha accostato Fellini a Gadda, facendo un'analisi linguistica e stilistica del film: in pratica ha detto che Gadda ha salvato il realismo in letteratura inventando una nuova forma adatta al suo tempo; e cosí ha fatto Fellini nel cinema con *La dolce vita*. È lui stavolta a dire che con un film di Fellini è finito il neorealismo: lo dissero su *La strada* i critici marxisti, lo ha detto adesso lui pensando alla *Dolce vita*. E questa via nuova l'ha chiamata neodecadentismo (in termini elogiativi, non come lo sprezzante neo-astrattismo coniato da Visconti), e ha detto che anche in campo letterario si sta cominciando a percorrere questa via. Ha detto cioè che Fellini guida tanti altri nell'esplorazione. E non sa ancora che tutto ciò accadrà in modo ancora piú deflagrante con il film che Fellini vuole fare, e che gli sta confusamente raccontando.

E allora, com'è possibile che in pochi mesi Pasolini e Fellini abbiano litigato, e stanotte abbiano fatto pace?

Tutto risale a una decisione repentina di Pasolini, che farà arrabbiare Calvino per esempio, che lo supplicherà di ripensarci: ha deciso e annunciato di voler diventare regista – oltre che poeta, scrittore, saggista, editorialista. È convinto di avere la capacità di esprimere un suo linguaggio nel fare cinema, e di poter trasformare un suo romanzo in film; e cosí scrive la sceneggiatura di *Accattone*. E tutto ciò in coincidenza con l'esplosione della *Dolce vita* e la decisione di Fellini, diventato l'uomo piú potente del cinema italiano, di aprire insieme al suo produttore Angelo Rizzoli una nuova casa di produzione, da affiancare alla Cineriz. Si chiamerà Federiz e si occuperà di far esordire nuovi registi, sotto la sua protezione. Fellini individua subito tre film possibili: *Il posto* di Ermanno Olmi; *Banditi a Orgosolo* di Vittorio De Seta (e l'incontro con De Seta risulterà importantissimo per tutt'altri motivi); e *Accattone* di Pier Paolo Pasolini.

In quel periodo, Fellini si occupa poco di pensare a un nuovo film, e passa le giornate nei nuovi uffici della Federiz di via della Croce. Li fa arredare in modo sfarzoso perché i soldi sono di Rizzoli; ordina tutti i giorni il pranzo da Cesaretto, lí vicino; fa incontri e riunioni con Pasolini e altri, in cui non si conclude nulla e si rimandano le decisioni alla riunione successiva. Inutile dire che Fellini lo ricorda come un periodo meraviglioso.

In realtà, quando Pasolini chiede a Fellini di leggere la sceneggiatura di *Accattone*, Fellini ha molti dubbi sia sulla sceneggiatura sia sulle sue capacità di regista; ma condivide con Rizzoli, oltre a quei dubbi, la decisione di rischiare e provare a produrre il film.

Pasolini ha fretta. Sente lo scetticismo su di lui, un poeta che vuol diventare regista, e vuole dimostrare prima possibile che ha un'idea di regia per nulla improvvisata. Cosí, chiede di cominciare a girare, è insistente; alla fine Fellini ne parla con Rizzoli e viene presa questa decisione: Pasolini farà tre giorni di riprese, girerà delle scene di prova per vedere se questo film ha un senso.

Pasolini racconta che nelle notti precedenti alle riprese, per l'emozione non ha mai dormito. Gli assegnano un piccolo ufficio di produzione e una troupe ridotta, in cui ottiene ci sia il figlio del suo amico Attilio Bertolucci, Bernardo, diciannovenne. Pasolini, nella sua furia creativa, prima di *Accattone* aveva scritto un altro soggetto, ma poi ha pensato che non fosse adatto per il suo esordio; il soggetto si chiama *La commare secca* e lo darà in seguito a Bernardo, che quindi esordirà con un film ideato da Pasolini. Bertolucci vive quei pochi giorni sul set di *Accattone* come un'esperienza unica, che racconterà poi per tutta la vita: perché vede qualcosa di assolutamente nuovo, un misto di idee di un neofita e di qualcuno con una visione iconografica molto personale e inconfondibile.

A questo punto il girato viene consegnato a Fellini, per farglielo vedere.

Qui, come al solito, le versioni sono piú di una.

Fellini racconta di essere stato soltanto un mediatore, e di non averne avuto responsabilità diretta – solo lui riusciva a essere un gigante e un meschino che schivava le colpe. Pasolini infatti ne ricava un'impressione diversa, sia per l'imbarazzo di Fellini sia per una frase che pronuncia. Nella sostanza succede che Fellini vede questo materiale e convoca Pasolini – o piú probabilmente, pare che sia stato Pasolini, visto il silenzio, a chiedere cosa succede, perché nessuno mi dice niente? Quando Pasolini va alla Federiz, Fellini con la morte nel cuore dice che il materiale non è buono. Anzi, gli dice che gli altri hanno detto che non è buono, ma Pasolini capisce benissimo che anche per lui non è buono; e soprattutto Fellini pronuncia queste parole: tu sei uno scrittore, non sei un regista.

Bertolucci racconta che tutti aspettavano il ritorno di Pasolini dopo l'incontro, nell'ufficio allestito per le riprese di *Accattone*. E vedono Pasolini tornare in lacrime. È un'immagine di Pasolini che Bertolucci non dimenticherà piú. Pasolini annuncia, distrutto, che il film si ferma.

Tempo dopo, Mauro Bolognini andrà a casa di Pasolini e leggerà la sceneggiatura di *Accattone*, gli troverà una produzione, il film si farà e comincerà la carriera straordinaria di Pasolini regista. Fellini dopo che avrà visto il film realizzato si scuserà con lui, e quando *Accattone* verrà bloccato dalla censura sarà il primo a scrivere pubblicamente che questo fermo è uno scandalo. Anche per il senso di colpa.

Comunque tra Pasolini e Fellini scende il gelo. Smettono di parlarsi. Sul Giorno, a botta calda, il 16 ottobre del '60, Pasolini racconta del suo film bloccato e scrive:

«del resto è probabile che la Federiz non produrrà nessun film eccetto quello di Fellini». Ed è esattamente quello che succederà: Fellini non produrrà né il film di Pasolini, né il film di Olmi, né quello di De Seta.

Smettono di parlarsi. Ma un giorno Fellini lo richiama per fare pace, lo invita a cena, e poi vanno in giro e Fellini racconta a Pier Paolo la prima idea del nuovo film.

Qualche mese prima di quell'ottobre, Fellini è a Cannes. *La dolce vita* ha già avuto un enorme successo e ha provocato incidenti fuori dai cinema, polemiche su tutti i mezzi di comunicazione, è diventato il film italiano piú famoso anche per il polverone che ha creato intorno a sé, per la follia delle file lunghe per isolati per entrare a vederlo; e poi per le discussioni accese fuori dal cinema, tra quelli che sono scandalizzati dal film e quelli che lo amano. Questa storia è talmente leggendaria che Pietro Germi inserirà una proiezione chiassosa della *Dolce vita* in una scena di *Divorzio all'italiana* (Germi è stato regista di film che Fellini ha sceneggiato).

Ma torniamo a Cannes. Fellini appare in un servizio della Rai, affacciato sul terrazzino della sua camera d'albergo, con Carlo Mazzarella che, dal terrazzino accanto, gli chiede cosa stia preparando. Sicuramente è un'intervista fatta a proiezione già avvenuta, perché Fellini racconta di un po' di persone che lo fermano per strada facendo un sacco di domande sul film, ma non sembra sia stato ancora premiato (*La dolce vita* vincerà la Palma d'oro). Probabilmente è la mattina successiva alla proiezione. Lui è al balcone, evidentemente soddisfatto, il film ha avuto reazioni entusiastiche e Mazzarella gli chiede cosa sta preparando adesso; Fellini gli sorride, dice che si sta ancora riposando e aggiunge: «sono ancora un pochino legato a questo film, dovrò seguirlo sia a Londra che a New York per l'edizione americana, poi c'ho una nuova idea in testa ma ancora un pochino confusa».

Confusione è una delle caratteristiche di questo film che Fellini ha in testa.

Ennio Flaiano sembra profetico quando ancora prima, nell'agosto del '59, riceve una lettera di Tullio Kezich, che sta curando per Cappelli editore il libro sulla *Dolce vita*. Kezich dice: Fellini mi ha detto che lei è sempre molto ritroso rispetto a queste richieste però sarebbe assurdo che lei nel libro non ci fosse. Le scrivo delle domande e poi lei mi risponderà.

Una delle domande è: quale film farebbe dirigere a Fellini dopo *La dolce vita* se fosse libero di decidere per lui.

Flaiano gli risponde qualche settimana dopo, troppo tardi per andare in stampa. Quindi questa intervista nel libro sulla *Dolce vita* non c'è.

Alla domanda sul prossimo film, scrive: credo che tra i suoi progetti ci sia ancora «Viaggio con Anita», benché nella *Dolce vita* il rapporto del protagonista con la sua amante sia già stato toccato, penso che Fellini potrebbe svilupparlo fino alle ultime conseguenze (cosa che in qualche modo avverrà per davvero in *Otto e mezzo*). E però Flaiano qui aggiunge: io sono convinto che con il prossimo film Fellini continuerà la sua ricerca di sé stesso.

La frase di Flaiano, «Fellini continuerà la sua ricerca di sé stesso», è incredibilmente profetica, perché *Otto e mezzo* è ancora di piú, rispetto alla *Dolce vita* o *I vitelloni* che sono l'espressione di tutte le ossessioni di Fellini: *Otto e mezzo* è il racconto direttamente e pericolosamente autobiografico di Fellini. Quindi Flaiano nel '59 afferma già che Fellini farà *Otto e mezzo* o qualcosa del genere. Probabilmente hanno già parlato della storia di un uomo confuso – *Otto e mezzo* c'entra con il fatto che Fellini è andato per un periodo alle terme di Chianciano e tornando ha pensato di voler ambientare alle terme questo film di un uomo confuso. Ma *Otto e mezzo* è senz'altro legato al fatto che *La dolce vita* gli abbia prosciugato le forze e al non avere idea su come e da dove ripartire. Questa cosa, in maniera misteriosa, Flaiano la intuisce prima che accada.

In realtà Fellini dichiara che ha conservato l'embrione di questa idea per tanto tempo. In un'intervista alla rivista Bianco e nero pubblicata nel '63 afferma: «Posso dire che l'idea di questo film è anteriore alla *Dolce vita*. Avevo in animo da tempo, mi pare subito dopo *Le notti di Cabiria*, di fare un ritratto a piú dimensioni di una creatura umana, una storia nella quale si configurassero diversi momenti, vale a dire una storia che si svolgesse insieme su un piano della realtà fisica, su un piano della realtà dei sogni, su un piano dell'immaginazione, con uno scavalcamento continuo del tempo – presente, passato, futuro – insomma con una certa contemporaneità».

Ora, in generale, è difficile fidarsi delle interviste e dei pensieri che arrivano cosí in ritardo rispetto ai fatti. In piú, come sappiamo e si sa da sempre, Fellini usava la memoria e i racconti, le storie vere o che definiva tali, in maniera molto libera, maliziosa, giocosa. L'ha sempre dichiarato esplicitamente che quello che racconta non si sa se è vero o no; è dimostrato anche dai fatti che spesso cambiava i connotati della verità a suo vantaggio o anche a suo svantaggio. Però nella ricostruzione dell'inizio di *Otto e mezzo*, quella frase di Flaiano, quell'altra di Fellini a Cannes, l'idea raccontata a Pasolini, e anche un po' il modo di lavorare di Fellini che conservava i progetti in testa per tanto tempo, rendono credibili queste sue affermazioni.

Bisognerebbe qui fare una parentesi, o aprire un altro capitolo, e cioè il rapporto tra Fellini e *Il posto delle fragole* di Bergman, che è la piú probabile fonte di ispirazione per *Otto e mezzo*. Il legame tra i due film è sostanzioso, e anche per questo motivo Fellini respinge tutte le possibili vicinanze. Ma poi c'è anche un altro motivo, che è quello al quale io aderisco decidendo di trascurare il film di Bergman: e cioè che Fellini, ispirato o no dal *Posto delle fragole*, si è spinto molto oltre, e quindi ha voluto spezzare ogni filo che li legasse.

Ma poi Camilla Cederna fa scoprire che in quell'autunno del 1960 questa idea era piú concreta di quello che sembrava: anche lei andava a fare lunghissimi giri in macchina con Fellini in cui, appunto, parlava continuamente di questa idea di film che aveva in testa. La Cederna dice: me la raccontava in modo magmatico, raccontava a brandelli, si interrompeva continuamente guardando un passante, un paesaggio. Ma il racconto era il seguente: immagina un uomo sui quaranta, stanco, con il fegato in disordine che a un certo punto decide di andare a fare una cura termale.

Con la Cederna, Fellini insiste che quest'uomo deve essere un po' serio e un po' un clown. È una fissazione che Fellini avrà per tanto tempo, fino ai primi giorni di riprese, tanto è vero che penserà di intitolare il film, «Film comico»; e addirittura, quando comincerà a girare, metterà un cartello accanto alla macchina da presa che gli ricorda che il film deve essere divertente. Obbligo che abbandonerà subito. Racconta alla Cederna che alle terme viene a trovarlo la moglie, ma anche l'amica, e lui non sa come barcamenarsi, e va avanti a furia di bugie. Poi lo assale il suo passato, ed ecco il vero passaggio nuovo del film: «Ti avevo parlato della Saraghina, quella specie di Moby Dick riminese che sulla spiaggia, quando avevo otto anni, era stata per me la rivelazione della donna in tutta la sua bieca potenza? Ce la vedo benissimo. Ci metterei dentro anche le punizioni inflitte in collegio, al protagonista bambino, te le avevo raccontate, non è vero? Per esempio, quella a cui mi si obbligava se avevo disobbedito: stare in ginocchio sul granoturco almeno mezz'ora...»

Continua a raccontare il film alla Cederna, racconta anche di una bella amante-madre che sotto sotto somiglia alla balia (poi scomparirà dal film perché l'amante Carla ingloberà anche l'amante-madre – e la persona vera che sta dietro il personaggio di Carla e dell'amante-madre c'è tempo per raccontarla). Le dice che l'attore che gli piacerebbe interpretasse il film è Laurence Olivier. E per un lunghissimo periodo Fellini penserà a lui, andrà anche a Londra per incontrarlo e non riuscirà a mettersi d'accordo per un appuntamento – perché in realtà non ha nessuna vera intenzione di incontrarlo: forse ci sono dei buoni motivi per cui Olivier non può essere il suo personaggio, soprattutto man mano che si sovrappone sempre piú a sé stesso.

Il documento che rivelerà definitivamente che quell'idea confusa raccontata a Pasolini in modo frammentario, continuando a ripetere che non sa se poi la realizzerà per davvero, in realtà era in uno stadio molto avanzato, è la lunga lettera che Fellini scrive a Brunello Rondi.

Siamo sempre in quell'ottobre 1960.

Insieme a Flaiano e Tullio Pinelli, Rondi costituisce il gruppo di sceneggiatori con cui il regista ha scritto *La dolce vita*. Fellini è andato di nuovo a Chianciano, poi al ritorno ha passato qualche giorno a Fregene insieme a Flaiano, e hanno messo insieme una quantità di materiale narrativo che ora Fellini manda a Rondi con una lunga lettera, cercando di fare ordine e di dividerlo per punti. È il primo vero abbozzo del film; dentro c'è già praticamente tutto.

«Brunellaccio, invece degli appunti sparsi che ti avevo promesso, tento di riassumerti qua tutto quello che finora ho in testa. Dunque: un tipo (uno scrittore? Un professionista qualunque? Un impresario teatrale?) è costretto per una quindicina di giorni ad arrestare il ritmo solito della sua vita per una malattia non grave. È il campanello d'allarme: qualcosa si è ingorgato nel suo organismo. Deve restarsene buono buono per due settimane a Chianciano. Ti ho parlato a lungo del posto e perciò sai tutto su questo punto.

«Il tipo è incastrato in situazioni che a volte sente pesantissime, ma non riesce a sciogliere. Ha moglie. Ha una amante. Tiene in piedi un'infinità di rapporti nei quali si dibatte come una mosca in una ragnatela ma probabilmente senza questi legami cadrebbe nel vuoto piú angoscioso, perché gli sembra di non essere ancorato proprio a niente. La disponibilità totale del suo modo di essere, a lungo andare gli si è dimostrata come una specie di pauroso delirio senza senso e senza scopo. A che pro tentare di mettere ordine? Il vero senso di tutto non consisterà forse nell'inserirsi, con tutta la sua vitalità possibile, in questa specie di fantastico balletto cercando soltanto d'intuirne il ritmo?

«La sua giornata si svolge cosí su due piani: quello reale fatto degli incontri in albergo e alla fonte; amici che vengono a trovarlo da Roma, l'amante tenuta nascosta in un altro alberghetto e la moglie che un bel giorno gli si presenta e resta a fargli compagnia. Ed un piano fantastico di sogni, di immaginazioni e di ricordi che lo aggrediscono presentandoglisi tutte le volte che a noi torna comodo farlo.

«Allora ecco cosa c'è fino adesso...»

E qui Fellini comincia a elencare abbozzi di scene: il medico che lo visita; l'amante gran culona convinta di passare dei giorni in un albergo sontuoso e che invece viene dirottata in un alberghetto della stazione – il racconto di quando lui va a prenderla al treno è esattamente quello che vedremo, compresa la veletta. Il sogno dei genitori al cimitero, con la madre che si trasforma nella moglie. La ragazza delle terme: «immaginati Claudia Cardinale»; l'amico sessantenne con la giovane fidanzata. Il cardinale, la moglie, la Saraghina, e un primo abbozzo di quella che chiama la casa-harem, a cui tiene molto.

«Eppoi il circo di tutti i personaggi della sua vita. Insomma all'incirca la baracca è tutta qua. Mi piace sempre. Non so ancora bene perché».

E poi: «Cosa vuol dire tutto ciò? Mah. Flaiano suggerisce il titolo "La bella confusione", ma non mi piace granché. Anzi non mi piace niente. Mi pare di intuire che la chiave vera di tutto questo pasticcio sia sempre quella che ti ho detto fin dalla prima volta: un ritratto a piú dimensioni di un tipo cosí e cosí».

Questa lunghissima lettera è prova definitiva e sostanziale del fatto che *Otto e mezzo* è già chiaro nella testa di Fellini, anche se è ancora lontanissimo dal passaggio decisivo di trasformare questo personaggio in un regista, cioè in sé stesso. Qualcosa alla fine non ci sarà piú, qualcosa sarà aggiustato, si scriveranno varie stesure, il film si continuerà a «fare» sul set perché è un film che è stato costruito tantissimo, facendolo (e come vedremo, finirà per essere cosí anche per *Il Gattopardo*, anche se in modo meno visibile); però quello che si legge in questa lettera lo vedremo nel film; quindi mentre Fellini diceva a tutti di essere confuso, in realtà insieme a Flaiano aveva già costruito questo film.

In un post scriptum a Rondi chiede di non parlarne a nessuno, lui comincia a sondare con le persone intorno questa idea, ma la grandezza dell'idea sta nel fatto che questo film è quasi irraccontabile e Fellini lo può raccontare solo cosí: un po' lo descrive, un po' si distrae, un po' dice dove ero arrivato; e però intanto nella sua testa il film si sta formando.

La richiesta a Brunello Rondi di non parlare a nessuno del film ha a che fare con nuove cautele. Prima di tutto, nella sua testa c'è ancora confusione, e lo capiscono anche le persone a cui prova a raccontarlo (Pasolini, Cederna). Poi con *La dolce vita* Fellini ha imparato a comprendere la distanza che c'è tra il film che vuole fare e il film che davvero farà: dire che *La dolce vita* racconta di un giornalista che se ne va in giro per la città e non ha le idee chiare (in questo, i due personaggi di Mastroianni si somigliano molto), non è incoraggiante; ma è proprio questa nebbia, questa confusione antinarrativa che farà dei film di Fellini quello che sono, una volta realizzati. E quindi qui Fellini inaugura un modo di stare nel cinema inconsueto: un film, per avere voglia di produrlo, bisogna che qualcuno lo racconti, lo dipani e lo svisceri; ma Fellini si avvantaggia del suo stato di grazia e decide che di questo film non si deve sapere niente. La frase che i giornali usano di piú è «una dolce vita interiore»; ma di ipotesi strampalate sul titolo e sulla trama del film se ne fanno molte.

Dopo aver bocciato l'idea di intitolarlo «La bella confusione» come voleva Flaiano, Fellini pensa davvero a «Film comico» che è una specie di tentativo di rendere il film piú appetibile; poi la stampa registra varie notizie di titoli, tipo «L'uomo anima», «AsaNisiMasa» che è una parola chiave del film (con la variante «Asa Nisi Masa» staccato) fino a un settimanale che decide che si intitola «Il labirinto» e l'attrice sarà Sylva Koscina. Poi sul set Mastroianni suggerirà «Le confessioni di Snaporaz», che è il nomignolo da alter ego del regista (che tornerà nella *Città delle donne*); Clemente Fracassi, l'organizzatore, suggerisce «Confideor». Invece nel contratto c'è scritto «Otto», solo per indicare che è l'ottavo film di Fellini; e poi per le riprese, il titolo provvisorio diventa *Otto e mezzo* perché sarà l'ottavo lungometraggio piú mezzo film. C'è chi ipotizza che quel mezzo in piú conteggi la co-regia con Lattuada di *Luci del varietà* e chi l'episodio di *Boccaccio '70*. Però il fatto che sia stato scritto prima «Otto» e in seguito «Otto e mezzo» chiarisce che si tratta dell'episodio appena girato (Fellini non considera quello girato con Lattuada un film veramente suo).

Otto e mezzo diventerà il titolo definitivo, ineliminabile; e la grafica che disegnerà Gherardi lo renderà eterno.

Il lavoro di Fellini procede in questo modo: incontra gli sceneggiatori uno alla volta, perché è cosí che ha sempre preferito fare. Poi cominciano le varie stesure, ma da un certo punto in poi, nella realizzazione di *Otto e mezzo*, Fellini – ancora di piú rispetto agli altri film – ritiene di dover proseguire da solo.

È partito da un uomo, è passato a un intellettuale, da uno scrittore a uno sceneggiatore che è la figura presente in tutte le stesure fino a poco prima di girare il film, momento in cui viene fuori un regista. Il mio sospetto è che Fellini solo per pudore non abbia accettato di mostrare fin dall'inizio la figura di un regista, ma che questa idea dentro di lui ci fosse sempre stata – anzi, piú correttamente: la voglia di raccontarsi in prima persona, di raccontare senza filtri quello che ha dentro.

Questo film non avrebbe avuto senso in altro modo.

Allora probabilmente ha tentato di infilare nel personaggio tutta la sua personalità e tutti i suoi tormenti, avendo fiducia di farcela; quindi ha prima nascosto la crisi di Guido in un intellettuale, poi in uno scrittore che traslasse l'io di Fellini, poi in uno sceneggiatore, cioè un passo in là da sé stesso. Oppure ha avuto sempre la sensazione di dover completare questa adesione, andare fino in fondo, ma ha cercato o di tenerla a bada o di non svelarla. Quando ripeteva che questo film è stato piú volte sul punto di non farlo, era forse per non accettare di mettersi completamente in gioco, oppure aveva davvero l'idea di non poterlo fare perché l'unico modo era mettersi completamente in gioco. Alla fine accetta di compiere il passo definitivo; ma poi arriva al punto, poco prima delle riprese, di rinunciare al film (e quindi di rinunciare alla sua crisi) e una circostanza miracolosa lo costringe ad andare avanti. Fellini si rende conto, chissà quanto però, che far diventare il personaggio di Guido un regista significa scegliere di fare un film piú autobiografico, piú sincero, meno costruito, piú nuovo. E piú interiore.

Fellini comincia a essere inafferrabile già nella scelta degli attori (questione che racconterà quasi identica nel film). Sia per il personaggio interpretato da Claudia Cardinale sia per quello di Sandra Milo, cioè la ragazza delle terme e l'amante Carla, nelle chiacchierate con i suoi collaboratori, nella chiacchierata con Camilla Cederna, Fellini dice che bisogna trovare un'attrice tipo Claudia Cardinale e che bisogna trovare una figura tipo Sandra Milo. Tra queste parole e la scelta finale di Claudia Cardinale e di Sandra Milo, Fellini passa un sacco di tempo a ribellarsi a queste idee e a cercare altre facce, altri corpi. Proprio come si è ribellato a far sí che Guido fosse un regista, proprio come si è ribellato ad accettare l'idea che Mastroianni fosse di nuovo il suo alter ego. Questo processo psicologico di opporsi al film è alla base del film, ed è anche alla base del film che Guido non vuole fare in *Otto e mezzo*.

Per quanto riguarda Claudia Cardinale, in realtà Fellini non esclude mai di averla, fin dal 1960. Ma poi, quando si decide a chiamarla, la Cardinale ha già un accordo per *Il Gattopardo*. Per Fellini, ancora Visconti sulla sua strada; per Visconti, lo stesso. Fellini non è contento di condividere la Cardinale con Visconti; nemmeno Visconti di condividerla con lui, ma in questo caso per Luchino è diverso: ha un contratto, Claudia interpreterà un personaggio principale; lui non deve decidere nulla, deve solo assistere con sadismo a quanto Fellini si adatterà. E Fellini si adatterà. Le pose sono poche, si può fare. Ma poi, capricciosamente e per reali esigenze sceniche, si impunteranno tutti e due sul colore dei capelli, e la Cardinale si sottoporrà a uno strazio di cui adesso racconta con memoria epica.

Per il personaggio dell'amante Carla, Fellini ha in testa una donna concreta, Anna Giovannini, la sua amante segreta per decenni, di cui solo pochissimi sapevano, la cui esistenza verrà rivelata dopo la morte del regista. Pur avendo individuato in Sandra Milo l'attrice che lo riporta all'idea fisica che ha in testa, si intestardisce a cercare un'altra «faccia». Camilla Cederna racconta questa ricerca in modo divertente, perché è stata coinvolta.

Fellini fa mettere annunci sui giornali, comincia a ricevere fotografie di donne di ogni tipo e poi a fare provini: mogli, donne anziane, donne giovani, donne grasse, donne magre, donne che si presentano di nascosto da mariti o famiglia. Fellini chiede alla Cederna di aiutarlo, la raggiunge a Milano per un paio di giorni e convoca in produzione una serie di donne da provinare. Vede tantissimi corpi, facce, donne folli, altre che hanno misure debordanti, altre ancora che ritengono di avere caratteristiche giuste e si rifiutano di andare via fino a quando non riceveranno la parte, altre che lo insultano, piangono, si incazzano. È evidente che si diverta piú che credere di trovare realmente la rivelazione.

Fino a quando non si decide a fare quello che voleva fare fin dall'inizio, ma sapendo che c'è un problema: Sandra Milo, infatti, veniva da *Vanina Vanini*, un film di Rossellini presentato a Venezia (dove Rossellini con una scusa non si fece vedere) e stroncato in modo violentissimo tanto che da quel momento alla Milo venne affibbiato il soprannome di Canina Canini – e lei stessa, quando andrà a ritirare il Nastro d'argento per l'interpretazione di *Otto e mezzo*, dirà che è da Canina Canini che era partito tutto. Ma c'è di piú: dopo la delusione per il film di Rossellini, Sandra Milo ha deciso addirittura di ritirarsi. Si è sposata, vuole fare un figlio, è delusa. Quindi Fellini si trova di fronte un'attrice in stato di disgrazia professionale che ha risolto la questione ritirandosi. Però, adesso che ha capito che vuole lei, insiste; e cosí, nonostante la Milo continui a dire no, basta, non voglio piú pensare al cinema, Fellini una mattina si presenta a casa sua con un operatore, la fa svegliare, la aspetta in salotto e la costringe a fare il provino per Carla. Avendo capito che lei era irremovibile, si è messo d'accordo con il marito e l'ha convinto a organizzare un agguato. Quando Sandra si presenta in vestaglia, le infilano una redingote senza darle il tempo di protestare. Fellini le chiede se ha una chitarra, lei risponde: no, però ho un gatto. E fa il provino con un gatto di peluche in braccio. Fellini la fa parlare, le chiede di mangiare, di dire un paio di battute, e alla fine del provino non ha dubbi. Car-

la è Sandra Milo, la vuole soltanto piú grassa, le chiederà di ingrassare e lei lo farà, mangiando di tutto per settimane. Intanto lei non ha ancora scoperto di essere incinta.

Sandra Milo racconta che non avrebbe mai potuto dire di no a Fellini, anche perché dice di averlo conosciuto qualche anno prima a Fregene tramite Flaiano, e di essersene innamorata immediatamente.

E quindi alla fine decide di accettare non solo, e non tanto, perché Fellini è diventato Fellini, ma perché continua a esserne sedotta. Tutto questo è epica, verità, non si sa: quello che si sa è che tra i due ne nascerà una storia lunga e tumultuosa.

Incontrando oggi Sandra Milo in un caffè romano, restando con lei a chiacchierare ore, si capisce che il cinema non è mai stata la sua passione principale, almeno non quanto la vita, che le è sempre interessata di piú, e soprattutto l'amore. Nel parlare con lei di quelle settimane di *Otto e mezzo*, e poi della relazione d'amore con Fellini, ho la prova che quel che racconta è vero: oggi a lei importa meno di aver fatto *Otto e mezzo*, le importa di piú di aver amato Fellini. E penso che a me accadrebbe esattamente il contrario, penserei che un amore è un mezzo per realizzare un'opera, e non che un'opera è un mezzo per realizzare un amore. Qualche tempo fa, nel presentarmi il dirigente di una grande società di produzione, una mia amica produttrice mi ha detto: «pensa che lui lavorava con noi, e andò via perché si era innamorato» – e lo diceva come se fosse la cosa piú epica che potesse fare. E a me questa cosa invece sembrava deludente. Appunto perché non ho il mito dell'amore, ma ho il mito del lavoro.

E invece Sandra Milo sostiene proprio il mito dell'amore. Del resto aveva già rinunciato allora a fare l'attrice, pensando che il suo matrimonio e un figlio avrebbero medicato con facilità quella ferita; e in seguito rinuncerà al ruolo di Gradisca in *Amarcord*, quando ormai era già tutto deciso e aveva suggerito anche i costumi e il berretto di Gradisca, perché doveva scegliere tra fare il film e lasciarsi con l'uomo con cui stava in quel momento (geloso della sua storia con Fellini). E non fece il film. E non interpretò Gradisca.

In fondo, il mondo è diviso tra coloro che sceglierebbero il film e coloro che sceglierebbero l'amore. Io sceglierei il film, Sandra scelse l'amore (rinunciando tra l'altro dolorosamente a un altro grande amore). Ma oggi lei parla come se la sua carriera di attrice fosse stato un accadimento affascinante, un'occupazione intanto che la vita amorosa si sviluppava. E quindi, quando dice che fece *Otto e mezzo* non per il film, ma perché era innamorata di Fellini, è semplicemente vero.

E cosí si arriva a Marcello Mastroianni.

Mastroianni è il piú grande furto (legittimo) che Fellini ha fatto a Visconti. Perché Mastroianni, che al cinema aveva interpretato ruoli e film godibili ma non eccezionali, a teatro era stato l'attore giovane di Visconti, il piú grande regista di teatro di quegli anni. Fino a quando Visconti l'ha scelto per *Le notti bianche*, e da lí la sua carriera ha cominciato a cambiare. Ma poi arriva *La dolce vita* e tutto viene rivoluzionato. Fellini non solo se lo prende, ma ne fa il suo alter ego. Come se lo rapisse.

Per *La dolce vita* la produzione voleva Paul Newman, e comunque non voleva un attore italiano. Fellini aveva insistito su Mastroianni, lo convocò a Fregene, c'era anche Flaiano e gli raccontarono l'idea del film. Mastroianni per darsi un tono disse che voleva leggere qualcosa, e Flaiano tirò fuori dalla tasca un foglietti no con due o tre appunti. Con *Otto e mezzo* succede praticamente la stessa cosa, solo che stavolta è Fellini che vuole Laurence Olivier, ma ogni volta che incontra Mastroianni, si sente dire: tanto sempre da me devi tornare. E Marcello lo diceva sul serio, era sicuro che non poteva non essere lui a fare il film. Appunto, l'alter ego.

Quindi Fellini avvicina praticamente ogni attore o attrice di questo film con riluttanza – il motivo è che davvero teme il film, vuole farlo e non vuole farlo. Si fissa con Olivier, gli dà appuntamenti, dice di aspettarlo se ha altri impegni; ma poi è lui a sfuggirgli. E quando la produzione gli propone date possibili per la disponibilità di Olivier a fare il film, deve prendere una decisione, senza averlo nemmeno mai incontrato.

Fellini sa benissimo che con Olivier c'è un problema insormontabile: la scena dell'harem.

Guido deve entrare in un casolare dove ci sono tutte le sue donne, del presente e del passato, quelle desiderate e quelle immaginate, che lo festeggiano, che gli hanno preparato un bagno caldo, e che poi provano a ribellarsi. Fellini si chiede come faccia Olivier a entrare nell'harem e a essere credibile, a non farci pensare che è Amleto, Otello. Quindi conclude: qui ci vuole qualcuno piú terra terra.

Quello che diceva Mastroianni a Fellini evidentemente era vero, l'approdo naturale sarebbe stato lui; ormai erano amici, e Fellini gli diceva che aveva dei dubbi anche fisici, lo sentiva giovane, rozzo, grassottello per la parte, felice rispetto all'infelicità di questo personaggio (che non è ancora il regista che diventerà). Alla fine si decide a fargli dei provini, ma ordina di imbruttirlo, di disegnargli occhiaie profonde, di renderlo triste. Gli chiede di dimagrire. Ma sa che nel momento in cui Guido, con la faccia di Mastroianni, entrerà nell'harem, sarà l'unico che potrà essere credibile.

Piero Gherardi comincia a preparare delle scenografie bellissime, individua il posto dove si possono ricostruire le terme, individua il casolare di campagna (che è casa sua), mostra a Federico il bosco dell'Eur per allestire il giardino delle terme. Ma intanto Fellini, che ormai è pronto per cominciare, recalcitra. E confessa a Camilla Cederna che questo film confuso che sta per fare è forse troppo ambizioso, e anche pericoloso, perché è un film continuamente sull'orlo del baratro: quando pensa alle scene, pensa a un film importante ma che può diventare ridicolo. È un film personalissimo in un momento sbagliato, pensa. (*Il Gattopardo*, invece, è perfettamente in sintonia con i tempi: impegnato, sontuoso, aperto alla storia e al mondo).

E allora Fellini decide di parlare con Rizzoli, il produttore, e gli dice che non è convinto. Intanto ha già fatto costruire tutto, compresa l'astronave sulla spiaggia. Quello che sto raccontando è quello che è successo davvero, nella realtà; ma si confonde con quello che succede nel film. Perché poi nel film Fellini metterà anche quello che sta succedendo mentre preparava il film, visto che *Otto e mezzo* sarà un film su uno che deve fare (e non vuole fare) un film. Rizzoli lo rassicura piú volte, ma alla fine Fellini, un tardo pomeriggio, con le riprese ormai vicine, nel suo ufficio prende carta e penna e gli scrive: «Caro Angelino, mi rendo conto che ciò che sto per dirti romperà in modo irreparabile i nostri rapporti di lavoro. Anche la nostra amicizia rischia di essere compromessa. Il fatto è che avrei dovuto scriverti questa lettera già tre mesi fa, ma fino a ieri speravo che...»

In pratica, sta per scrivere di essere pronto a pagare le penali del contratto perché non è piú convinto. Pensa coscientemente che è meglio far perdere una cifra tutto sommato accettabile ora, che una cifra enorme alla fine. Mentre scrive questa lettera, un macchinista bussa alla porta, e dice che giú sono tutti pronti per brindare al compleanno di uno di loro. E Fellini in quel momento si trova davanti a un bivio: continuare a scrivere al produttore, oppure scendere negli studi per brindare con i macchinisti. Scende. E si ritrova dentro la cucina di sua nonna in campagna, cosí come la stanno ricostruendo. Il festeggiato stappa la bottiglia di spumante, e rivolto a Fellini dice: sarà un gran film, dottore. Alla sua salute. Viva *Otto e mezzo*.

Questa storia è confermata e raccontata da piú parti e

da piú testimoni, ma l'ipotesi che sia un'invenzione di Fellini, o un accrescimento epico di un episodio piú sfumato, rimane probabile – come per tutto, quando si ha a che fare con Fellini. E però su questo è bene chiarire la questione: dividere la verità documentata dai racconti di Fellini, vorrebbe dire non avere rispetto della sua ricostruzione epica del mondo. E non si può scrivere di Fellini se non si accetta, anzi se non si condivide la sua ricostruzione. Certo, non quando le sue ricostruzioni sono palesemente contraddette dai fatti, è chiaro. Ma la grandezza di Fellini ha a che fare anche con questo: le sue architetture fantasiose sono poggiate quasi sempre su impalcature solide. Non inventa, fa lievitare la narrazione.

In fondo *Otto e mezzo* è proprio il film che si può fare solo con l'incoscienza; e non volendolo fare. Tutti i pericoli sono superati dal fatto che la consapevolezza che sia un film pericoloso si trasforma in un coraggio insensato; e man mano che si immerge nel set, il film, facendosi, si farà.

La storia tra Visconti e *Il Gattopardo* potrebbe cominciare cosí: quando esce il libro, non c'è nessuna possibilità che un giorno il romanzo di Tomasi e Luchino Visconti si incontreranno, cosí come invece è accaduto. Sono due punti distantissimi.

Però è significativa la frase che Francesco Orlando, suo allievo, disse a Tomasi quando lesse il manoscritto: «Se lei pubblicherà questo grande libro di critica al Risorgimento, interesserà o piacerà soprattutto alla cultura italiana di sinistra; ne parleranno i comunisti».

Quando Feltrinelli si decide a pubblicarlo, nel novembre del 1958, è passato esattamente un anno dalla pubblicazione del *Dottor Živago* di Boris Pasternak; e l'uscita del libro di Tomasi è preceduta in modo quasi profetico dalla condanna definitiva e ufficiale di *Živago* da parte del Partito Comunista, per mano del direttore della commissione culturale, Mario Alicata.

In quel momento, Mario Alicata è la persona piú influente nel mondo culturale italiano, essendo il partito cosí determinante per gli intellettuali e gli artisti del tempo. Alicata, durante la guerra, era stato redattore della sede romana di Einaudi, e aveva fatto parte di un gruppo che si era dato il compito di immettere nel cinema una cultura neorealistica, marxista. C'erano pure Giuseppe De Santis, Gianni Puccini, Pietro Ingrao, ed erano tutti appartenenti al Pci clandestino. E avevano incontrato sulla loro strada Luchino Visconti. Cosí Alicata insieme a Visconti aveva provato prima a fare un film tratto da Verga, e poi, insieme a De Santis e Puccini, aveva scritto *Ossessione*, film considerato fondatore del neorealismo italiano: l'esordio di Visconti alla regia. Poi, però, nel giugno del 1945 Alicata scrive alla moglie dal carcere, dicendo che non lo convincono le lodi ricevute per *Ossessione*: «ora so che quel film è falso anche se come prodotto industrial commerciale è certo superiore a tutti o quasi tutti i film italiani di oggi. Personalmente io lo considero il segno della mia incoerenza e insincerità di prima». Questa lettera fa capire bene l'intransigenza di Mario Alicata, e anche il suo tentativo di scalare il partito e di diventare una specie di personaggio misto, grande intellettuale e burocrate. Nel Pci questi due ruoli finivano per essere incastonati, per questa ragione un intellettuale che diventa il direttore della commissione culturale del Partito Comunista sembra incagliato dentro un processo piú complesso e significativo rispetto a un singolo artista.

Nel pubblicare in prima mondiale *Živago*, Giangiacomo Feltrinelli aveva disobbedito prima all'Unione Sovietica e poi al Pci, un fatto senza precedenti; e *Živago* era stato un successo gigantesco. *Il Gattopardo* non porta addosso questo peso, e infatti nelle prime settimane le recensioni hanno tutte un tono positivo; qualche dubbio lo pongono l'Unità e Vie Nuove quando mettono in luce un sospetto a proposito del trasformismo di don Fabrizio, del suo modo di abbandonare la lotta. Ma sono dubbi occultati nei giudizi positivi, e all'inizio il romanzo non è certo al centro di un dibattito acceso. Tutto cambia quando ci si accorge che il libro comincia a vendere, e in due mesi è già alla quinta ristampa; un successo che non è dovuto né alla critica, né a campagne pubblicitarie significative, ma soltanto al passaparola dei lettori.

C'è poi una strana coincidenza. Proprio in quei mesi Leonardo Sciascia ha pubblicato *Gli zii di Sicilia* (per i Gettoni di Vittorini, altra coincidenza affascinante), che raccoglie tre racconti, l'ultimo dei quali si intitola «Il Quarantotto». Non l'avevo mai letto, l'ho fatto ora. Narra della capacità della nobiltà siciliana di appoggiare la rivolta e poi di negarla quando i Borboni si reimpadroniscono dell'isola; come al solito, le vittime «restavano i poveri».

Quindi, il punto di vista di Sciascia è chiaro. E adesso si ritrova davanti a un romanzo con gli stessi temi, di uno scrittore sconosciuto, con una posizione teorica diversa e un successo che sta diventando piú che rilevante. Forse è ingiusto attribuire questa malizia a Sciascia, ma alcuni condizionamenti possono accompagnare anche involontariamente i pensieri piú limpidi. Per esempio, Sciascia si irritò molto quando qualcuno scrisse, confondendo la cronologia, che il suo racconto fosse frutto del *Gattopardo*, e ci tenne a replicare subito: «Peccato che il frutto sia nato prima dell'albero».

Tutto questo per dire che il primo a scuotere la piú o meno tranquilla ascesa del *Gattopardo* è proprio Leonardo Sciascia.

A fine gennaio del 1959 tiene una conferenza sul romanzo di Tomasi al Circolo della Cultura di Palermo, che poi verrà pubblicata sul quotidiano L'Ora. E anche lui dice che si è divertito, che sul piano letterario è un libro affascinante. Ma la sua contestazione è dritta: attacca le ambiguità del romanzo sul piano politico, dice appunto che c'è un atteggiamento di indifferenza verso la povera gente, lo accusa di qualunquismo, ma lo accusa anche di fare un ritratto stereotipato del mondo e della Sicilia – quindi pone delle riserve soprattutto politiche. Insomma, Sciascia dice in modo piú cauto ciò che Fortini piú tardi dirà in modo brutale: è un ottimo romanzo, ma è di destra.

È questo il problema che alcuni intellettuali di sinistra avevano cominciato sommessamente a suggerire man mano che il libro aveva successo. Sul momento la posizione di Sciascia scuote talmente gli animi che le reazioni non sono immediate. In fondo, ci si ritrova improvvisamente con un ostacolo: è stato recensito in modo positivo anche sul quotidiano del partito, e poi ci si è accorti che c'era un problema politico.

Bisogna sottolineare due cose. La prima, riguarda la questione letteraria in un periodo in cui si cercavano strade nuove: Vittorini faceva una collana per Einaudi, i Gettoni, che intendeva sperimentare; sarebbe arrivato di lí a poco il Gruppo 63; e *Il Gattopardo* era con ogni evidenza un romanzo classico, e quindi da certi punti di vista reazionario anche nella concezione formale. La seconda, riguarda il momento storico politico: a sinistra alcuni scrittori e intellettuali erano usciti dal Partito Comunista dopo la rivolta d'Ungheria e l'invasione sovietica per sopprimerla; c'era appena stato il caso *Živago*, su cui proprio quei ribelli avevano avuto la libertà di fregarsene della condanna dell'Unione Sovietica e poi del Partito Comunista. E adesso, qualcuno cominciava a condannare politicamente *Il Gattopardo*. Che aveva ricevuto pareri entusiasti (Piovene, Bo, Pampaloni) e cominciava a ricevere qualche condanna netta, per esempio da Alberto Moravia che dice lapidario: è un romanzo di destra; Pratolini che dice: ci porta settant'anni indietro.

E, soprattutto, poco dopo quello di Sciascia, arriva l'intervento di Elio Vittorini.

In quel momento, quasi nessuno sapeva che Vittorini avesse rifiutato il romanzo di Tomasi (due volte); ma qualcuno lo sapeva, e infatti nella sua recensione Carlo Bo aveva scritto che *Il Gattopardo* aveva avuto l'onore di essere rifiutato. Poiché si sente chiamato in causa, Vittorini decide di prendere posizione, senza accennare al suo rifiuto. E, come è immaginabile, non solo non si giustifica, ma rafforza i motivi per cui ha deciso di non pubblicare il libro di Tomasi. Lo fa in un'intervista al Giorno, dove dice con brutalità che *Il Gattopardo* è piacevole, «ma non è di alta statura»; che se fosse stato pubblicato trent'anni prima sarebbe stato in sintonia con il suo tempo, ma adesso non piú; che è un'imitazione dei *Viceré* di De Roberto (in molti, negli anni e nei decenni, per denigrare *Il Gattopardo* gli contrapporranno *I Viceré*); «poi io non posso soffrirne, in particolare, diverse cose che pur ne determinano l'esistenza» (e cita qualche esempio, compresa «quella sua concezione della morte che è cosí vecchia e scontata, cosí antiquatamente patetica»). Per questi motivi, «e per il resto che taccio», Vittorini preferisce Calvino, Bilenchi, Cassola, Testori: dicono qualcosa di non risaputo, mentre *Il Gattopardo* «lo lascia proprio tale e quale lo trova, il tempo».

A Vittorini risponde subito Bassani, scrivendo perfidamente che non discute il giudizio di Vittorini – e qui l'affondo: «giudizio che del resto già conoscevo. Non fu infatti per aver riposato sul parere di Vittorini che un noto editore rifiutò il romanzo, quando il Tomasi di Lampedusa era ancora in vita?» E aggiunge poi che *Il Gattopardo* è già alla undicesima edizione, con quarantamila copie vendute.

Quindi è questo il momento in cui il rifiuto di Vittorini viene rivelato e passa alla storia. Noi tutti oggi sappiamo e diciamo: Vittorini rifiutò *Il Gattopardo* – come un fatto leggendario e incomprensibile. È con questa risposta di Bassani che c'è la rivelazione. L'Ora di Palermo decide di farne addirittura un titolo a sei colonne: «Vittorini giudicò impubblicabile *Il Gattopardo* di Lampedusa».

Sciascia si affretta a difendere Vittorini con una lettera aperta a L'Ora, in cui dice che il pensiero di Vittorini sul libro è del tutto coerente con il suo rifiuto, mentre con disprezzo dice che Bassani gli contrappone soltanto il fatto di aver fatto perdere un affare a un editore.

La polemica sta diventando dura. E coinvolge sempre piú persone. A questo punto, come fa il Partito Comunista a non intervenire? Come fa a non dettare la linea? Non è il suo compito nelle questioni culturali? (È tutto da vedere se dovesse esserlo, ma a quel tempo non c'erano dubbi).

Davvero Togliatti può tollerare che scrittori indipendenti (Sciascia e Moravia) o fuoriusciti con clamore (Vittorini) possano dettare la linea di opposizione alla reazionarietà vera o presunta del *Gattopardo*?

Di conseguenza, di lí a poco su Rinascita (diretto da Togliatti in prima persona) appare una stroncatura netta e violenta, un giudizio non politico ma letterario: dice che i borghesi lo comprano con la stessa furia con cui compravano *Živago*, ma poi non lo leggono. Però questo non basta, ci vuole ben altro: una presa di posizione letteraria e politica ufficiale. E la scelta cade di nuovo, come per *Živago*, sul piú alto grado culturale del partito, e cioè Mario Alicata.

(Per noi, colui che sta per attaccare *Il Gattopardo* – visto che loro ancora non sanno come andranno a finire le cose – è anche lo sceneggiatore di *Ossessione*).

Alicata pubblica il suo saggio sul Contemporaneo. È un saggio denso, serio, molto discutibile. Fa i conti con tutti: con Vittorini, Bassani, e Sciascia, prendendo in considerazione seria le riserve di quest'ultimo ma per sostituirsi a lui, per diventare punto di riferimento della polemica al suo posto. È tra i suoi compiti: in questi mesi di accensione critica e ideologica sul romanzo di Tomasi, bisogna che il partito si metta a capo di una tesi chiara e la avochi a sé. E infatti il saggio di Alicata ottiene sia immediatamente sia nel tempo questo risultato: rimane un punto di riferimento negli studi sul *Gattopardo*. Essendosi poi alcuni critici espressi favorevolmente sul giornale di partito (perché non era ancora chiara la querelle), Alicata cerca di salvare anche loro; e comunque, sul piano letterario, ha poco da ridire; è su quello storico che concentra il suo attacco: «È storicamente valida, cioè è poi artisticamente persuasiva la rappresentazione che di quel momento della vita siciliana (e italiana) ci dà il principe di Lampedusa? Noi francamente pensiamo di no». Il Noi è consuetudine di chi scrive, ma in questo caso ha un significato piú profondo ed evidente: è chiaro per tutti che non parla a nome suo, ma a nome del partito.

Ne parleranno i comunisti, aveva profetizzato Francesco Orlando.

Il problema, per Alicata, è che l'autore del romanzo non ha una visione progressista; e di conseguenza il romanzo non può che essere reazionario. Questa è la conclusione, corroborata da esempi e ragionamenti che non si possono definire insensati, ma sono evidentemente piegati alla tesi di fondo. In questo modo, Alicata detta la linea, definisce la posizione del partito nei confronti del *Gattopardo* una volta per tutte: da ora in poi i critici marxisti avranno lo stesso ordine implicito che avevano avuto sul romanzo di Pasternak. È una posizione molto netta, e per il partito risolutiva.

Nessuno, all'epoca, poteva pensare che ci si stava cacciando in un guaio.

In quel periodo, Visconti sta facendo *Rocco e i suoi fratelli*: il suo romanzo, come lo definiscono lui stesso e Suso Cecchi d'Amico. Con la storia politica che ha, con l'esplicito legame con il Partito Comunista, con le intenzioni evidenti di un film del genere – la storia di una famiglia di immigrati lucani a Milano – Visconti in quel momento con *Il Gattopardo* non c'entra niente.

Eppure, a Villa Giulia, durante la serata finale del Premio Strega, Luchino Visconti c'è, è presente, elegante, divertito. Ha accompagnato Suso, votante del premio e appassionata lettrice del *Gattopardo*, che intende sostenere nonostante subisca pressioni dagli amici per votare Pier Paolo Pasolini.

Le manovre del premio sono cominciate quando il saggio di Alicata era appena uscito. A casa Bellonci erano già arrivate molte segnalazioni per Tomasi. Certo, un fatto insolito: un autore che non c'è piú. Ma è senz'altro il libro dell'anno, a giudicare dal successo e dalle polemiche, che continueranno per mesi. Intanto le altre candidature già arrivate sono importanti: Moravia e Gianfranco Contini presentano *Una vita violenta* di Pasolini; Vittorini e Paola Masino candidano *Donnarumma all'assalto* di Ottieri. Si vocifera che Pasolini e la Morante si siano appellati al regolamento per non permettere la candidatura del *Gattopardo* – ma di questo non ci sono prove tangibili. Non era mai successo di attribuire il premio a un autore deceduto; ma in realtà si scopre che era già successo che al premio fosse candidato il libro di un autore che non c'era piú (anche se poi non aveva vinto), e quindi questa obiezione viene respinta. Bassani, con eleganza, si sfila dalla disputa e candida il libro di Frassineti.

E cosí succede che qualcuno si decida a chiedere alla Bellonci se è possibile candidare *Il Gattopardo*. Si tratta di Mario Soldati. Basta questa domanda, e la voce corre. Soldati riceve subito una telefonata da Moravia, che lo riempie di insulti e gli dice che non lo avrebbe mai piú guardato in faccia; Soldati replica che non solo pensa che il romanzo di Tomasi sia un capolavoro, ma che sta pensando di farci un film (e questo è il primo momento in cui veniamo a conoscenza di un regista che vorrebbe farne un film).

Soldati era un grande scrittore ma anche un regista molto considerato, e quindi questa idea avrebbe potuto avere senz'altro seguito. Però la telefonata di Moravia un po' lo blocca, sono amici, non sa cosa fare. Un po' divertito e un po' scosso, Soldati racconta a qualche amico che Moravia lo ha minacciato, e qualche amico lo racconta a qualche altro amico e questa storia della minaccia di Moravia finisce perfino sui giornali. Intanto Soldati è evidentemente influenzato dalla telefonata di Moravia, perché non si decide a cercare un altro giurato insieme al quale proporre la candidatura del romanzo di Tomasi (per candidare al premio un libro occorrevano due Amici della domenica). I giorni passano, il termine sta per scadere. E solo ventiquattr'ore prima arriva la candidatura; ma non di Soldati, bensí di Ignazio Silone (che torna in questa storia dopo la presidenza di giuria di Venezia nel '54 – ma in quanti continuano a tornare) e Geno Pampaloni.

Alla notizia della candidatura e poi dell'ingresso in cinquina furono dedicati molti articoli, perché *Il Gattopardo* era ormai diventato un enorme caso letterario e politico, e aveva un successo irrefrenabile che cominciava a diventare palpabile anche all'estero. Ed è molto divertente come in un documentario di Gregoretti, su cui tornerò perché ha un ruolo in questa vicenda, si vede la troupe che filma il castello di Donnafugata a Palma di Montechiaro, dove ci sono gli uffici dell'esattoria comunale, e gli impiegati raccontano che vedono turisti, anche stranieri, che vengono a vedere l'effige – probabilmente l'unica rimasta – del Gattopardo; e dicono in maniera feroce e divertente: fesserie. Vogliono dire che loro si stanno occupando di questioni serie, come i problemi dell'esattoria del paese, e la gente viene a vedere fesserie. Quindi anche Gregoretti dice: se sono delle fesserie, noi che ci facciamo qui che stiamo realizzando questo documentario? Come ci considerate? E un impiegato dice: fessi. Tutta questa roba per lui non vale niente, mentre per il mondo intellettuale italiano, e non solo, ha un enorme significato. Come racconta anche la battaglia per il Premio Strega e la possibilità subito concreta che il libro possa vincerlo. Giangiacomo Feltrinelli commenta: spero che non vinca, perché se vince è un tale scandalo che sarei costretto a venderne altre decine e decine di migliaia di copie.

Poiché il clima è acceso e *Il Gattopardo* ormai è un fenomeno di costume, la Rai decide di trasmettere la serata del 7 luglio. È la prima volta (diventerà una consuetudine). A Villa Giulia ci sono tutti: Moravia e Morante, Soldati, Vittorini, Feltrinelli, Carlo Levi, Palazzeschi e tanti altri. E come ho detto, c'è anche Suso Cecchi d'Amico accompagnata dall'amico Visconti e da Vasco Pratolini. Proprio

Pratolini tenterà fino all'ultimo di dissuadere Suso dal votare Tomasi in favore di Pasolini, ma non ci riuscirà. Visconti ha un'aria divertita, totalmente indifferente alla tensione. Maria Bellonci lo descrive cosí, osservandolo tra i tavoli: «La bocca tagliata grande e risentita agli angoli, con un che di violento e volontario».

Nessuno può ancora immaginare che quel libro che sta per vincere lo Strega e quel regista che accompagna la sua amica, sono destinati a incontrarsi e a realizzare uno dei capolavori della storia del cinema.

La cinquina è composta da Tomasi, Pasolini, Praz, Frassineti. Il quinto scrittore è Massimo Franciosa, autore del romanzo *La finta sorella*. La questione però è che Franciosa è anche uno sceneggiatore. E la coincidenza incredibile di questa serata è che Massimo Franciosa sarà uno degli sceneggiatori del *Gattopardo*.

La televisione, come succede tuttora durante la diretta dello Strega, fa interrompere lo spoglio per piú di mezz'ora con lo scopo di trasmettere in diretta l'ultima parte quando ci si collegherà con Villa Giulia. Prima dell'interruzione, *Il Gattopardo* è già primo con distacco, sembra da subito che non ci sia storia. E infatti vince con 135 voti. Al secondo posto Praz, al terzo Pasolini. Luigi Barzini estrae l'ultima scheda, dopo che il romanzo di Tomasi ha già vinto, e annuncia l'ultimo voto: Pasolini. A quel punto parte un lungo applauso che vuole sottolineare che il premio, secondo una parte del mondo letterario, sarebbe dovuto andare a lui. La Bellonci consegna l'assegno a Giangiacomo Feltrinelli – è una foto famosa, rimasta nella memoria. È la prima volta che il premio viene vinto da un autore che non c'è piú, ed è la prima vittoria per il suo editore.

Le vendite del *Gattopardo* si moltiplicano, il libro viene pubblicato in molti Paesi, anche negli Stati Uniti. Ma niente di tutto ciò preoccupa coloro che hanno scelto di stare contro; anzi, le ragioni dei pochi valgono ancora di piú contro i torti di molti. Oltre all'applauso a Pasolini, c'è Salinari che esprime la posizione del partito: evidentemente l'ambiente intellettuale romano è piú sensibile alle mode che alle idee. Altrimenti, dice, avrebbe vinto il libro di Pasolini.

Quindi è tutto chiaro, ormai. La sinistra intellettuale italiana, quella del partito che detta la linea e di molti altri intorno, ha bocciato definitivamente *Il Gattopardo*, libro reazionario, antiprogressista.

O almeno, sembra tutto chiaro.

Fino a quando non accade un fatto inaspettato. Il libro esce in Francia, e con l'occasione se ne occupa uno dei piú grandi intellettuali di sinistra, Louis Aragon, considerato un marxista intransigente. Che scrive non uno, ma due articoli sul libro di Tomasi di Lampedusa. Nel primo, del dicembre del '59, si rivolge direttamente ai detrattori del romanzo in Italia e afferma: «*Il Gattopardo* è qualcosa di piú che un bellissimo libro, è uno dei grandi romanzi di questo secolo, uno dei grandi romanzi di sempre, e forse il solo romanzo italiano». Ma questo è il giudizio letterario. Dopodiché passa ad attaccare, implicitamente, tutte le accuse di Alicata, sovvertendo il giudizio storico politico. In pratica, dice Aragon, non si può commettere l'errore di scambiare le opinioni di don Fabrizio con quelle di chi scrive, e cioè Tomasi di Lampedusa. Questo è un metodo fondamentale non soltanto per la critica letteraria, ma anche per la questione storica: «non è il sonno della Sicilia, ma la Sicilia trascinata nella corrente della Storia in contraddizione con i discorsi di don Fabrizio. Ed è proprio questo che i lettori (o piuttosto i critici) di sinistra sembravano non aver visto, loro che sono scandalizzati dalla filosofia siciliana di don Fabrizio».

Aragon dice esattamente il contrario di quello che stanno dicendo in Italia le persone di sinistra, cioè che dal punto di vista storico e sul piano politico l'opera di Lampedusa è inequivocabile e importante proprio per questo. Cosí come Alicata aveva detto che era sbagliata la sua interpretazione storica, Aragon dice che è giusta, mettendo insieme la delusione lampedusiana con lo storicismo marxista.

A questo punto il mondo della sinistra intellettuale italiana si zittisce. Non si sa piú cosa fare. Ma non è finita. Perché due mesi dopo, nel febbraio del '60, Aragon scrive il secondo pezzo, dove racconta perfino di aver incontrato Moravia e di avergli sentito dire che *Il Gattopardo* è un libro di destra e che sono stati gli uomini di destra a decretarne il successo. Ma Aragon lo racconta proprio per sottolineare che questa posizione di Moravia è totalmente inconcepibile. E dice che Tomasi «anche a supporre che abbia voluto descrivere una specie di Purgatorio dell'aristocrazia siciliana, egli ha fallito il colpo, perché il suo romanzo è l'immagine perfetta della perdizione di questa aristocrazia, l'immagine colpevole, politica, di questa perdizione, come poteva descriverla solo un uomo che della sua classe avesse fatto una critica spietata, una critica di sinistra».

Aragon aveva una tale autorevolezza in tutta Europa che era impossibile ignorare la sua presa di posizione, il suo riferimento diretto all'Italia e indiretto ma visibile al Partito Comunista. Qualcuno di infinitamente piú importante di Alicata, diceva: avete sbagliato tutto, *Il Gattopardo* è un grande libro, è storicamente valido e non è per niente reazionario ma è una critica da sinistra del mondo aristocratico.

Come si fa adesso? La questione storico-politica, che sembrava chiusa, bisogna riaprirla. Togliatti ha un problema serio: come fa a ignorare Aragon? E come fa a sconfessare Alicata a cui ha dato il compito di parlare a nome del partito? Tenta di risolverla cosí: fa tradurre il secondo articolo di Aragon, e lo pubblica su Rinascita. Cosí, senza commento. Sperando che sembri voler aprire un dibattito e sperando che invece si sia consumato tutto nei mesi precedenti. Il libro ha vinto anche lo Strega, sta ottenendo un successo irrefrenabile all'estero (e anche in Francia):

Rinascita suggerisce, con la pubblicazione dell'articolo di Aragon, che forse bisogna considerare la questione come piú complessa, e chiuderla lí.

Ma le cose precipitano. Compare anche György Lukács, il piú grande critico letterario vivente, colui che delimita i confini e il metodo della letteratura marxista. In un'edizione aggiornata del *Romanzo storico* inserisce *Il Gattopardo* insieme a un romanzo di Laxness e li definisce i romanzi storici piú importanti degli ultimi venti anni.

Aragon e Lukács, con la loro autorevolezza indiscutibile, cambiano completamente la storia del *Gattopardo*. E di conseguenza il Partito Comunista sovietico, dopo tali giudizi, decide che il romanzo debba essere pubblicato in russo. E decide anche che poiché il partito in Italia ha una posizione diversa e non si può pubblicare in opposizione ai comunisti italiani – lo pubblicherà con l'appoggio pieno dei dirigenti del Pci. Non è un auspicio, ma un ordine. E quindi Togliatti non solo non ha risolto il problema di Alicata, ma adesso si trova nella posizione obbligata di doverlo sconfessare. Cioè sa che se dice pubblicamente: siamo contenti che *Il Gattopardo* venga tradotto in Unione Sovietica, automaticamente il saggio di Alicata (e Alicata stesso) verrà squalificato per sempre; come se decidesse di mettere da parte Alicata dopo avergli chiesto di rappresentare il pensiero di tutti. Potrebbe farlo, ovviamente, visto che deve farlo.

Ma essendo Togliatti uno degli uomini piú intelligenti in politica, e anche tra coloro che sanno trovare una soluzione quando sembra impossibile, ha l'idea geniale. *Il Gattopardo* verrà pubblicato in Unione Sovietica con il pieno assenso del Partito Comunista Italiano, una convinzione tale da voler partecipare con una prefazione di un membro del suo partito.

E chi? Mario Alicata.

Per non sconfessarlo, Togliatti lo costringe a fare una prefazione. Davvero una mossa incredibile.

Mi piacerebbe molto poter dire a questo punto, in quanto scrittore e sceneggiatore, di aver inventato io questa soluzione; di avere inserito qui un colpo di scena romanzesco, inventato, ma perfetto. Mi sarebbe piaciuto averla avuta io questa idea, e non Togliatti.

Ma in questo libro cerco di raccontare fatti realmente avvenuti; e comunque, se avessi dovuto inventarlo, non credo sarei arrivato a tanto. Se avessi dovuto inventarmi una soluzione al posto di Togliatti, non sarei onestamente stato capace di pensare alla migliore, e cioè a quella che ha pensato Togliatti nella realtà; e se avessi dovuto inventare un articolo di Alicata di segno opposto a quello già scritto, non sono sicuro che avrei risolto facendoglielo scrivere praticamente uguale, ma con esiti critici opposti.

Alicata infatti trova anche lui una soluzione per sé stesso, per salvarsi in qualche modo: riscrive le stesse tesi che gli erano servite per stroncare il libro, ma inverte il senso, usandole ora per lodarlo. Lo fa proprio con l'intenzione, un po' disperata, che chi ha letto il saggio del Contemporaneo possa riconoscere questo come identico all'altro – però con esiti diversi. Lí poneva riserve, qui dice che soltanto i libri veramente importanti sono accompagnati da polemiche. Lí diceva che il romanzo non era portatore di nessuna tesi storica, qui dice che è uno sguardo preciso sulla situazione meridionale, cogliendo temi che avrebbero senz'altro interessato Gramsci e tanti scrittori progressisti.

In questo modo, Togliatti sposta la posizione del partito da negativa a timidamente positiva, cercando di far dimenticare prove di contraddizione.

Quindi, in Italia *Il Gattopardo* è partito come un libro su cui qualcuno aveva qualche dubbio, è diventato un libro inviso al Partito Comunista e poi la parabola si è conclusa con il riconoscimento, qui da noi timido ma in Europa convinto, di romanzo con idee progressiste.

Ed ecco che l'accorciamento della distanza da Luchino Visconti diventa visibile.

Il successo del libro, e i personaggi, e il racconto di un'epoca, interessano subito il cinema. Produttori, registi, sceneggiatori vogliono accaparrarsi i diritti, ma chi ci riesce è la Titanus di Goffredo Lombardo. È uno dei grandi produttori di quegli anni, e ha appena prodotto *Rocco e i suoi fratelli* di Visconti.

Secondo la testimonianza di Suso Cecchi d'Amico, in un momento imprecisato che però non collocherei nel periodo di attacco piú violento da parte del partito, e quindi nemmeno nei dintorni di quella serata dello Strega quando era stato presente insieme a Suso, Visconti le chiese di informarsi per i diritti. Quando poi Suso disse che li aveva presi Goffredo Lombardo, Visconti rispose che non ci pensava piú. Stranamente, visto che ad aver acquisito i diritti era il suo produttore in quel momento. Ma senz'altro ci sono molte ragioni possibili: la prima riguarda proprio l'ambizione e le difficoltà di un film come *Rocco e i suoi fratelli*, e quindi l'eventuale desiderio di non gravare oltre nelle contrattazioni con il produttore; poi che forse era impossibile per ora pensare al film successivo; poi che per il regista di *Ossessione*, *La terra trema*, *Rocco* e anche di un altro film sul periodo risorgimentale, che è *Senso*, non ci sono buone ragioni per pensare al *Gattopardo* – se non delle buonissime ragioni che compariranno poi a mano a mano; e forse anche (e qui la collocazione temporale della richiesta ritorna incerta) per riserve politiche che Visconti vede pullulare intorno al *Gattopardo*.

Insomma, se ha fatto questa richiesta, poi non ci pensa piú. E dello stesso tipo è l'atteggiamento di Goffredo Lombardo: ha in casa un grande regista come Visconti, acquista i diritti di un possibile grande film, e non pensa mai di proporglielo.

Quindi, al momento, *Il Gattopardo* e Visconti restano distanti.

Il primo regista ingaggiato è Mario Soldati: avendo espresso quella volontà, essendo un regista importante oltre che lo scrittore che tutti apprezzano, e soprattutto un regista che ha già portato sullo schermo trasposizioni da libri in modo riuscito, Lombardo gli affida la regia. Soldati si mette a studiare, ma piú avanza con il progetto e piú si scoraggia, forse perché sente che la Sicilia è un luogo dove dovrebbe entrare con maggiore consapevolezza, gli sembra di esserne estraneo. E dopo molti tormenti lo abbandona. La cosa curiosa è che non abbandonerà solo questo progetto, ma avendo appena girato un film, *Policarpo, ufficiale di scrittura*, che esce nel periodo in cui lui sta pensando di fare *Il Gattopardo*, non solo abbandona il progetto ma finisce per abbandonare il cinema. *Policarpo* sarà l'ultima regia di Soldati, che da allora in poi si dedicherà solo alla letteratura. Quindi, come dire, l'impresa mancata del *Gattopardo* è risolutiva del suo rapporto con il cinema.

Quando viene meno l'ipotesi di Soldati, Lombardo deve assegnare il film a un altro regista. E non pensa a Visconti. La scelta cade su un suo amico, personale e di famiglia (i loro padri erano stati amici): Ettore Giannini.

Proprio insieme a Visconti (e a Strehler e Costa), anche se in modo senz'altro diverso, Giannini era il protagonista, in quegli anni, del teatro di regia in Italia. Gli spettacoli di Visconti e di Giannini erano i piú rappresentati, sempre con successo. Giannini poi aveva messo in scena *Carosello napoletano*, un excursus nella canzone napoletana che aveva avuto un trionfo cosí grande che gli avevano chiesto di trasformarlo in film. Ne venne fuori un film colorato, musicale e pieno di attori, un altro successo. Che in piú esce nel 1954, aggiungendosi quindi alle molte cose che accaddero quell'anno e che generano questa storia.

La scelta di Giannini sembra sensata, e probabilmente permetterà al produttore di avere un buon controllo sul film. Giannini si mette a scrivere la sceneggiatura. Intanto escono *Rocco e i suoi fratelli* e *La dolce vita*. Visconti è travolto da successo e polemiche, da consensi e scandalo; e di nuovo soffre il mancato Leone d'oro a Venezia, anche qui forse per la natura «comunista» del film.

Poi nell'autunno del 1960 – nelle stesse settimane in cui Fellini sta concependo *Otto e mezzo* – accadono due cose. La prima riguarda Ugo Gregoretti: in quel momento è un giovane dipendente Rai, un regista sconosciuto che però ha avuto un'idea: fare quel documentario sui luoghi del *Gattopardo*, di cui ho già parlato. E adesso è pronto, si chiama *La Sicilia del Gattopardo*, e lo farà vedere in anteprima ad alcuni dirigenti dell'azienda. Ma poche ore prima della proiezione gli viene annunciato che ha chiesto di essere presente nientedimeno che Luchino Visconti. Lo ha chiesto lui in persona. Gregoretti è stupefatto, ma fino a un certo punto; ha sostenuto piú volte, a proposito di quell'episodio, di aver pensato che quella richiesta aveva una logica, perché si diceva in quel periodo che Visconti avrebbe fatto *Il Gattopardo*. L'ipotesi dovrebbe essere impossibile, visto che il regista sotto contratto è Giannini. Eppure cosí si diceva, ha sostenuto Gregoretti; e in ogni caso Visconti si presenta alla proiezione insieme a Suso Cecchi d'Amico e a Francesco Rosi, che è stato a lungo il suo aiuto regista ma adesso ha già realizzato due film suoi e sta preparando il prossimo, *Salvatore Giuliano*.

Una conferma al fatto che Gregoretti ricorda bene arriva a novembre – ed ecco la seconda questione. Sull'Espresso c'è un'intervista ad Alain Delon, che sta preparando a teatro, per la regia di Visconti, *Peccato che sia una sgualdrina*. E all'improvviso, come una bomba scagliata senza motivo, Delon aggiunge che parteciperà a un altro progetto che Visconti sta preparando: *Il Gattopardo*. Afferma che avrà il ruolo di Tancredi e che il principe di Salina sarà interpretato da Laurence Olivier.

E qui si scopre che Laurence Olivier non era solo candidato a essere il protagonista di *Otto e mezzo*, ma anche a essere il protagonista del *Gattopardo*. E alla fine non sarà né in *Otto e mezzo*, né nel *Gattopardo*.

Quando Ettore Giannini legge questa intervista si inquieta. Comincia a chiedere in giro, a parlarne con amici comuni per chiedere se sanno cosa sta succedendo. Qualcuno deve riportare questa preoccupazione a Visconti, perché Luchino si decide a telefonare a Giannini e smentisce categoricamente di voler fare *Il Gattopardo*, chiarendo che è a conoscenza che il film è suo.

Però Giannini non è tranquillo: sa che Alain Delon non soltanto è uno degli attori prediletti di Visconti, sa che il loro legame è piú profondo; sa, cioè, che Delon non potrebbe dichiarare quello che ha dichiarato senza un fondamento. Per questo teme molto quello che sta accadendo. E allora chiede a Visconti, nel corso della telefonata, di fare una smentita ufficiale sull'Espresso. Evidentemente Visconti questa smentita deve avergliela promessa, perché quando sull'Espresso non esce niente, Giannini gli scrive una lettera in cui di nuovo gli chiede una presa di posizione pubblica; e conclude cosí: «credo di poter chiederti questo, in nome della dura lotta, sostenuta per anni con personali sacrifizi, per la rivalutazione della dignità della nostra professione che è stata, spero, di qualche conforto in occasione di tue recenti disavventure».

Qui c'è un riferimento alle manifestazioni a cui aveva partecipato anche Giannini, in difesa di *Rocco e i suoi fratelli*, quando la censura lo aveva attaccato chiedendo tagli pesanti al film. A questo punto Visconti non si può sottrarre e invia all'Espresso una rettifica. L'Espresso la pubblica qualche numero dopo, c'è scritto «precisazione» e c'è questa smentita: «ho letto con sorpresa che sul numero 45 dell'Espresso mi si attribuiscono alcune dichiarazioni in merito al *Gattopardo* che non ho mai fatto. Sono a pregarla di voler cortesemente pubblicare questa mia lettera. Luchino Visconti, Roma».

Questa è la prima volta in cui Visconti parla in pubblico del *Gattopardo*, e lo fa con una smentita; in realtà la sua precisazione non smentisce che sarà il regista del *Gattopardo*, come gli era stato chiesto. Dice soltanto di non aver mai fatto quelle dichiarazioni. Precisazione piuttosto ambigua, anche un po' ipocrita; tanto è vero che il giornale è costretto a contestualizzare la dichiarazione di Visconti, visto che lui non dice esplicitamente che gli è stata attribuita una regia. Dice soltanto: mi hanno detto che ho fatto queste dichiarazioni che invece non ho fatto.

A questo punto la questione è molto chiara, anche se ufficialmente Giannini è il regista e sta lottando per continuare a esserlo. Ma è evidente che tutte le indiscrezioni faranno succedere quello che succederà, che una decisione è stata già presa. Poiché alla fine il regista del film sarà Visconti, tutto quello che sto raccontando deve per forza portare a questa decisione.

I possibili motivi sono tre: due complicati e poco verificabili, l'altro semplice e verificabile. È una questione di atteggiamento verso le notizie, i fatti, le spiegazioni. La mia posizione è: se il motivo semplice è verificabile, non c'è bisogno di ricorrere a quelli piú complicati.

Nel loro prezioso libro che si chiama *Operazione Gattopardo*, fonte di innumerevoli notizie e fonti bibliografiche sulla storia del film, Alberto Anile e Maria Gabriella Giannice ipotizzano il motivo piú complicato, che però è conseguenza logica di tutto il percorso politico costruito dal libro. Sostengono che avendo perso l'occasione di «impadronirsi» del romanzo, i dirigenti del Partito Comunista decidono di impadronirsi del film, immaginando una maggiore incisività verso i temi individuati da Aragon, che Alicata ha nuovamente analizzato. E chi meglio di Luchino Visconti, vicinissimo al partito e grande regista, può fare qualcosa del genere?

Quindi qui si presume un intervento diretto del Partito Comunista su Goffredo Lombardo. Ipotesi che segue una logica, ma non è verificabile per l'impossibilità congenita di avere documenti certi su trattative segrete: se fosse vero, chi avrebbe mai lasciato tracce? La prova di questa ipotesi starebbe nelle sue conseguenze, e cioè nel fatto che Visconti, quando si è messo al lavoro con gli sceneggiatori sul romanzo, ha realmente voluto instradarlo su modifiche che mettessero in luce gli aspetti piú progressisti del romanzo. Sono certo state queste le intenzioni iniziali di Visconti, ma è davvero molto azzardato pensare che una personalità come Visconti, capace certo di coerenza ideologica ma soprattutto di piena autonomia, potesse mai accettare un condizionamento del genere.

La seconda ipotesi è corroborata da una dichiarazione fatta molti anni dopo dalla vedova di Ettore Giannini in un colloquio con Tatti Sanguineti. Con rabbia ancora accesa, afferma che a suo marito il contratto era stato tolto per uno scambio con Goffredo Lombardo: «le posso dire per certo che fu un vero riscatto, legato ai problemi di *Rocco e i suoi fratelli* bloccato in censura».

Ho già raccontato che la censura aveva chiesto di tagliare delle parti di *Rocco*; il produttore aveva accettato, per salvare l'uscita del film, e quindi anche le possibilità economiche – che oltretutto sembravano allettanti, sia perché l'attesa per *Rocco* era tanta, sia per le recensioni entusiaste uscite a Venezia, sia perché i problemi posti dalla censura incuriosivano ancora di piú gli spettatori. Visconti si era ribellato e molti registi e intellettuali erano andati in suo soccorso. Ma alla fine, Visconti aveva ceduto, per il bene del film. L'ipotesi che si fa è la seguente: Goffredo Lombardo, per avere l'assenso ai tagli di Visconti, gli promette che in cambio farà la regia del *Gattopardo*.

Possibile? Possibile. Verificabile? No.

La terza ipotesi riguarda la sceneggiatura di Giannini, e il giudizio che ne dà Lombardo, consegnandola a Suso per fargliela leggere, quando si parla di proporre la regia a Visconti: trova la sceneggiatura deludente.

E la questione della sceneggiatura è piuttosto decisiva: pare che Lombardo avesse chiesto piú volte a Giannini di riscriverla perché non era contento. E non lo era perché la sceneggiatura non era fedele: Suso diceva che Giannini si era discostato molto dal romanzo; non solo, ma quando Lombardo glielo aveva contestato, sembra che Giannini avesse risposto dicendo: tu vuoi fare una trasposizione fedele?, a me non interessa. Questo dialogo aveva fatto desistere Lombardo, impaurito dalla confusione e dall'incapacità di Giannini di andare verso un punto soddisfacente. Per questo avrebbe deciso di togliergli il film e affidarlo a Suso e Visconti, per cambiare un po' la storia inceppata di questo progetto. Aveva parlato con Suso che aveva dato la sua disponibilità; e Visconti non solo aveva già confidato il suo interesse, ma dopo *Rocco e i suoi fratelli* era al massimo della sua potenza, e dare il film a lui sarebbe stato un colpo enorme per la Titanus.

È possibile tutto questo? Sí. Ci sono le prove?

Sí.

Un pomeriggio sono stato a casa di Caterina d'Amico, figlia di Suso e studiosa di cinema, abbiamo parlato a lungo di molti fatti del *Gattopardo*. E poi lei mi ha dato, come mi aveva promesso, la sceneggiatura che Goffredo Lombardo aveva consegnato a Suso per farle vedere a che punto era Giannini.

Cioè la sceneggiatura che Ettore Giannini aveva scritto.

Ugo Pirro tanti anni dopo ha raccontato che Giannini disperato andò all'Anac, l'Associazione nazionale autori cinematografici, per denunciare il comportamento della Titanus. Lui aveva un contratto, e Goffredo Lombardo, che anche a detta di Ugo Pirro era deluso dalla sceneggiatura, aveva deciso di affidare la regia del film a Visconti.

Giannini chiedeva un intervento solidale perché lo riteneva un sopruso, perché aveva il contratto e perché questo contratto era suo diritto che venisse onorato. Ovviamente ci furono discussioni, il tentativo di cercare una soluzione che per Giannini fosse onorevole, ma in realtà nessuno si mise contro Visconti e nessuno difese Giannini fino in fondo. Giannini lesse una sua lettera in cui ricostruiva i fatti. Una lettera che però pare sia andata persa, e alla fine l'Anac decise di mandare i verbali ai due autori con la preghiera di non alimentare, con eventuali dichiarazioni, l'interesse della stampa sulle vicende. In pratica si diceva: è successa questa cosa ma cerchiamo di non fare polemiche.

Al centro di questa disputa c'era Suso Cecchi d'Amico. Era amica di Giannini, che frequentava la sua casa, ed era la sceneggiatrice di Visconti. Suso e Giannini avevano anche lavorato insieme alla sceneggiatura di un film notevole che realizzò Zampa, *Processo alla città*. E nonostante Suso avesse detto con chiarezza che lei non c'entrava niente e che questa decisione di Lombardo aveva a che fare con il suo giudizio sulla sceneggiatura di Giannini, Giannini scrisse a Suso una lettera violentissima dicendole che aveva tramato per consegnare la sua testa, la testa di san Giovanni su un piatto d'argento, al produttore. Suso gli rispose con una lettera altrettanto dura; e racconta che da allora in poi non si salutarono mai piú.

Il contratto con Ettore Giannini, in ogni caso, fu onorato: fu pagato per il suo lavoro e il costo del suo ingaggio figura nella contabilità finale del *Gattopardo*.

Sul frontespizio della sceneggiatura di Giannini c'è scritto il titolo e poi: «libero adattamento di Ettore Giannini». Con intenzione. In realtà, anche se viene sempre indicata cosí, non si tratta davvero di una sceneggiatura compiuta, piuttosto di un racconto visivo, dettagliato e con dialoghi completi, di 193 pagine, che porta come data, appena dopo le ultime righe: dicembre 1959 - febbraio 1960.

È come se fosse un lungo trattamento dettagliato, che poi a dividerlo in scene ci si metterebbe un attimo. L'intenzione di scriverlo in questo modo ha varie qualità: fa sí che chi scrive possa lasciarsi andare alla narrazione, e di conseguenza anche chi legge.

E se bisogna darne un giudizio di qualità, sembra pieno di idee e di intenzioni piú o meno riuscite; abbastanza capace di farti entrare dentro il racconto con maestria. Insomma, quello che vuole fare, Giannini lo fa bene. Ma il problema è proprio quello che vuole fare; è questo che rende il potenziale film piuttosto fermo e quindi noioso. E soprattutto, Lombardo aveva ragione: non è davvero *Il Gattopardo*. Il film di Visconti che noi vediamo oggi è talmente legato al romanzo che viene indicato come una delle trasposizioni esemplari della storia del cinema; e in piú ottiene qualcosa che si ottiene davvero raramente: il romanzo e il film sembrano intercambiabili, oggi si parla dell'uno o dell'altro come se fossero due possibili fruizioni della stessa opera. Ed è un risultato che pochissimi film tratti da libri hanno raggiunto; dico pochissimi per cautela. Perché, forse: nessun altro.

Ettore Giannini apre la storia in un tempo che coincide con il penultimo capitolo del romanzo – e qui dico subito che né questo né il capitolo finale sono sopravvissuti nel film di Visconti, e anche questo segna la distanza siderale delle due scelte; in piú, se siamo convinti che la trasposizione di Visconti è piú che fedele, e se consideriamo che ha eliminato dal film proprio le pagine finali del romanzo, possiamo dedurre che Giannini era partito con il piede sbagliato.

Il principe di Salina si riveste dopo una visita dal medico, accompagnato da sua figlia Concetta; sono a Roma, e secondo don Fabrizio sua figlia lo ha ingannato con il miraggio di una gita allegra per incontrare suo nipote Tancredi, in realtà per sottoporlo alla visita di un luminare della medicina. Dopodiché riparte insieme alla figlia e a Tancredi, ormai deputato e sposato con Angelica, per tornare in treno verso Palermo, lasciando Tancredi a Napoli. Da Napoli (dove si fermerà) in poi, nella testa di don Fabrizio si materializzano i ricordi, e la narrazione ricostruisce il passato. Insomma, Giannini parte dalla fine, con don Fabrizio già gravemente malato e tutto già accaduto; durante il viaggio in treno verrà rievocata e raccontata la storia (le parti che coincidono tante volte, ma non sempre, con il romanzo); ma nella cornice non c'è praticamente nulla preso dal libro. L'idea di Giannini è di sicuro molto moderna e viva – oggi addirittura abusata, quanti in una trasposizione cinematografica adottano lo stesso sistema di racconto: scegliere un momento importante vicino al finale, ripercorrere l'intera storia precedente, e tornare a quel punto per poi scivolare senza piú flashback verso il finale. In realtà nel romanzo vediamo direttamente il treno che giunge a Palermo, e il principe che ormai prossimo alla morte viene accompagnato in un albergo lí vicino perché si ritiene troppo rischioso farlo arrivare fino a casa. Invece Giannini decide di far percorrere a don Fabrizio quel tragitto da Roma a Palermo, con pausa a Napoli, e di farne una cornice; questo significa che il romanzo prende vita nei flashback, che diventano via via preponderanti; però l'ossatura principale è frutto dell'immaginazione di Giannini. È questo, molto probabilmente, che Lombardo riteneva un errore, e che gli dava l'impressione di un film distante dal libro.

In piú, anche quando ritorna nel passato, Giannini tiene a bada il romanzo di Tomasi, e a volte preferisce fare da solo, ricostruire situazioni e dialoghi che passano per altre strade. Solo a pagina 25 mi sembra di riconoscere la prima vera scena tratta dal romanzo. Soprattutto nella prima parte, poi, si ritorna di continuo al viaggio in treno. Ripeto: tutto piuttosto vivo, ma che ha molto poco a che fare con la richiesta di Lombardo e con la sostanza (pur cosí piena) del libro. E cosí, a leggerlo, sinceramente: non dava l'impressione che si sarebbe trasformato in un grande film. Anzi, uno dei problemi è proprio questo, secondo me: è come se Giannini, temendone la grandezza, avesse tentato di normalizzarlo, di trarne un film di misura ridotta, sopportabile per le sue forze.

E poi c'è un'altra riflessione da fare: io sono chiaramente condizionato nel giudizio, perché adesso posso confrontare questa sceneggiatura con il film realizzato da Visconti. Cioè, adesso ho la possibilità di mettere a confronto l'idea di film di Giannini, con quella realizzata da Visconti, che però quando Giannini ha scritto non era all'orizzonte. Quindi non c'era un termine di paragone, per di piú cosí gigantesco. Però c'era l'idea del produttore, semplice ma efficace: voglio il film sul romanzo, non un'altra cosa.

Ovviamente noi oggi riteniamo che questa storia sia andata a finire bene, perché *Il Gattopardo* di Visconti, che ne ha fatto quello che ha fatto, risolve ogni questione retroattiva. Però ci furono degli strascichi molto duri: Visconti ne uscí trionfatore, ma Giannini ne uscí devastato. Ed essendo stato fino a poco tempo prima il grande regista teatrale che era stato, avendo fatto il film *Carosello napoletano* sul quale ho dei dubbi personali ma che fu un film di grande successo, è evidentemente stato sconquassato dalla vicenda, perché da quel momento in poi Giannini smise non soltanto di fare cinema, ma anche di fare teatro, si chiuse in una sua recriminatoria depressione, un'incazzatura contro il mondo, e si dedicò esclusivamente a uno dei mestieri che faceva in quel periodo, per guadagnare, e in cui era bravissimo e infatti tutti lo richiedevano: il direttore di doppiaggio. Lo faceva già da anni, ma divenne il suo mestiere.

E uno dei fatti grandiosi del costante parallelo tra *Il Gattopardo* e *Otto e mezzo* è che Giannini divenne il direttore di doppiaggio di *Otto e mezzo*.

Non solo: è possibile che abbia avuto un ruolo importante per il film di Fellini durante questo doppiaggio; la vedova Giannini sostiene che sia stato addirittura decisivo.

Goffredo Lombardo ha raccontato di aver cercato per molti anni un progetto per Giannini, per risarcirlo – non so quanto questa volontà sia stata concreta, ma si può ritenere probabile. Però alla fine il risarcimento non c'è stato e Giannini ha deciso di soccombere dopo che gli è stato tolto *Il Gattopardo*; se oggi la regia di Visconti ci sembra la scelta artistica giusta, bisogna però dire che fu una sconfitta personale e professionale dolorosissima per Giannini – che era stato rivale per anni di Visconti anche in teatro. È come se fosse stato definitivamente annientato da Visconti. E però, d'altro canto, nei mesi successivi, riguardo ai nostri due film, se ne va a lavorare dall'altra parte, fianco a fianco con Fellini, nello studio di doppiaggio di *Otto e mezzo*.

In piú, bisogna aggiungere che i due registi coinvolti prima di Visconti – Soldati e Giannini – anche se per motivi certo diversi, hanno entrambi chiuso con il cinema dopo aver rinunciato o essere stati sostituiti.

Da qui comincia il lavoro di Visconti sul *Gattopardo*, il lavoro con gli sceneggiatori. Sia nelle prime dichiarazioni d'intenti, sia nelle prime stesure del lavoro, si percepisce immediatamente l'intenzione di una trasposizione cinematografica fedele, con il tentativo di spostare il racconto da un immobilismo reazionario a una piú complessa analisi dei fatti storici del Risorgimento; piú accettabile, insomma; e piú in sintonia con il primo saggio di Alicata. Se si confrontano quel saggio e le critiche al romanzo con le dichiarazioni di Visconti e le prime versioni della sceneggiatura, si capisce che c'è sintonia. Sembra che il compito che si sta dando Visconti sia quello di ritrasformarlo in un grande romanzo storico seguendo i dettami delle sue idee politiche. È come se quello che mancava dentro al libro, bisognasse metterlo nel film.

Quanto di tutto questo impianto teorico iniziale rimarrà nel film che vedremo, sarà un'altra parte del racconto.

Un po' di anni fa, quando avevo da poco cominciato a pubblicare, ho scritto un ciclo di articoli per la pagina culturale del Corriere del Mezzogiorno, il supplemento napoletano del Corriere della Sera. Prima una serie sui romanzi napoletani, e poi un'altra sui film napoletani. Tra questi, non potevo non scrivere di *Carosello napoletano*, un film che mio padre amava molto e ogni volta che lo incrociavamo sui canali televisivi ci costringeva a vederlo. A me non era mai piaciuto, mi sembrava bozzettistico e incline alla napoletaneria. Quindi ho scritto un pezzo che mi ricordavo pieno di riserve; adesso l'ho ritrovato e a rileggerlo mi ha sorpreso molto per il piglio violento che non era una mia caratteristica. Piú che criticarlo, mi scagliavo contro (chissà, forse volevo semplicemente scagliarmi contro mio padre). Scrivevo: «solo con uno sforzo di disciplina sono riuscito ad arrivare fino in fondo, roso dai nervi e dalla insofferenza»; «questo film, che si proponeva allora come omaggio definitivo alla città, è un vero e proprio insulto»; «È il trionfo dell'artificio, del barocco, del tentativo malriuscito di visionarietà; è, sopra ogni altra cosa, l'operazione piú dichiaratamente falsa che si sia mai fatta su Napoli (e non sono state poche)»; «Se mi accanisco con tale foga contro questo film, se penso che sia davvero un insulto a Napoli che non dovrebbe essere piú trasmesso in televisione è perché è un oltraggio, un acido allucinogeno che rincoglionisce e ipnotizza a tal punto da far entrare in circolo nel cervello il dubbio che forse stiamo vivendo veramente in una città e in un mondo cosí».

Non riesco a capire, a vedermi da qui, da dove arrivasse quella violenza; l'unica spiegazione che posso darmi, è che sostituiva la sicurezza, un ragionamento critico piú profondo, e certo segnalava una mancanza di autorevolezza. Oggi, nel rivedere *Carosello napoletano*, penso ancora quello che pensavo allora e quello che avevo pensato da ragazzo, e cioè che è una rappresentazione stereotipata di Napoli, che sintetizza tutto ciò che la lascerebbe per sempre nel suo stadio antico e folkloristico. Insomma, è un film di cui non riesco ad apprezzare né le intenzioni né la realizzazione ipercolorata. Ma devo ammettere che il modo in cui lo dicevo era insopportabile.

Per questo motivo, il mio pezzo è stato bersaglio di critiche molto severe. Valerio Caprara, critico cinematografico tra i piú considerati, e che era sempre stato un riferimento diretto per noi giovani sulle pagine del Mattino, attaccò con durezza le mie parole, indignato che mi permettessi di denigrare un capolavoro; intervenne poi in suo sostegno, a sorpresa, anche l'attrice Paola Pitagora, che si diceva altrettanto indignata e si chiedeva a quale titolo parlassi in quel modo. Credo fosse la prima volta che mi capitava di essere attaccato sui giornali, ho risposto alle polemiche argomentando (un po' meglio) le mie riserve.

Ma insomma, Ettore Giannini mi riporta subito lí, e mi ricordo quella inquietudine, il disagio e la sofferenza che provavo nel leggere parole dure contro quelle che avevo scritto. Nel mio ricordo è rimasta una specie di angoscia perché era la prima volta che mi capitava di essere dentro una polemica; ma nei miei ricordi ero sicuro di aver subito una violenza ingiusta, evidentemente sentivo legittimo scagliarmi contro quel film. Invece, in effetti, la domanda della Pitagora aveva una sua sensatezza: con quale autorevolezza usavo quella violenza?

Da bambino leggevo dei libri, qualche volta. Mio padre mi comprava *Sandokan*, *Cuore*, *Incompreso*. Poi di colpo ho smesso di essere un ragazzino studioso e un lettore. Ho passato degli anni in cui mi sono perso completamente. Poi, durante l'estate tra la scuola media e il liceo, ho avuto una trasformazione che non ho mai compreso bene. Ho abbandonato i vecchi amici, come se mi preparassi a essere qualcos'altro; è come se mi fosse cresciuta dentro una sensibilità, ma senza strumenti. Per questo, arrivato al liceo, mi sembrava di essere interessato a tutto. E quando la professoressa di italiano ci ha chiesto di leggere un libro, sono andato a comprarlo con una disposizione d'animo totalmente positiva, eccitata.

Questo primo libro, con il quale la mia storia di lettore è ricominciata per non finire mai piú, è *Il Gattopardo* di Giuseppe Tomasi di Lampedusa. L'ho letto con disciplina fin dalla prima pagina, e fin dalla prima pagina ho sentito qualcosa che non se ne sarebbe andato mai piú: un entusiasmo per la letteratura. Lo avrei sentito, forse, per qualsiasi altro libro, perché ero io che ero disposto ad accogliere; avevo apparecchiato in modo inconsapevole ma tignoso la tavola della sensibilità per le storie della letteratura; e di conseguenza, la storia del principe di Salina, di Tancredi e Angelica, dell'unità d'Italia, del regime borbonico e dei piemontesi che tramite Garibaldi avevano il compito di riunire l'Italia in una nazione, la accolsi con entusiasmo. Quella copia l'ho conservata negli anni, è sempre negli scaffali, e negli anni avrò letto *Il Gattopardo* almeno altre tre volte. Una volta anche dopo aver visto, molti anni piú tardi, il film di Visconti.

Quindi *Il Gattopardo* per me è stato il simbolo concreto dell'iniziazione alla lettura. In realtà, a dirla piú enfaticamente, ma anche con sincerità, in quella fragilità dei quattordici anni, venendo da una piccola storia di perdizione e volontà di conformarmi a quello che si muoveva intorno, quella nuova predisposizione che avevo apparecchiato era tutto ciò che avevo, ma era una lastra sottilissima. E quindi *Il Gattopardo* mi ha salvato la vita. Mi ha confermato la possibilità di poter andare da quella parte, non solo mi ha confortato ma fatto sentire a casa.

E cosí, appena chiuso quel libro, ho cominciato a prendere dagli scaffali della libreria di mio padre altri libri, mi facevo prestare libri da mia zia, ho cominciato a comprarne di miei. Ho cominciato a vedere film con lo stesso intento, e prestissimo i libri e i film sono stati una parte fondamentale del mio tempo e dei miei interessi, a tal punto che voracemente cercavo di colmare le lacune dei classici russi, francesi, del neorealismo o della nouvelle vague – insieme a ciò che aveva valore nel mio tempo, i libri e i film che uscivano e dovevano essere letti o visti. Fino a quando questa passione mi ha spinto verso l'esigenza di esprimermi anche io in qualche modo. Ma soltanto dopo essere stato un lettore e uno spettatore, prima di tutto, come mi sembra di essere ancora oggi, prima di tutto.

Il Gattopardo è stato il punto di partenza. Per una casualità, per la richiesta di una professoressa in prima liceo. Ma è un fatto.

Mia cugina è stata una cantante lirica. Studiava tutto il giorno, e fin da quando eravamo ragazzi mi aveva mostrato la stella di Maria Callas come il punto di riferimento da seguire. E di conseguenza, mi raccontava delle regie d'opera di Luchino Visconti. Vedevamo registrazioni, ascoltavamo dischi e lei mi descriveva la regia. Era come dover fare un esame sulla regia teatrale e lirica di Visconti, lei mi spiegava e dovevo capire e mostrare di aver capito.

Poi ho passato delle estati a vedere tutti i film di Bergman, tutti i film di Hitchcock, tutti i film di Visconti. Da Visconti ero affascinato ma mi metteva soggezione, non come Fellini che sembrava parlasse direttamente a me. Visconti mi faceva fare fatica, ma poi questa fatica era ripagata da una potenza estetica e una grandiosità espressiva che mi vincevano. Fellini era vicino, Visconti era lontano. Visconti mi faceva l'effetto che mi faceva Thomas Mann quando lo leggevo da ragazzo: mi comunicava che la letteratura era un pianeta lontanissimo che mai in alcun modo mi avrebbe potuto riguardare. Soltanto leggendo Fitzgerald e Hemingway, o Carver, e alcuni contemporanei italiani piú vicini, potei smettere di pensare che non mi avrebbe mai riguardato, visto che erano cosí vicini. È questo il punto di partenza che diventa esemplare con *Otto e mezzo* e *Il Gattopardo*: Fellini mi raccontava che si poteva tentare di esprimersi, Visconti mi raccontava che non si poteva. Erano due modi opposti di affascinarmi.

In quegli anni ho visto per la prima volta *Otto e mezzo*, in una rassegna nel cineclub della mia città, insieme alla *Dolce vita*. L'impressione che mi hanno fatto i due film sarebbe troppo ingenuo descriverla. Soprattutto *Otto e mezzo* è stato un colpo violentissimo sul mio desiderio di capire. Potrei fare un lungo elenco di persone di ogni tipo, ma soprattutto scrittori, registi, artisti, che dicono che *Otto e mezzo* ha cambiato la loro vita (e avevo pensato di farlo, nei primi tempi in cui ragionavo su questo libro; ma poi mi è sembrato impossibile, perché l'elenco è lunghissimo, e poi dicono tutti piú o meno le stesse parole enfatiche).

Però poi è successa un'altra cosa. Ho comprato la videocassetta di *Otto e mezzo* insieme a tutte le altre della collana di cinema che usciva con l'Unità una volta alla settimana. Quando è arrivata la settimana in cui era annunciato *Otto e mezzo*, ero particolarmente eccitato di rivederlo: da solo, a casa, il pomeriggio dopo pranzo, come facevo d'abitudine; ormai era una specie di rito: prima di mettermi a studiare, guardavo un film in videocassetta.

Quando è uscito *Otto e mezzo*, mi sono bloccato. L'ho visto un pomeriggio, e poi quello successivo. E poi, per un periodo durato qualche mese, lo vedevo almeno tre volte a settimana, a volte quattro. Mi è successo anche con *Amarcord*, piú tardi, anche se per un periodo piú breve. E tutti e due i film li conosco a memoria, da quando ero ragazzo, e so recitare dialoghi di intere sequenze, come so farlo di alcuni film di Totò.

Ma *Otto e mezzo* è stato diverso. Mi ha ossessionato. Ne ero completamente affascinato. È come se qualcuno avesse realizzato un'opera per me, per scuotermi, per raccontarmi. Guardo ancora oggi *Otto e mezzo* seduto sulla punta della sedia, teso come se dovessi scattare in piedi. Posso godermi ogni scena, e ricordare quella che sta per arrivare, assaporandola. Penso oltretutto che da ragazzo continuavo a guardarlo e riguardarlo, non solo perché mi piaceva cosí tanto, ma perché volevo cercare di capire come mai mi piacesse cosí tanto.

In quel periodo, e per molto tempo, mio fratello ha cominciato a chiamarmi Fellini. Per sfottermi. Tornava a casa e diceva: ma Fellini ci sta? Entrava in camera e diceva: Fellini, ti vogliono al telefono. Ma Fellini non mangia con noi? La macchina l'ha presa Fellini? E poi, quando si affacciava nel salone e mi vedeva sul divano, dritto sulla punta come per scattare, e vedeva Mastroianni in bianco e nero che si aggirava con un cappello nel televisore, diceva: Fellini sta guardando Fellini; oppure a me, direttamente: Fellí, ti vedi Fellini?

Era diventato il mio soprannome. E il resto della famiglia gli rispondeva dicendo cosa facevo e dov'ero, come se io mi chiamassi ormai cosí. Ma dietro quel sarcasmo, mio fratello era davvero incredulo, pensava fossi impazzito. Il fatto che vedessi e rivedessi lo stesso film, e che poi quando arrivò la videocassetta di *Amarcord* lo alternassi con *Amarcord*, gli sembrava il comportamento di un folle; un comportamento segreto, solitario, che soltanto la famiglia conosceva. Io andavo a scuola, andavo al bar con gli amici, andavo a giocare a basket, uscivo con la mia ragazza;

ma intanto il pomeriggio dopo pranzo me ne stavo da solo a rivedere sempre lo stesso film, e se qualcuno si affacciava sulla porta lo cacciavo via. Solo da lui sopportavo quel: Fellí, ti vedi Fellini?, perché poi richiudeva e andava via.

La vita interiore. Ecco cosa mi mostrava. In letteratura l'avevo letta, ma al cinema non l'avevo mai vista.

La verità è che io ero sconvolto dalla bellezza, dalla forza, dalla questione delle donne, dalla creatività; c'entravano una quantità di cose che mi sembravano enormi, ma quello che mi abbagliava, e che è stato determinante nel mio futuro, era il racconto autobiografico. Fellini aveva introdotto nel cinema la prima persona singolare, sé stesso, facendo una rivoluzione copernicana. Non avevo mai visto il racconto cinematografico dell'interiorità, e lo vidi in un film uscito vent'anni prima. Ero stato sedotto per sempre dalla prima persona singolare, dal raccontare di sé, dal garbuglio di vita reale, sognata, immaginata, desiderata; dalla capacità di raccontarsi come essere umano indeciso, confuso, incapace di decisioni e di cambiamenti.

In quei pomeriggi non mi era ancora cosí chiaro di cosa si trattava, so che quel film e la seduzione euforica che mi dava è stato determinante non solo per convincermi a esprimermi in qualche modo, ma a farlo in forma autobiografica.

Quando mi capita di fare una lezione di sceneggiatura, dico che bisogna raccontare attraverso i fatti, i movimenti e le parole, perché nel cinema la vita interiore non c'è. Dico che il cinema corrisponde a quello che vedi degli altri nella realtà. Ma poi so che in *Otto e mezzo* la vita interiore c'è, ed è raccontata.

Ho conosciuto e ho lavorato con molte persone che hanno conosciuto o lavorato con Fellini; che mi hanno raccontato episodi anche molto privati; ma sono storie loro, non voglio riportarle. In piú, da quando vivo a Roma, ho sentito racconti di scrittori, oppure ho letto in alcune interviste, che Fellini leggeva libri di esordienti, come Susanna Tamaro, Marco Lodoli, Daniele Del Giudice, Andrea De Carlo e molti altri, o libri di scrittori già affermati; e quando gli piacevano si procurava il numero di telefono e li chiamava per dire che il libro gli era piaciuto, e per conoscerli. Chissà che colpo, dall'altra parte del filo, quando qualcuno di questi si sentiva dire: sono Federico Fellini.

Avrei tanto voluto che succedesse anche a me. Non sto dicendo che me lo meritassi, ma se Fellini fosse stato ancora vivo, ci sarebbe stata questa possibilità, sia pure improbabile; e ogni volta che avrebbe squillato il telefono, avrei potuto sperarlo; e se non fosse accaduto, come è piú probabile, avrei però potuto continuare a sperare che accadesse.

Quando vivevo ancora a Caserta e pensavo di voler scrivere e soprattutto ero completamente immerso in questa euforia appassionata – ero abbonato a riviste letterarie e cinematografiche, compravo settimanali, leggevo libri, vedevo film, compravo videocassette; ritagliavo articoli, conservavo gli inserti culturali – a un certo punto ho cominciato ad archiviare tutto quello che avevo: libri, film, articoli, saggi per disporre un archivio che ancora oggi ho e uso (anche se a un certo punto l'ho trasferito tutto nel computer). Prendevo dei foglietti A6 che ritagliavo da carta usata (li conservo ancora), schedavo autori e tematiche, e piano piano costruivo questo enorme archivio, che continuo ad alimentare tuttora. Quel lavoro iniziale di archiviazione di tutto quello che avevo fino a quel momento, è stato esaltante e faticoso, ed è durato almeno un paio di anni.

In quel periodo un altro dei miei miti era Alberto Moravia. È come se io da Caserta sognassi di vedere Fellini che mi telefonava da Roma, Moravia che passeggiava per Roma con il suo bastone. Quando vedevo Moravia alla tv pensavo: chissà se un giorno lo incontrerò. Perché nei miei sogni pensavo che sarebbe potuto accadere.

E poi capitò questa coincidenza strana: cominciai a lavorare all'archivio di libri e articoli di Moravia, di cui possedevo tantissimo materiale; e una sera, mentre ci lavoravo, avevo la tv accesa e diedero la notizia che Moravia era morto. Io avevo intorno a me tutti i suoi libri e i suoi articoli, le schede su di lui che stavo scrivendo, e c'era la sua foto in un telegiornale che diceva che Moravia era morto.

Il giorno dopo andai a comprare tutti i quotidiani, archiviai anche gli articoli che lo commemoravano, e li conservai. Soprattutto pensai che non ci sarebbe stata piú nessuna possibilità di conoscerlo. Però avevo questa specie di conforto, che Moravia era morto proprio mentre facevo il suo archivio. Mi sembrava che significasse qualcosa, ma non avevo idea di cosa.

Poi nel 1993 mi sono trasferito a Roma. Andai a vivere in via Domodossola, una traversa di via Albalonga a San Giovanni. Quando Fellini venne a vivere a Roma andandosene via da Rimini, la prima casa dove abitò, ho scoperto ora, era in via Albalonga.

Mi sono trasferito definitivamente dopo l'estate, a settembre. I primi mesi andavo di giorno in un ufficetto di minimum fax, che allora era una rivista che spedivamo via fax, e non ancora una casa editrice, e di sera andavo in giro insieme al mio amico Antonio Pascale per vedere film o spettacoli teatrali, andavamo a mangiare qualcosa; e poi ogni venerdí ce ne tornavamo a Caserta fino al lunedí mattina. Quindi Roma la vivevo poco, e avevo poco a che fare con quello che succedeva. E poi neanche due mesi arrivò la notizia che era morto Fellini.

Nel 1993, quando mi sono trasferito a Roma, Fellini è morto.

Questa coincidenza tra il mio arrivo a Roma e la morte di Fellini, assomigliava per me a quella perdita che avevo avuto di Moravia. Quando mi avvicinavo ai miei miti, sparivano. La morte di Fellini poi mi sembrò gigantesca per il fatto che accadeva dove adesso c'ero io, che ero appena arrivato. E questo mi spinse a fare la prima vera cosa che ho fatto a Roma da solo: presi la metropolitana e andai a Cinecittà alla camera ardente. Perché pensai che era stato cosí importante nella mia vita che non potevo non andarci.

Era mattina. Mi sembrava un gesto azzardato da parte mia, che ancora mi muovevo con difficoltà per la città; ma sentivo di volerlo fare a tutti i costi. Cosí per la prima volta nella mia vita entrai a Cinecittà, mi misi in fila con un'enorme quantità di gente, entrai nello studio 5 con questo cielo azzurro illuminato in fondo, i carabinieri in divisa come in *Pinocchio*, una tribunetta dove c'erano tanti registi, attori, amici, giornalisti. Passai come tutti gli altri a rendere omaggio alla salma piuttosto lontana.

È di sicuro la prima cosa rilevante che ho fatto a Roma, da solo. Nelle settimane successive, io e Antonio decidemmo che forse potevamo provare a non scendere per un weekend, ci mettemmo qualche altra settimana per trovare il coraggio, ma poi lo facemmo e ci sembrò meraviglioso e senza le conseguenze apocalittiche che in qualche modo temevamo nell'allontanarci dalla nostra vita di provincia. Da allora in poi tornare a Caserta diventò una cosa rara. Però la morte di Fellini è stato un colpo decisivo: era il modo in cui svaniva l'idea mitica di Roma, ma anche il segnale che forse bisognava semplicemente che io vivessi la mia vita in questa città.

Quando ho cominciato a pubblicare i miei libri, soprattutto all'inizio, Lucio Piccolo è stato il tormentone della mia vita. Per anni, in qualsiasi luogo andassi, c'era qualcuno che mi chiedeva: ma sei parente del poeta siciliano? E tra l'altro, se cosí fosse, sarei parente anche di Tomasi di Lampedusa. Ma ovviamente non c'entro niente con lui, e ho scoperto grazie a questa domanda quanto fosse conosciuto nel mondo letterario. Finché una volta facendo un giro ai Nebrodi con Roberto Alajmo e altri amici, sono stato a Villa Piccolo di Capo d'Orlando. Abbiamo visitato la casa e il cimitero dei cani. E anche lí in quella casa, come in molte altre, ci hanno detto: qui Tomasi pare abbia scritto *Il Gattopardo*.

In un giorno freddo, e dopo molte contrattazioni con sua figlia Claudia Squitieri, io e Giusi, che lavora con me da molti anni e mi ha aiutato moltissimo nelle ricerche e nel lavoro su questo libro, siamo partiti per Parigi per andare a parlare con Claudia Cardinale.

L'appuntamento era in uno di quei caffè all'angolo dei boulevard. Noi abbiamo pranzato lí vicino per paura di arrivare tardi, poi abbiamo visto una signora elegante seduta puntuale al caffè, con grandi occhiali e sigaretta. Ci ha accolti sorridente e ci ha portati subito su, a casa sua. Ci sono molte foto alle pareti, c'è la sedia del set di *Otto e mezzo* in un angolo della sala. Avevo preparato un sacco di domande e desideravo tanto che sciogliesse un dubbio che mi assillava, e di cui non mi sono ancora liberato. Ma Claudia Cardinale, come la figlia mi aveva avvertito, non ricorda se non poche cose che ripete da anni, è poco concentrata e piuttosto distante dalla curiosità degli altri. È come se avesse imparato a essere Claudia Cardinale, avesse elaborato e digerito il mito che è stato e che è ancora, ma poi vivesse accanto a tutto ciò, come se riguardasse una sua parente. Quindi dopo un po' ci siamo scoraggiati. Io molto, Giusi meno: la Cardinale le mostrava vestiti e le raccontava di Pasquale Squitieri; io sentivo che avevamo ottenuto poco, Giusi era esaltata di essere lí. Lo ero anche io, in verità, ma volevo che mi raccontasse qualcosa che evidentemente non poteva piú raccontarmi. Poi l'abbiamo salutata con affetto e allegria, era stanca e ci sembrava avesse consumato le cose che ricordava.

Sandra Milo (che per un'altra delle coincidenze di questa storia, è nata anche lei a Tunisi) l'ho incontrata in un caffè di Roma, Madeleine, a Prati. Quando sono arrivato, puntuale, era già lí, seduta all'interno del locale con il cappotto addosso. E quando poi me ne sono andato è rimasta perché aveva prenotato anche per cena. Quando sono uscito, lí fuori, da dietro i vetri, le ho scattato una foto con il cellulare, che è venuta sfocata e mossa, ma ho sentito il bisogno di farla. Adesso ci scriviamo su instagram o su whatsapp.

Sandra Milo è stata generosa, appassionata, desiderosa di raccontare. Come ho già detto, oggi sostiene esplicitamente e con sincera allegria che a lei del cinema importava poco, a lei importava dell'amore. E quindi per lei Fellini è stato soprattutto un amore per molti anni, piú che il regista di film mitici che lei ha interpretato. Abbiamo parlato della loro storia d'amore, del libro scandaloso che ha scritto su questo anni fa, di come viveva, del fatto che mentre girava *Otto e mezzo* era incinta, come è cominciata la storia con Fellini – e molte e molte altre cose.

La cosa pazzesca che ho capito, incontrando la Milo dopo la Cardinale – e anche incontrando Lucherini a casa sua e divertendomi molto per i suoi racconti – è che film come *Otto e mezzo* e *Il Gattopardo*, essendo entrati nella storia del cinema, sono diventati una specie di blocco di marmo impenetrabile. Non ci sono ricordi nuovi se non quelli raccontati anni fa, si torna sempre alle narrazioni leggendarie e per questo irremovibili. Sono ossificate. Di tutto questo è complice, ed è comprensibile, tutto il tempo che è passato. E poi, per chi ha vissuto realmente ciò che oggi è epico, quell'epica è sempre mediata dalla vita quotidiana.

Quindi, anche se aver conosciuto Claudia Cardinale e Sandra Milo mi ha entusiasmato, tanto piú nel periodo in cui continuavo a cercare notizie su di loro, mi sono chiesto se era giusto chiedere a testimoni o protagonisti del tempo di sforzare quella memoria ossificata; mi sono chiesto anche se i protagonisti potessero realmente aiutarmi. La Cardinale e la Milo, per esempio, negli anni hanno rilasciato molte interviste, e hanno scritto libri in cui hanno raccontato molto di piú di quanto possano fare adesso. Mi è sembrato che fosse giusto lasciarle in pace, non tormentarle con quel tempo in cui hanno attraversato l'epica semplicemente vivendo, recitando, facendo quello che avrebbero fatto in ogni caso anche se non ci fossero stati *Otto e mezzo* e *Il Gattopardo*. In questo loro distacco, nella loro memoria che riproduce le storie a uso degli altri, ci ho visto qualcosa di molto umano e commovente: la misura concreta che differenzia il fare qualcosa, dal fatto che poi questo qualcosa sia diventato leggendario. Claudia Cardinale è stata addirittura il punto di unione tra i due film; ma sia lei sia Sandra Milo sono lontane oggi da quell'epica, sanno che c'è, sono pacificate su questo, forse in pace con sé stesse proprio per aver partecipato a opere grandiose. Da quella forza viene una specie di indifferenza per le imprese del passato, e mi sembra preferiscano essere persone concentrate sul presente.

Caterina d'Amico la conosco da molti anni. Quando le ho raccontato, al telefono, il libro che volevo scrivere, ne è stata molto contenta. Si è resa subito disponibile, mi ha accolto nella sala di casa della madre, mi ha detto siediti dove vuoi, in questa casa gli sceneggiatori si siedono dove vogliono.

Non era la prima volta che entravo in quella casa, dove è accaduta gran parte della storia del cinema italiano e molto altro – e ascoltare i racconti dei figli di Suso è una delle esperienze piú eccitanti per chi ama questo mestiere. Su quello stesso divano dove ero seduto io, a casa di Suso Cecchi d'Amico, si sono sedute una quantità di persone mitiche che non si può tenere il conto. Su quei divani sono state dette e sono successe mille cose – ne dico solo una: quando morí Nino Rota (ricordato per sempre come il musicista di Fellini, che però fece le musiche per *Otto e mezzo* e per *Il Gattopardo*), Suso volle parlare alle sue cugine, chiamando Fellini come testimone. E disse loro il segreto che custodiva da anni: Rota aveva una figlia segreta, viveva negli Stati Uniti, nemmeno lei sapeva di essere la figlia di Nino Rota, ma adesso era giusto lo sapesse e l'eredità andava divisa anche con lei. Suso fu ferma, brutale, non ammise repliche, mostrò i documenti. Una delle due cugine svenne. La mattina dopo Fellini le mandò un enorme mazzo di rose rosse con un bigliettino in cui c'era scritto che forse non si era mai divertito tanto in vita sua, e la ringraziava di avergli chiesto di essere presente.

Sempre su quel divano, qualche anno prima, anche io avevo assistito a un dialogo pazzesco, con protagonisti due grandi del cinema. Eravamo in una riunione di giuria del Premio Amidei. C'era un buffet, e in una pausa della riunione alcuni si sono avvicinati per prendere qualcosa da mangiare. Io sono rimasto seduto esattamente dove ero seduto ora, pensando: adesso mi alzo. Ma a un certo punto mi sono accorto che la persona seduta sulla poltrona alla mia destra parlava alla persona seduta sulla poltrona alla mia sinistra come se io non ci fossi. Però io c'ero, e ho sentito per caso qualche parola, poi mi sono reso conto che queste parole erano piú che interessanti e non ho potuto fare a meno di mettermi ad ascoltare.

La persona alla mia destra era Giovanna Ralli, che era stata scelta come presidente della giuria per quell'anno. La persona alla mia sinistra era Ettore Scola. Verso il tavolo c'erano Caterina e Silvia d'Amico, Marco Risi e altri.

Le parole che ho sentito erano di Giovanna Ralli che stava dicendo a Scola su per giú questo: tu non l'hai mai considerato fino in fondo, ma io ero pronta a scapparmene con te, a lasciare tutto. Ettore bofonchiava e diceva: ma che dici. E lei: non fare lo scemo, non trattarmi cosí.

E poi all'improvviso, forse anche a causa della mia attenzione, Giovanna Ralli si è accorta che c'era un altro essere umano lí tra loro che non avevano considerato ma aveva potuto sentire. Mi ha guardato e ha detto: noi scherziamo, eh…

Ho risposto, sfacciato: io sono entusiasta, fate finta che non ci sono.

A quel punto gli altri si sono incuriositi, dicevano che succede, io dicevo niente stavano parlando tra loro, Giovanna Ralli timorosa ormai che io potessi raccontare cosa avevo sentito ha detto: ma sai, le cose che succedevano da giovani – lo ha detto a Marco Risi, che in modo brutale ha chiesto a Scola: ma stavate insieme? E la Ralli non sapeva se minimizzare o epicizzare, ha cominciato a confermare e però allo stesso tempo a spiegare in modo goffo – ma a questo punto Scola, imbarazzato e bestiale, come solo gli uomini sanno essere, spinto dal disagio di sentirsi al centro dell'attenzione, e però davvero senza freni come solo un maschio bestiale sa dire, alza il braccio per dire smettetela e sbotta: ma lei andava con tutti…

Ora: ovviamente non importa se lei andasse o non andasse con tutti. Non era questo il problema, il problema è che Giovanna Ralli stava dicendo un'altra cosa, molto seria, che rivelava l'importanza della loro storia. Nel tempo non ho mai smesso di chiedermi: ma perché ne parlavano in quel momento? Da quanti anni non si vedevano? O parlavano di questa cosa ogni volta?

In ogni caso, la frase di Ettore Scola è stata spaventosa, imperdonabile. E Giovanna Ralli è scattata in piedi urlando come ti permetti, sei uno stronzo, me ne vado, mi dimetto.

È successo un casino. Ettore diceva: scusami, l'ho detto cosí, per imbarazzo; lei urlava: non voglio piú stare nella stessa stanza dove c'è lui; Ettore diceva: allora rimani tu, me ne vado io. Caterina, Silvia e tutti gli altri cercavano di trattenere Giovanna Ralli e di farla calmare. Io guardavo Scola, scuotevo la testa ma ero entusiasta, entusiasta.

Entusiasta di tutto quello che avevo sentito e che stava succedendo.

Alla fine, comunque, Scola le ha chiesto ancora scusa e le ha chiesto di restare; Giovanna Ralli si è calmata e la riunione è ripresa.

Sono una persona che negli anni, ossessionata dal lavoro, si è chiusa sempre di piú. Spesso io stavo fermo e il mondo si muoveva, spesso io stavo a casa e il mondo era per strada; comunque, sia la frustrazione sia la soddisfazione erano in relazione con la società che in qualche modo chiamava, chiedeva, seduceva; amici, persone vicine, chiunque. Ho lavorato a questo libro soprattutto durante il lungo periodo della pandemia; ma questa clausura è stata diversa, perché è stata di tutti; e infatti, in qualche modo, si è trattato di un tempo fermo per tutti, per gli amanti delle feste e per chi alle feste non ci andava, per i sociopatici, o anche per quelli che non potevano partecipare a qualcosa. In pratica è stata la fine del sentirsi diversi perché non c'erano piú frustrazioni sociali: chi stava a casa non pensava che fuori il mondo si muoveva ma era rassicurato dal fatto che anche il mondo se ne stava fermo a casa. Questa cosa, credo, ha reso gli introversi delle persone piú forti. Ho letto un articolo su Bloomberg che diceva che chi aveva maggiori difficoltà sociali stava resistendo meglio alla quarantena perché in qualche modo traeva delle forze da sé stesso che gli altri non avevano. Gli altri si sono trovati in una prigione; chi in prigione già c'era, sapeva come resistere.

Uno scrittore, secondo me, assomiglia molto agli introversi, e un po' perfino ai sociopatici. In pratica il suo sistema di vita è organizzato intorno a un luogo chiuso, davanti a un computer, e si basa sul tentativo di avere a disposizione una giornata vuota. E quindi uno scrittore, se riesce a trovare l'umore giusto per scacciare i fantasmi della paura, dell'angoscia, se riesce a non sentirsi bloccato, usa e ha potuto usare come me il tempo per la quarantena come un tempo perfetto per andare avanti; e andare avanti voleva dire anche andare avanti in un mondo che in fondo non andava avanti, ed era anche esaltante per certi aspetti. È un po' come quando si lavora di domenica, o quando si lavora ad agosto: tutti sono fermi e tu recuperi terreno sulla vita e sul mondo. Questa sensazione qui per qualche mese è stata forte.

Ma questo libro in particolare, al contrario di tutti quelli che ho scritto finora, mi ha aiutato a tenermi lontano, fuori dal presente. Ero nel 1954, nel 1962, nel 1963, in un mondo distante da quello che stavo vivendo, chiuso in casa e in isolamento. Questo libro mi ha permesso di vivere gran parte della giornata con la testa lontana da quello che succedeva intorno.

Leggere e vedere tutto quello che c'è da leggere e vedere; studiare; scoprire; studiare una materia che amo, che mi eccita, nella quale sprofondo senza mai smettere; e da un certo punto in poi scoprire di sapere molte cose, tanto che quando le persone mi raccontano o leggo altri documenti, riconosco quello che già so: rendersi conto di conoscere fatti che volevi conoscere è una sensazione potente. Continuare poi a scoprire cose che non so. Tante altre, di continuo. E continuare a studiare anche mentre scrivo, anche mentre correggo; continuare a voler sapere fatti che non utilizzerò ma volerli sapere lo stesso.

Quando ho detto che un giorno, leggendo *La famiglia Manzoni*, ho capito che dovevo accogliere l'idea di scrivere un libro su Fellini e Visconti, intendevo che il libro di Natalia Ginzburg mi ha suggerito qualcosa; e se un'opera ti sta suggerendo qualcosa, devi seguirla.

Otto e mezzo, per esempio, mi ha insegnato a essere sfacciato, spietato; a rilevare le mie debolezze, e a usarle. Tra il periodo in cui vedevo ogni settimana *Otto e mezzo* e mio fratello mi chiamava Fellini, e il momento in cui ho capito cosa era *Otto e mezzo* – nonostante avessi subito intuito che era qualcosa di importante – è passato un bel po' di tempo. Ho scritto di cose lontane, poi di cose vicinissime, ma sempre con il tentativo di rendere letterario e quindi un po' protetto quello che facevo, e poi piano piano ho deciso di mettermi in gioco direttamente. Entrando nei libri in quanto personaggio, e costruendo un racconto che inglobasse anche – come sto facendo in questo momento – il making of.

Se c'è stata un'opera che ha spinto a raccontare la propria confusione, la propria pochezza, i propri limiti, le proprie ombre, la propria incapacità di stare al mondo e anche il tentativo di risolverla con un film o dentro un film, tentativo ovviamente fallimentare che diventa opera nel raccontare il fallimento – quell'opera è *Otto e mezzo* di Fellini.

E cosa c'entro allora io con *Il Gattopardo*? Ecco, se questo libro che sto scrivendo sarà altrettanto personale, se c'è questa possibilità, so che però non succederà con il metodo *Otto e mezzo*, ma con il metodo del *Gattopardo*.

Nel 1954, oltre a tutto quello che ho raccontato, accadde ancora un'altra cosa. Alla cerimonia degli Oscar venne premiata un'attrice al suo esordio come protagonista: aveva fino ad allora interpretato pochi piccoli ruoli, ma era appena diventata nota perché Colette l'aveva ostinatamente voluta nella commedia per Broadway tratta dal suo romanzo, *Gigi*.

L'attrice era Audrey Hepburn, e il film era *Vacanze romane*.

Interamente girato a Roma, era uscito l'anno prima. Si dice che Gregory Peck dopo qualche giorno di riprese chiese al suo agente (e ottenne) di dare rilievo al nome di Audrey nei titoli, sicuro che quella giovane attrice avrebbe vinto l'Oscar al suo primo film da protagonista.

La sceneggiatura era firmata da Ian McLellan Hunter (che aveva firmato anche il soggetto) e John Dighton. In realtà sia il soggetto sia la sceneggiatura erano stati scritti da Dalton Trumbo, uno dei grandi sceneggiatori di Hollywood; ma era il periodo del maccartismo, e quindi Trumbo, inserito nella lista nera, poteva lavorare soltanto usando dei prestanome. Il film vinse anche l'Oscar per il miglior soggetto, che McLellan Hunter non ritirò. Poi, nel 1992, molti anni dopo la sua morte, venne ufficialmente riconosciuta la paternità a Trumbo.

Però a tutta questa complicazione per la sceneggiatura di *Vacanze romane*, film che ebbe un successo clamoroso, se ne aggiunse un'altra: William Wyler, produttore e regista del film, non era contento della capacità degli sceneggiatori americani di capire Roma e gli italiani, e quindi si decise a far fare una revisione – una nuova stesura – a degli sceneggiatori italiani. Bisognava sceglierli, e furono individuati quelli che in quel momento erano i piú accreditati: Suso Cecchi d'Amico ed Ennio Flaiano.

Cioè gli sceneggiatori di Visconti e di Fellini.

Suso e Flaiano vengono scelti anche perché da alcuni anni lavorano insieme; addirittura la carriera di Suso è cominciata scrivendo con Flaiano. Sono una coppia di sceneggiatori non fissa – ognuno scrive con altri, e non solo con Fellini e Visconti; in questo periodo insieme scrivono soprattutto idee e sceneggiature per Alessandro Blasetti. Per gli scrittori di cinema la filmografia non corrisponde mai soltanto alla sostanza del lavoro fatto. Mi spiego: esistono molti progetti che non vanno in porto, e quindi ci sono collaborazioni tra sceneggiatori o con registi che spesso non risultano, eppure hanno occupato un tempo significativo. Dico questo anche perché negli anni Cinquanta si producevano soggetti a decine, e la coppia Suso-Flaiano compare fino a un certo punto (fino a poco dopo lo scontro tra Fellini e Visconti) con alcuni film in comune, ma la loro collaborazione è stata intensa e proficua per un bel po' di anni, anche con progetti che non sono andati avanti.

Flaiano diceva spesso che lui e Suso avrebbero dovuto aprire un'officina di riparazione di sceneggiature difettose. E questo di *Vacanze romane* sembrava proprio un lavoro per quell'officina.

È un'occasione, per i due, divertente e significativa. Suso racconta che andarono a incontrare il direttore di produzione per accettare l'incarico. Questi chiese quanto volevano essere pagati, e lei, che parlava inglese ed era spigliata nel condurre una trattativa, capí che doveva approfittarne e sparò una cifra ben piú alta di quella che prendevano normalmente. Al direttore di produzione si illuminarono gli occhi e abbracciò Suso e Flaiano dicendo: questo è lo spirito giusto con cui si fa il cinema, questo spirito di passione e abnegazione. In quel momento scoprirono che quella cifra era evidentemente molto, ma molto bassa per gli americani. Quando uscirono dall'ufficio, Flaiano avrebbe voluto strozzare Suso, e si incamminarono a testa bassa e demoralizzati perché avevano capito che avrebbero potuto guadagnare molto, molto di piú.

Scrissero il nuovo copione di *Vacanze romane*, che risultò molto apprezzato da William Wyler. Nelle versioni europee del film, i nomi di Suso e Flaiano spesso compaiono nei titoli, mentre per ragioni sindacali non appaiono nei titoli americani. E quindi una vera firma al film non esiste, è opaca, traballa. Negli Stati Uniti i loro nomi non esistono; in Italia qualcuno li inserisce, qualcuno no. E cosí, con il passare del tempo, ci si è dimenticati del fatto che Suso e Flaiano abbiano riscritto l'ultimo copione di *Vacanze romane*.

Le sceneggiature sono di due tipi: la sceneggiatura originale, e la sceneggiatura non originale. La sceneggiatura che si crea dal nulla, e quella che nasce da un'opera che già esiste.

Come ho detto, *Il Gattopardo* film si identifica completamente con *Il Gattopardo* libro. È come se *Il Gattopardo* fosse ormai sia di Tomasi di Lampedusa sia di Visconti, perché le due opere si sono come fuse in una sola. Per questo motivo *Il Gattopardo* viene citato come esempio assoluto di trasposizione cinematografica riuscita da un libro. Anche se non intendo dire che una trasposizione cinematografica sia tanto piú riuscita quanto piú assomiglia al libro da cui deriva; ci sono molti esempi di trasposizioni meravigliose che si distanziano. Ma *Il Gattopardo* ha il pregio di essere una trasposizione meravigliosa e allo stesso tempo molto fedele al libro – anche se non del tutto fedele come sembra; anzi, si potrebbe dire meglio: è talmente riuscita da apparire completamente fedele e da essere identificata pienamente con il libro.

Otto e mezzo è ciò che si spinge piú in là in assoluto rispetto a una sceneggiatura originale, fino a diventare un'autoanalisi con meno trama possibile, con piú libertà possibile; una sceneggiatura che sembra farsi mentre il film viene girato, e che ha come oggetto del racconto lo scrivere e girare un film. *Otto e mezzo* si fonda su un'idea che mette in discussione la creatività: dice non so come andare avanti, non so che film fare. E quindi è un film che racconta che non si hanno piú idee per un film. È su questo che bisogna scrivere una sceneggiatura.

Otto e mezzo è un film che non esiste ancora, che bisogna pensare, costruire, fare, e che non si sa se si farà (e racconta proprio che chissà se si farà). *Il Gattopardo*, essendo un romanzo, è già tutto costruito, scritto, fatto. E se ne è anche parlato oltre ogni misura. Bisogna capire, ridurre, condensare, scegliere come raccontarlo.

Otto e mezzo e *Il Gattopardo* sono le due sceneggiature esemplari dei due modi in cui si scrive un film.

Gli sceneggiatori del *Gattopardo* sono Suso Cecchi d'Amico, Pasquale Festa Campanile, Enrico Medioli, Massimo Franciosa e Visconti.

Gli sceneggiatori di *Otto e mezzo* sono Fellini, Ennio Flaiano, Tullio Pinelli, Brunello Rondi.

Senza togliere alcun merito agli altri, Suso e Flaiano sono le rispettive forze centripete di questi copioni. Suso scrive con Visconti ormai da anni, gli altri sceneggiatori cambiano mentre lei, tranne un paio di eccezioni, da *Bellissima* in poi scriverà tutti i film di Luchino. E anche per quanto riguarda *Il Gattopardo*, fin dalla scelta del progetto, tutto ruota intorno a lei e alla sua sintonia con Luchino. Da un certo punto in poi, racconta lei stessa, la sintonia è tale che Visconti frequenterà le sedute di sceneggiatura solo saltuariamente. C'è Suso che sa bene cosa vuole il regista.

Flaiano è il generatore, insieme a Fellini, delle idee e degli sviluppi di ogni film, che poi insieme ad altri verranno trasformati in sceneggiatura. La sua collaborazione con Fellini è di sintonia totale, alternata a permalosità e insofferenze, ma lui si sente talmente travolto dal regista che dopo *Otto e mezzo* si consumerà una rottura definitiva. Firmerà anche il successivo, *Giulietta degli spiriti*, ma soltanto perché avevano già cominciato a scriverlo, e quando avviene la rottura il progetto è già in fase avanzata.

Suso Cecchi d'Amico ed Ennio Flaiano, oltretutto, per me sono stati e sono i due miti della scrittura per il cinema; ancora prima di immaginare che avrei finito per fare anche io questo mestiere.

Quando lavoravano insieme, Suso e Flaiano erano affiatati, e si divertivano molto. Flaiano frequentava casa Cecchi quasi quotidianamente, aveva un legame con i figli di Suso. Passavano giornate, settimane, mesi insieme. Flaiano tendeva a stare o al caffè o a casa di qualcuno a lavorare, perché aveva una situazione familiare dolorosa e complicata: sua figlia aveva una malattia grave, lui la amava molto ma ne soffriva e non era abbastanza capace di occuparsene. Sua moglie aveva deciso di portarla via da Roma ma poi sono tornate piú volte, perché Flaiano non ce la faceva a stare senza di loro, fino a quando la moglie decise di trasferirsi con la figlia in Svizzera. Ma su questa storia bisogna che io ci torni ancora, dopo. Per ora volevo raccontare soltanto la consuetudine di Flaiano in casa Cecchi, il modo di lavorare cosí proficuo e allegro dei due, che avevano strutture mentali molto diverse, se non opposte, e che quindi si completavano al meglio. Flaiano era capace, secondo Suso, di tirare fuori in una riunione scene che potevano riempire dieci film. Ma lo faceva cosí, in modo torrenziale e disordinato. Se poi si fosse chiesto a lui di mettere in ordine queste idee e di scegliere quelle piú utili, sarebbe stato un disastro. Suso, invece, aveva sempre il suo quadernetto, dove appuntava le idee e le organizzava, sia quelle degli altri sia le sue. Quindi la sua capacità di tenere a bada le idee e di organizzarle, e la capacità di Flaiano di proporne a migliaia, erano antitetiche; ma si sposavano benissimo.

Gli sceneggiatori di solito sono di due tipi: quelli che hanno molte idee, e quelli che perseguono e mettono in fila le migliori. Ci sono gli eruttivi, e gli organizzatori. Flaiano era un eruttivo, poi aveva pochissima voglia di mettersi a scrivere, e andava via lasciando sempre il compito ad altri. Suso invece rappresentava lo sceneggiatore ideale: quello che sa produrre idee e sa anche organizzarle in scrittura. La maggior parte degli sceneggiatori sono di un tipo o di un altro; pochi sono quelli che riescono a essere l'uno e l'altro. Nel lavoro di scrittura di un film c'è bisogno di un tipo e dell'altro; e quando c'è qualcuno che sintetizza i due, diventa molto prezioso.

Queste erano le caratteristiche della coppia Suso-Flaiano; che poi portavano le loro caratteristiche anche nella scrittura di altri film, ognuno per conto proprio. E soprattutto: una per i film di Visconti; e l'altro per i film di Fellini.

E poi è successo che un giorno Flaiano è sparito da casa d'Amico.

L'ultimo film scritto insieme è datato 1955: *La fortuna di essere donna* di Alessandro Blasetti. In seguito firmeranno un altro film insieme, con altri sceneggiatori, sempre di Blasetti, *Io, io, io... e gli altri*, ma soltanto undici anni dopo, quando la carriera di Flaiano sta tramontando, anche a causa della salute, mentre quella di Suso proseguirà senza freni.

1955. Quindi il film di Blasetti deve essere stato scritto almeno un anno prima. E dunque intorno alla grande divisione di Venezia del 1954, potrebbe esserci stata anche una divisione tra i due sceneggiatori: lei è dietro le barricate di Visconti, lui di Fellini.

Di sicuro, quella guerra dichiarata tra Visconti e Fellini ha avuto degli strascichi anche per i loro collaboratori. Ma Suso e Flaiano erano legati, e sapevano sdrammatizzare. Però anche se si tratta di una coincidenza, e anche se i motivi veri sono altri, si può dire che Fellini e Visconti hanno diviso una coppia storica di sceneggiatori.

Peraltro, Flaiano, nel tempo, ha mandato piú volte soggetti a Visconti, che non sono mai stati accolti; e poi ci sarebbe stata anche la possibile convergenza del progetto su Proust, negli ultimi anni di vita dei due. Suso a sua volta ha sempre mantenuto un legame di amicizia con Fellini, anche se professionalmente si erano incontrati soltanto una volta, nel 1947, scrivendo insieme una sceneggiatura per Lattuada. Fellini frequentava spesso casa d'Amico, complice anche il suo musicista: Nino Rota.

Nino Rota è un personaggio su cui bisognerebbe scrivere un lungo capitolo, o forse un libro, tutto per lui; qui posso soltanto accennare a chi è stato, oltre al grandissimo compositore che ha reso indimenticabili alcuni film. Tutti lo ricordiamo come il compositore di Fellini; se qualcuno lo nomina, è a quello che pensiamo: ma in realtà ha collaborato con molti altri, e ha collaborato per lungo tempo con Visconti. Ha scritto le musiche per *Le notti bianche*, per *Rocco*; e poi *Boccaccio '70*, e *Il Gattopardo* insieme a *Otto e mezzo*.

Riguardo alla disputa tra i due registi, Rota sembra esente/assente. L'unico indizio di un possibile sospetto sta in un elenco dei compensi presentato al ministero dalla produzione di *Otto e mezzo*, dove manca la voce del compositore. Cosí, uno potrebbe ipotizzare che Fellini fosse indeciso perché non era contento che Rota partecipasse anche al *Gattopardo*. Ma non è una prova – né stavolta, né mai, ci sono cenni a un conflitto o a un'irritazione contro Nino Rota da parte di nessuno dei due. Forse il nome non c'è perché del compositore ci si sarebbe occupati piú tardi; forse stavolta Fellini avrebbe voluto utilizzare musiche non originali; forse è una dimenticanza, o la volontà di non aumentare il preventivo. Ma di tutte le persone che si sono divise tra Fellini e Visconti, Rota è l'unico a non aver pagato nessun prezzo.

La storia di Nino Rota parte da lontano. Da ragazzino venne a Roma insieme alla madre; e siccome gli unici amici che lei aveva erano i Cecchi, cercò un posto vicino a casa loro. Fin da piccolo, Nino divenne amico di Suso. Crescendo, Rota ebbe una vita piuttosto misteriosa, solitaria, piena di ossessioni e timori – una specie di Gadda della musica. Frequentò ininterrottamente casa d'Amico, dove aveva un legame speciale con il marito di Suso. E a un certo punto andò addirittura ad abitare da loro, prendendo in affitto una camera nella casa di Fedele e Suso, divenendo quindi un familiare anche per i figli. Ed è per questo legame fortissimo che Nino riesce a confessare a Suso l'esistenza della figlia americana; Suso si occuperà della figlia di Rota per tutta la vita. L'amicizia tra Suso e Fellini riguarda Nino, piú che Flaiano. Ed è per questo che Fellini è presente alla rivelazione alle cugine di Nino.

«Nino Rota era un uomo sempre allegro ma trasognato, come immerso nell'ascolto di voci soprannaturali; attraversare una strada insieme a lui poteva essere esasperante, ti voltavi ed era rimasto imbambolato e sorridente in mezzo al traffico» – cosí lo descrive Masolino d'Amico, figlio di Suso. Rota aveva una religione tutta sua, dove prevedeva la reincarnazione e alcuni riti strambi: «si accorgeva per esempio che era mercoledí e che aveva dimenticato di mettersi addosso qualcosa di rosso, allora doveva comprarsi subito una cravatta appropriata; oppure c'erano giorni in cui doveva bere del latte appena munto, e dovunque si trovasse ingaggiava tassinari da cui si faceva portare nella piú vicina campagna». Perdeva qualsiasi cosa, tanto che in viaggio aveva adottato lo stratagemma di portarsi piú valigie, in cui distribuiva indumenti diversi, in modo che se anche ne avesse smarrita qualcuna aveva l'occorrente nelle altre. Sempre Masolino racconta che Rota una volta gli aveva chiesto di aiutarlo a rispondere a una lettera in inglese. Era nientedimeno di King Vidor, che gli proponeva di comporre le musiche per un film. Ma quando lesse il titolo del film, Masolino scoraggiato gli disse: questo film lo hanno già fatto. La lettera era arrivata cinque anni prima.

Nella vita di Fellini, Nino Rota è talmente presente che sarà tra i pochissimi amici a frequentare la casa segreta di Fellini e Anna Giovannini. Chiunque abbia parlato di lui negli anni, lo ha descritto come una persona amabile; certo strana, ma amabile. Per questo il legame con Visconti e con Fellini rimase saldo e intatto anche durante i periodi di tensione.

I tempi della sparizione di Flaiano da casa d'Amico coincidono con la divisione in due fazioni dei mondi di Visconti e Fellini. Ma nonostante tutto lasci pensare che sia questo il motivo, Flaiano è sparito per motivi del tutto privati.

Masolino, in un suo ritratto di Ennio, dice che si era innamorato di sua madre, e a un certo punto suo padre ha dovuto chiedergli di non farsi vedere piú a casa. Ma poi, chiacchierando con Caterina, ho avuto la conferma di qualcosa che si diceva in modo sommesso, e cioè che Flaiano e Suso si amassero. È a questo che Caterina pensa, quando le chiedo dei rapporti tra la madre e Flaiano. Dice prima: «dunque...», poi resta zitta per un tempo lunghissimo, ma poi decide di dire cosí: «secondo me mia madre ha avuto una storia con Flaiano e a un certo punto sono arrivati ad un grado di maturazione in cui dovevano scegliere. E quindi hanno smesso di lavorare insieme».

Questo sospetto ogni tanto è aleggiato su Suso ed Ennio, e la frase di Caterina è inequivocabile, e non potrebbe pronunciarla se non avesse certezza che sia cosí. La mia domanda non mirava a sapere questo, almeno non in quel momento, anche se forse piú in là, nella chiacchierata, lo avrei chiesto: mi ero fatto questa idea anche io leggendo un biglietto in cui mi sembrava non ci fosse scritto niente, e ci fosse scritto tutto.

Tra le migliaia e migliaia di pagine che ho letto per scrivere questo libro, mi sono imbattuto, un bel po' di tempo prima della chiacchierata con Caterina, in una lettera spedita da Flaiano a Castiglioncello, dove Suso passava tutte le estati (ancora adesso figli e nipoti ci vanno, io ci sono stato un paio di volte ed è commovente questo modo di vivere l'estate immersi tra i ricordi che vengono fuori con tutti i d'Amico intorno).

A SUSO CECCHI D'AMICO

22 agosto 1955

Basta con il cinema, parliamo di conchiglie.

Sonego mi ha parlato di lei e di Castiglioncello e delle conchiglie che lei gli ha regalato. Siamo già a questo punto? Si regalano le conchiglie? Bene. Scherzi a parte, molta nostalgia di lei e di parlare con lei. A presto, immagino. Sono sempre il suo aff.mo

Flaiano

Si regalano le conchiglie?

In questa timidissima scenata di gelosia allegra e forse meno allegra di quella che vuole essere, ho sentito di imbattermi nell'intimità che tocca due persone e che alle volte si riesce a vedere in una cena, tra due che dovrebbero essere estranei e invece basta che facciano un movimento o dicano una frase e si spalanca un attimo di quella intimità che non sono riusciti a controllare.

Ecco, quando ho letto delle conchiglie non ho avuto nessun dubbio. Suso e Flaiano si amavano. E a un certo punto bisognava che accadesse qualcosa. Bisognava prendere una decisione. Cioè, probabilmente, andarsene insieme o smettere di vedersi. I motivi per cui hanno scelto di smettere di vedersi non li sapremo mai.

Ma da un giorno all'altro Flaiano è scomparso. Per molti anni. Caterina dice: «Mario Monicelli non è mai sparito, io me lo ricordo in questa casa dagli anni Cinquanta, e mi ricordo che il giorno in cui è morto mio padre, Mario mi ha detto: a che ora chiudono la cassa, domani. E io gli ho detto: alle 11.30, e lui mi ha detto: bene, torno, perché Suso non può stare sola in quel momento lí. Ed è entrato mentre piombavano la cassa da morto di mio padre. Cioè Mario è stato qui accanto a mia madre tutta la vita. Uno che era presente come Ennio, che sparisce per quindici anni, non può non esserci niente. Io me lo sono detto dopo, non allora, ma vuol dire che qualcosa è successo».

Poi, anni dopo, quando Flaiano si ammalò, nascose il suo malore a Suso, che gli scrisse una lettera risentita e allegra (o finto allegra). Vicino alla tua clinica abita uno dei miei figli, fatti comprare i giornali, gli scrisse. E poi quando finalmente Ennio si riprese e tornò a casa, trovò un'altra lettera di Suso che diceva: adesso che sei tornato a casa dopo l'infarto, non fare stupidaggini, vai a stare da Zeffirelli. Ecco: tutti gli intrecci tra queste persone ritornano di continuo. Zeffirelli aveva una bella casa, il giardino, un medico a disposizione. Tutto questo è ancora piú significativo perché Zeffirelli era stato il grande contestatore in sala a Venezia, e soprattutto perché Flaiano e Zeffirelli avevano litigato in modo feroce, quando Flaiano faceva il critico teatrale e aveva stroncato gli spettacoli di Zeffirelli piú volte (lo chiamava Shespirelli); e poi Zeffirelli, che diceva di volerlo ammazzare, gli chiese di andare a fare la convalescenza a casa sua.

La sceneggiatura del *Gattopardo* è molto piú complicata e lunga del previsto e di questo viene chiesto conto a Visconti; lui dice che è un lavoro complesso e aggiunge: comunque mi lascerò guidare dall'improvvisazione del momento ma quello che ho in mente è di trattare a fondo la non accettazione dell'immobilismo storico di Tomasi di Lampedusa.

Nelle intenzioni di Visconti, per il resto, l'idea di non staccarsi dal romanzo è chiarissima. Lui dice soltanto, in una dichiarazione alla stampa, che il romanzo ha bisogno di qualcosa in piú. Dice: quando me ne staccherò lo farò solo per aggiungere fatti storici che nel romanzo vengono sottintesi. La sceneggiatura comincia quindi con l'affrontare le questioni del romanzo che avevano creato piú discussioni. Visconti e gli sceneggiatori devono confrontarsi soprattutto con il travaglio politico e ideologico dall'uscita del libro in poi – e che Visconti ha dichiarato di aver seguito interamente, appassionandosi, e avendo avuto voglia piú volte di intervenire nel dibattito; «forse è proprio questa la ragione che mi spinse ad accettare l'offerta di realizzare il film».

Durante le stesure iniziali, che comunque sono un bel po' – e in cui Visconti è spesso assente – si affrontano, oltre ovviamente alle linee narrative da trasferire nel racconto cinematografico, le questioni che avevano posto sia Alicata in negativo sia Aragon in positivo; cioè, rendere piú esplicito ciò che Alicata non era riuscito a vedere e ciò che Aragon era riuscito a vedere. Per far questo, si dà piú spazio a personaggi del mondo contadino, si raccontano le battaglie a cui Tomasi sembrava disinteressato; si immerge con piú convinzione la storia dei Salina dentro il mondo che li circonda. La sceneggiatura lavora e rilavora su questa linea, cerca di allargare il campo fuori dal palazzo del principe e mette in pratica una sua lotta docile con il libro – perché il libro è uno di quei libri che hanno una loro perfezione di racconto e che resistono fieramente ad alcuni inserti estranei. Ma la volontà di rendere piú chiaro ciò che finora era stato oggetto di dispute sull'interpretazione, è il tentativo principale che gli sceneggiatori proveranno a realizzare fino all'ultimo, fino a quando cominceranno le riprese; dopodiché in mano a Visconti, sul set, alcune di queste certezze si sgretoleranno – ma è un passaggio cosí decisivo che devo affrontarlo quando è il momento.

Man mano che ci si avvicina alle riprese l'entusiasmo è sempre piú grande, sia in chi ha letto la sceneggiatura, sia in chi ha letto o raccolto le intenzioni di Visconti: sta prendendo quel libro e lo sta riempiendo di quella parte che al libro manca e che a sinistra sembra necessaria.

Infatti, prima del film, addirittura a due giorni dall'inizio delle riprese, arriva anche la benedizione di Togliatti: Rinascita recensisce la sceneggiatura. Lo fa Mino Argentieri, che ha potuto sfogliare il copione che Visconti ha regalato ad Antonello Trombadori. Non c'è nessuna violazione di segreto perché Visconti è d'accordo. Il giudizio è fortemente positivo. Cioè la sceneggiatura, dicono su Rinascita, corrisponde a quel processo che ci aspettiamo da Visconti. Guido Aristarco, colui che tutti seguono e attendono, si dichiara ansioso di vedere il film, entusiasta di quello che percepisce. In seguito, quando l'avrà visto, avrà un atteggiamento silenzioso e molto misterioso. Ma ci arriveremo, anche a capire il motivo.

Tutti gli sceneggiatori dichiarano che è sempre Suso a occuparsi di mettere a posto le scene e la scaletta.

Finalmente si arriva al momento in cui Visconti ritiene che la sceneggiatura abbia raggiunto il compromesso giusto tra la fedeltà al romanzo e le sue idee politiche, e ritiene di aver ottenuto il filmone che desiderava non solo dal punto di vista della narrazione ma anche dal punto di vista scenografico. Si sente pronto a cominciare.

I costi preventivati sono aumentati in modo sconsiderato, pensa Goffredo Lombardo, preoccupato. Per fare solo un esempio: c'è l'idea, in una delle stesure finali, che sui titoli di testa compaiano immagini della battaglia di Palermo. Lombardo protesta allibito: mai titoli di testa sono stati tanto costosi. E ricorda agli sceneggiatori che l'idea iniziale, a proposito della battaglia di Palermo, era di limitarsi a qualcuno che urlava: sta scoppiando una battaglia! E Suso lo conferma: con l'intenzione di non spendere troppi soldi, per raccontare l'arrivo dei garibaldini avevano scritto una scena in cui c'era un bambino che urlava: arrivano i soldati.

Visconti si trova d'accordo nel non inserire la battaglia nei titoli di testa, ma solo perché la reputa fondamentale per lo spirito del film: quindi non pensa affatto di eliminarla, bensí di farne una grande scena; e decide che nel piano di riprese sarà la prima cosa che girerà. Come sanno tutti i registi, le scene piú costose vanno girate subito, altrimenti poi i soldi cominciano a scarseggiare e si va alla ricerca di qualche scena da tagliare. E infatti le riprese del film cominceranno da quella battaglia. E quando Visconti andrà sul set la trasformerà in una scena di barricate nel centro di Palermo. Lombardo, scandalizzato, continua a dire: ma come, non doveva esserci una strada e un bambino e basta?

Nel gennaio 1962 Burt Lancaster, che nonostante tutti i dubbi di Visconti era stato corteggiato da Lombardo soprattutto perché la 20th Century Fox aveva manifestato interesse verso il film e verso l'ipotesi Lancaster protagonista, si dichiara disponibile. Goffredo Lombardo vola negli Stati Uniti per costruire una partnership con gli americani, e prima di partire fa tradurre e spedire l'ultima versione della sceneggiatura. Quando arriva, gli americani lo gelano: gli dicono che la sceneggiatura non funziona, e cosí com'è non pensano di metterci i soldi.

E qui Lombardo fa una cosa grandiosa: scrive due telegrammi diversi. Uno a Visconti e uno a Suso.

Quello a Visconti è il seguente: MERCATO INTERNAZIONALE EST FIACCO ET CON LANCASTER ET SUA REGIA OTTENIAMO CHE PROGETTO NON SIA SCARTATO MA PURTROP-

PO DIMENSIONE ASSUNTA DA FILM RAPPRESENTA OSTACOLO INSORMONTABILE STOP FRA QUALCHE GIORNO SPERO POTER INCREMENTARE OFFERTA RICEVUTA ET TELEGRAFERO IMMEDIATAMENTE SPERANDO CHE LEI ET SOLO LEI POSSA OPERARE MIRACOLO.

Quello a Suso è accorato e sincero: RESERVATAMENTE SCENEGGIATURA GATTOPARDO REAZIONI NEGATIVE DICONO LENTA SENZA INTERESSE ET DIALOGHI FILOSOFICI INTERMINABILE STOP VOGLIONO INOLTRE FILM MASSIMO DUE ORE STOP PREVENTIVO INVIATOMI NOTARIANNI EST FOLLE ET MIE RICHIESTE ANCHE CON LANCASTER OTTENGONO SOLO ILARITA STOP PER FAVORE STUDIA POSSIBILITA ELIMINARE SCENE ET SITUAZIONI MAGGIOR COSTO ET LUNGHEZZA PARLANDONE COME TUA IDEA CON VISCONTI STOP AIUTAMI GRAZIE.

Quest'ultimo telegramma è conservato tra le carte di Caterina d'Amico, l'ho tenuto in mano: alcune carte originali danno una misura del tempo e della grandezza; anche perché quel telegramma ha il mito del segreto.

Visconti resta abbastanza indifferente al telegramma di Lombardo, tanto da dichiarare all'Ansa di essere soddisfatto della sceneggiatura. Però a questo punto ci si trova di fronte a un problema. Il film è bloccato. Bisogna rimettersi al lavoro ma Visconti crede di dover fare un certo tipo di interventi, Suso sa che bisogna farne altri. Suso è capace, per la complicità che ha con il regista (e chissà che non gli abbia mostrato il telegramma riservato), di accompagnarlo verso una revisione razionale non solo dal punto di vista dei costi ma anche della qualità. Riscalettano il libro e quindi fanno un'ulteriore scaletta della sceneggiatura. Da qui ricomincia una nuova stesura. Non che sia una rivoluzione rispetto alla versione precedente e anche rispetto al problema della lentezza e del poco interesse che Lombardo ha comunicato allarmisticamente a Suso, ma evidentemente si lavora anche su questo. In base alla nuova scaletta gli sceneggiatori promettono di consegnare la sceneggiatura il 10 marzo, e consegnano un giorno prima. È questa la stesura che partirà per il set con Visconti, e che il regista userà durante le riprese.

Quando si parla di fedeltà in una trasposizione cinematografica, vuol dire in ogni caso smontare una casa intera mattone per mattone, per poi trasferirla con un mezzo di trasporto da un'altra parte e lí ricostruirla, in modo diverso perché risulti in sintonia con altre caratteristiche del luogo. Questo trasloco è il modo in cui gli sceneggiatori pensano a come si può lavorare per ricostruire questa casa altrove.

Otto e mezzo è l'esatto contrario: non solo è una sceneggiatura originale ma è libera, forse ancor piú di quella che Fellini scriverà per *Amarcord*: è una sceneggiatura di un momento esistenziale, di una condizione interiore. Il fatto che racconti la crisi di un uomo, l'emotività di un uomo, i suoi problemi, i suoi dubbi, ne fa una sceneggiatura libera: i suoi sogni, i suoi ricordi, contribuiscono a staccarla dalle impalcature narrative a cui ci si appoggia di solito.

È il punto piú lontano che esista dalla sceneggiatura del *Gattopardo*. Cosí come *Il Gattopardo* è la struttura piú lontana che esista da quella di *Otto e mezzo*.

Fellini incontra Flaiano, poi Pinelli, poi Rondi; a un certo punto quando è vicino alle riprese, tormentato e indeciso, se ne va a Manziana al lago di Bracciano e li fa venire, sempre uno alla volta. Rimette tutto in discussione e gli viene l'idea: trasformare Guido in un regista.

Anche se ha pensato prima a un film su un uomo in crisi, anche se questo film gli è venuto in mente alle terme di Chianciano e ha pensato a un personaggio che assomigliasse a sé stesso – io sono fermamente convinto che il successo gigantesco della *Dolce vita* e la conseguente incapacità di pensare a un altro film ha fatto in modo che Fellini riaccendesse questa storia che gli girava in testa per raccontare la sua crisi, ma lo ha anche spinto molto presto (e poi respinto per molto tempo) a convincersi che dovesse essere la storia di un regista. Anche per questo film gli sceneggiatori si dividono le scene, si scambiano idee, ognuno scrive dei blocchi, Fellini legge e aggiunge o toglie. Fellini aveva questa idea precisa: la sceneggiatura è come la valigia che ti porti appresso, ma molta roba la compri per strada. Per lui la sceneggiatura è quello che spesso è: un brogliaccio da portarsi sul set e su cui costruire immaginazione e scelte mentre il film si fa. Questo non significa, come gli piaceva far credere, che le sceneggiature non esistessero; esistevano, ed erano ben concepite. Lui le nascondeva perché voleva avere la libertà di usarle come gli pareva sul set, al montaggio e al doppiaggio.

La sceneggiatura finale differisce in alcune parti dal film, anche se l'idea raccontata a Rondi è rimasta la sostanza del film. Però Pinelli sostiene che *Otto e mezzo* è un film quasi tutto di Fellini. Su questo Flaiano non era d'accordo e anzi soffriva dell'idea che Fellini lasciava credere all'esterno, perché sentiva di aver dato tanto di suo a Fellini, sia nei *Vitelloni*, sia nella *Dolce vita*, sia in *Otto e mezzo*. Ma questo è parte di un conflitto che esploderà.

Uno dei registi che doveva esordire alla Federiz, come abbiamo visto, era Vittorio De Seta. Il quale, in una di quelle riunioni in cui non si decideva nulla, racconta a Fellini che va da un grande psicoanalista che si chiama Ernst Bernhard; e gli scrive il numero di telefono su un pezzo di carta. Fellini, in uno dei suoi racconti che non si sa mai se sono veri o inventati, dirà che quel numero se l'è scordato per mesi, e dopodiché un giorno lo trova e chiama Bernhard.

Il racconto che Fellini ha fatto circolare è questo: quando ha trovato quel numero di telefono in una tasca, pensava fosse di una donna di nome Maria, da cui Fellini era rimasto tanto colpito da chiederle il numero. E quando la chiama, invece risponde Bernhard. Questo malinteso gli è sembrato immediatamente un segno.

Decide di recarsi in via Gregoriana 12, indirizzo che è sempre stato quello dello psicoanalista junghiano, dal suo arrivo a Roma nel 1936 fino alla morte. Fellini comincia a incontrarlo, spesso in modo informale (molti dei loro incontri si sono svolti nella pizzeria sotto casa), e questi incontri saranno decisivi per fare il film su un uomo che entra in crisi. Gli incontri con Bernhard resteranno perlopiú segreti, secondo l'abitudine di Fellini di occultare alcuni eventi fondamentali della sua vita, incluse ovviamente alcune relazioni con donne, in special modo con una, con cui ha costruito in segreto una seconda vita: una delle persone che lo frequentavano e lo portavano in giro in macchina mi ha raccontato di averlo lasciato spesso «da quelle parti» (cioè nei pressi di una casa ai Parioli dove lei abitava), e di aver scoperto soltanto dopo la sua morte perché si faceva lasciare lí. Per quanto riguarda la segretezza degli incontri con Bernhard, era un modo di tenere le proprie fragilità al riparo dagli altri, e anche di salvaguardare le possibilità creative nuove che scaturivano da quelle ore.

«Mi piaceva tutto di Bernhard, la strada dove abitava, l'ascensore che sembrava una stanza e saliva lento come una mongolfiera, e lo studio vasto, pieno di libri, con le finestre spalancate su piazza di Spagna e quella bruma rosa-lilla che sfiorava tutti i campanili di Roma. Lui ascoltava le mie sgangherate confessioni, i sogni, le bugie, con un sorrisetto gentile carico di affettuosa ironia». Bernhard apre la strada alla lettura di Jung, che consolida le visioni oniriche di Fellini; gli chiede di scrivere (o disegnare) i sogni. L'abitudine al *Libro dei sogni* si colloca per Fellini tra *La dolce vita* e *Otto e mezzo*, e infatti da quel momento in poi il suo cinema cambierà, e sempre di piú – Flaiano dirà in seguito di aver sospeso la collaborazione con Fellini perché «si è convertito alla magia, in cui non sono competente».

Fellini accennerà a tutto questo, negli anni, con aria minimizzatrice – ma non nei confronti di Bernhard, bensí della consapevolezza di sé stesso; dirà sempre: non so se ha condizionato i miei film a partire da *Otto e mezzo*. Che è un modo per dire che li ha condizionati, eccome. Guido aderisce perfettamente alla tesi di Bernhard del maschio che rimane *puer* a causa del condizionamento della Grande Madre mediterranea: incapace di assumersi responsabilità, desideroso di essere amato da tutte.

Il film che forse sarebbe stato il prodotto piú nitido di questo incontro decisivo è «Il viaggio di Mastorna», l'opera mitizzata per il fatto che Fellini non l'ha mai realizzata, anche se piú volte ha cominciato a prepararla; e del resto, *Otto e mezzo* avrebbe potuto avere lo stesso percorso: era un'idea che Fellini si portava dietro da un po' di tempo, e che poi ha focalizzato nel periodo in cui Bernhard (e Jung) sono diventati parte importante della sua vita. Il film successivo, *Giulietta degli spiriti*, ha una discendenza junghiana ancora piú didascalica, esemplare. Ma è *Otto e mezzo* che fruisce della vitalità fresca e anche un po' inconsapevole, da principiante, di Fellini. E comunque è fin da «Le tentazioni del dottor Antonio» che Fellini apre a un racconto onirico che non abbandonerà mai piú.

Fellini frequentò Bernhard dal 1961 fino al 1965, l'anno della morte dello psicoanalista. Racconta (lo racconta lui) di aver fatto un sogno: arriva in via Gregoriana, e viene ad aprirgli un giovane sconosciuto, vestito di nero e pallido in viso. Gli mostra Bernhard morto nel suo studio, e poi quando Fellini si avvicina sente che il morto gli stringe i polsi.

Il giorno in cui Bernhard è morto, Fellini, che è sul set di *Giulietta degli spiriti*, va subito in via Gregoriana; e l'uomo che gli apre la porta è quello del sogno: il giornalista Antonio Gambino. (Secondo me non bisogna star qui a dire se uno ci crede o non ci crede a questo racconto). In seguito, per testimoniare la decisività di questo rapporto, ha sempre tenuto una piccola foto di Bernhard appesa nei vari studi. Un'ulteriore curiosità sta nel fatto che quello stesso appartamento verrà occupato dallo scenografo Dante Ferretti, che è stato uno dei prediletti di Fellini.

Da Bernhard andavano in molti: Adriano Olivetti, Bobi Bazlen, Cristina Campo, Giorgio Manganelli. E poi, continuando con le curiose coincidenze, anche Natalia Ginzburg, che ha generato, con un suo libro, il libro che sto scrivendo. Natalia ha fatto un ritratto bellissimo e pieno di scetticismo, pur avendo «il dottor B.», come lo chiama in *Mai devi domandarmi*, cercato di lenire il dolore per la morte di suo marito Leone Ginzburg (quindi molti anni prima che Fellini lo incontrasse). Racconta che provava un'enorme noia al pensiero di dover dare dei soldi al dottor B., perché aveva la sensazione di pagare in denaro l'attenzione che riceveva; che tutte le cose che Natalia raccontava («a precipizio») lui le sapeva già, e questo la irritava e allo stesso tempo le dava sollievo, perché la faceva sentire meno sola. «Gli dissi un giorno che non riuscivo mai a piegare le coperte con simmetria e che questo mi dava un senso di inferiorità. Uscí un attimo dallo studio e tornò con una coperta, la piegò tenendola sotto il mento e volle che anch'io provassi a piegarla. La piegai e per compiacenza gli dissi che avevo imparato, ma non era vero, perché ancora adesso trovo difficile piegare le coperte con simmetria».

E poi racconta di quella volta che Bernhard si offese, e di come le sembrò comico. Natalia aveva incontrato un'amica che le aveva sconsigliato di farsi analizzare, perché l'analisi l'avrebbe aiutata ma avrebbe ucciso il suo spirito creativo. E la Ginzburg all'incontro successivo riportò tutto al dottor B., il quale arrossí per la rabbia e batté la mano sul tavolo, urlando che era falso e che quella ragazza era stupida, che questo poteva accadere facendo analisi con un freudiano, ma con uno junghiano era diverso, e anzi avrebbe scritto libri migliori se fosse arrivata a conoscere meglio sé stessa.

«Si diffuse a spiegarmi la differenza fra Jung e Freud. Persi il filo della sua spiegazione e mi distrassi, e ancora adesso non so con chiarezza quale sia la vera differenza fra Jung e Freud».

Bernhard aveva ragione, e la dimostrazione sta proprio in *Otto e mezzo* di Federico Fellini. Se fosse arrivato a conoscere meglio sé stesso, avrebbe fatto film migliori: questa frase riguarda sia Fellini sia il protagonista del suo film, Guido – e questa è una delle grandezze di quest'opera. In realtà, realizzando uno dei film piú importanti della storia del cinema, Fellini ha risposto all'amica di Natalia Ginzburg.

Un romanzo che era in realtà un compito dato da uno psicoanalista (freudiano, stavolta) è *La coscienza di Zeno* di Italo Svevo. Nella prima pagina lo psicoanalista presenta il diario privato di Zeno, che ha deciso di dare alle stampe, e dice: chissà se lui ne sarà contento. Come è stato importante Bernhard per *Otto e mezzo*, cosí il dottore è stato decisivo per spingere Zeno Cosini a scrivere le sue memorie. Le affinità tra *Otto e mezzo* e *La coscienza di Zeno* sono sconcertanti a volte, come quando Zeno vuole dire a sua moglie che ha un'amante, e le parla a tavola e dice le cose in un modo che non si capisce niente; e conclude: «lei non aveva capito ma io glielo avevo detto».

Come l'ultima sigaretta è un modo di accettare la confusione e la fragilità della vita, perché di ultima sigaretta in ultima sigaretta intanto la vita scorre e va, e Zeno la attraversa; cosí Guido, come confessa alla Cardinale in macchina, vuole smettere di essere com'è, e cerca di capire se ci riuscirà, ma intanto che cerca attraversa la sua vita; e questo segmento di vita ce lo mostra in *Otto e mezzo*.

C'è poi una frase del romanzo di Svevo che spiega *Otto e mezzo* e la capacità autobiografica di Fellini e di tutti coloro che riescono a mettersi davvero in gioco: «sembrava cosí curioso di sé stesso». Cioè, non sa quello che scoprirà. Se Zeno lo scopre scrivendo, Guido lo scopre (non) facendo il film, andando avanti nel film che Fellini fa su di lui.

L'aspetto piú affascinante quando si analizzano opere del passato è la necessaria inconsapevolezza, in chi le ha immaginate e realizzate, del capolavoro. Per quanto fossero Fellini e Visconti, per quanto venissero da altri due capolavori – ma pieni di problemi, attacchi, censure – è impossibile percepire la grandezza che avrà qualcosa che si sta facendo.

E poiché succede in qualsiasi caso, è successo anche con *Otto e mezzo* e *Il Gattopardo*.

Del resto, guai se fosse il contrario – se chi sta realizzando un'opera la immaginasse già come un capolavoro, avesse già la percezione chiara di ciò che sarà.

Tutto questo riguarda anche coloro che le recepiscono, sul momento. I contemporanei: i critici, gli spettatori, i colleghi. Anche se qualcuno uscendo dal cinema ha detto: che capolavoro!, lo ha detto con quella inconsapevolezza della contemporaneità; e probabilmente lo ha detto tante altre volte, e per opere che nel tempo hanno dimostrato di non avere altrettanto valore.

Ci ho pensato molto ascoltando un dibattito alla radio del 1963 tra Fellini e Giulio Cesare Castello, uno studioso di cinema che attacca in modo piuttosto feroce sia Fellini sia *Otto e mezzo*, usando gli strumenti del tempo, le certezze del tempo, e riesce anche a farlo spazientire. Castello all'inizio del dibattito rivela a Fellini di essere tornato al cinema a rivedere il film, e che ha tratto di nuovo le stesse conclusioni: cioè che *Otto e mezzo* sia un film sproporzionato rispetto a quello che vuole dire.

Ecco perché mi ha impressionato, ed ecco perché mi ha fatto molto pensare all'inconsapevolezza di tutti di fronte a un'opera che nel tempo sarà assoluta. Non il fatto che non sia piaciuta – questo è accaduto piú o meno a qualsiasi opera nel corso dei secoli e millenni. Ma il fatto che Castello minimizza l'opera, la definisce sproporzionata a quel poco che vuole dire.

«Se tu ritieni sproporzionato l'invito piú o meno chiaro ma comunque molto sincero ad accettare la vita, non capisco che cosa tu possa ritenere proporzionato», gli risponde Fellini. E Castello subito lo attacca cercando di dimostrare che anche questo invito ad accettare la vita è campato in aria. «Tu capisci che da un grande regista sentire dire, per di piú cosí, senza una preparazione di nessun genere, come per una folgorazione improvvisa, "la vita è una festa", è una conclusione da un lato banale, dall'altro inappagante». Castello inoltre sostiene che il raggiungimento della consapevolezza da parte del protagonista avviene in un punto della sua vita che Fellini ha deciso arbitrariamente, e potrebbe arrivare prima, potrebbe arrivare dopo, sarebbe uguale. E qui si riconosce con chiarezza la difficoltà, da parte di uno studioso di cinema peraltro, di accettare un piano narrativo che rivoluziona la logica. In piú, rimprovera al film il finale «in letizia», l'happy end. Quindi Castello usa con testardaggine strumenti che *Otto e mezzo* ha evidentemente fatto saltare in aria.

Tutto ciò è legittimo; ma considerato da lontano, storicizzato, dà una misura sconcertante della percezione; e la misura dell'inconsapevolezza sta anche nella difesa di Fellini, che non può essere, in quel momento, sicuro di sé stesso, non può essere ancora consapevole della grandezza del suo film, e si irrita, ribatte con esempi, cerca di spiegare una scena o il finale. Come se non si trattasse di *Otto e mezzo*.

Questo accade sempre – e forse è necessario che accada; anche se fa impressione. Ci ho pensato di continuo durante ogni minuto di studio dei documenti e dei libri sui due film durante il loro concepimento, la preparazione, le riprese, e perfino poi quando sono usciti in sala e sono stati visti. Nessuno mai – questo è ovvio – può avere una percezione reale della grandezza quando è contemporaneo; e lo ripeto: nemmeno quelli che hanno sostenuto i film; perché in quello che hanno sostenuto, c'è solo un'idea vaga di quello che effettivamente diventeranno, per la storia del cinema, *Otto e mezzo* e *Il Gattopardo*.

Ci ho ripensato anche sfogliando un libro curato da Vittorio Spinazzola, *Film 1964* (ne faceva uno all'anno in quel periodo) che è un resoconto critico dell'anno cinematografico appena trascorso. È molto interessante vedere come due capolavori, e due registi che venivano da altri due capolavori, vengano comunque trattati con scetticismo, in modo perfino sbrigativo in alcuni momenti. Non parliamo poi dello scetticismo ideologico che funge da barriera per quanto riguarda Fellini; e per quanto riguarda Visconti, lo scetticismo sulla scelta di un libro considerato comunque reazionario. È quindi stupefacente vedere (con la complicità del tempo trascorso) come la percezione in contemporanea di opere che poi saranno ritenute grandiose è sempre piccola, anzi micragnosa, e che bada a questioni irrilevanti. È proprio la malattia della contemporaneità che interviene, e che ti fa pensare che nessuno che vedi camminare per strada possa essere davvero un genio.

Per rafforzare l'esempio, c'è un altro film che esce nelle sale nella stessa stagione: *Il sorpasso* di Dino Risi. Quando Antonioni lo vide, gli disse: sei cosí bravo, perché ti ostini a fare questi filmetti?

Tutti trattano il film per quello che probabilmente si proponeva di essere: una commedia commerciale (dove però uno dei due protagonisti, alla fine, muore); e in quello stesso libro di Spinazzola, c'è un saggio che lo tratta in modo esemplare: dopo aver detto che il film ha avuto incassi straordinari, il critico (Giovanni Cesareo) si sorprende egli stesso delle molte qualità che enumera, tanto che deve piú volte avvertire che in ogni caso non si tratta di capolavoro; elenca pregi ma si preoccupa di minimizzarli. Ripeto: con stupore, e con fastidio, perfino.

La risposta a tutto ciò è semplice, e la conosciamo. Chi realizza un'opera, non sa ancora, nemmeno dopo averla conclusa, cosa ha realizzato. Non lo sa quando la concepisce, non lo sa quando la mette in atto, non lo sa quando è finita, non lo sa quando la mostra agli altri; e non lo sanno gli altri, cosa stanno vedendo. È la stessa differenza di quando si vedono le partite di calcio in diretta, o le sintesi successive con le azioni salienti, essendo già a conoscenza del risultato: a quel punto, sapendo già come va a finire, quando si vedono i giocatori esultare o disperarsi per un gol, sapendo già che questa gioia o questo sconforto verranno ribaltati, li si comprende in tutta la loro caducità, se ne ha tenerezza, e forse si capisce anche perché poi ci sarà il ribaltamento. Ma mentre guardi la partita in diretta, puoi solo emozionarti, non puoi sapere nulla di ciò che sta per accadere.

Non è solo interessante, ma straziante ed entusiasmante percepire come questa fragilità contagi perfino coloro i quali queste opere le costruiscono, le immaginano.

Comunque, sia per questioni economiche, sia per questioni di poetica, sia per tensione post produttiva, *Il Gattopardo* e *Otto e mezzo* erano delle opere misteriose di cui non era possibile sapere se sarebbero state delle grandi opere o dei fallimenti. È la questione fondamentale di un'opera mentre si fa e di come la percepiamo noi dopo tanto tempo – e di come dopo tanto tempo percepiamo che tutto quello che è successo dovesse andare per forza nella direzione giusta. È vero che le opere riuscite evidentemente sono anche il prodotto di una concatenazione di eventi perfetti; e nel cinema questo è ancora piú vero, perché le componenti da azzeccare sono moltissime; ma è vero anche che noi nel futuro rendiamo virtuoso e potente tutto ciò che è stato problematico e fragile.

Non si sa. Non si sa, mai, cosa ne verrà fuori. Non si sa, non si può sapere, e mai si potrà sapere. Questa è l'unica verità a cui possiamo approdare.

E non si sa nemmeno quando si tratta di un'opera di Fellini o di Visconti.

È bellissimo vedere i filmati e le foto del set, le immagini del film mentre lo stanno girando, della Saraghina che entra in campo spinta leggermente da un assistente, e trova con un impercettibile saltello il passo che vuole tenere. È bellissimo soprattutto perché, per quanta consapevolezza ci potesse essere – non nella Saraghina, né in molti altri, ma probabilmente in nessuno fino in fondo – nessuno poteva sapere di stare dentro un capolavoro, di far parte della storia del cinema. Nemmeno Claudia Cardinale che pure pazientemente si faceva cambiare il colore dei capelli con spirito di sacrificio. Questo pensiero poteva sfiorare, si poteva sperare. Ma la grandezza che ne è derivata, non fa parte del presente, di ciò che si sta facendo. Ed entrare fino in fondo dentro queste storie vuol dire anche vedere con nitidezza la compresenza delle cose che si stanno facendo, delle persone che le stanno facendo, e la grandezza assoluta che è stata prodotta da quel fare, il fare solito (o insolito) di chi fa cinema. La compresenza, perfino, nel ballo del *Gattopardo* e nell'harem di *Otto e mezzo*, della loro assoluta grandezza con la pratica artigianale di quel momento, di quelle giornate, con le questioni tecniche e pratiche, gli intoppi e le cialtronerie.

E c'è ancora altro: tutto ciò che è contemporaneo, è pregno delle circostanze – di cui nel tempo ci liberiamo totalmente: di quello che c'è intorno, del clima e dei gusti, ma anche delle simpatie e delle antipatie, di una presa di posizione che non è piaciuta, di un modo di rispondere alle interviste che mette distanza; dell'insofferenza e della piaggeria; delle polemiche, di una sera a una cena spiacevole, di intrecci sentimentali che creano inimicizie, di giudizi sull'opera di qualcuno che condizionano quel qualcuno per tutta la vita. Insomma, la vita cosí come si svolge giorno dopo giorno, dentro la quale si realizza un film che poi esce nelle sale, e intanto sono tutti presenti e ognuno con le proprie paturnie, ossessioni, propensioni, maldisposizioni.

Poi, nel tempo, tutto il resto se ne va, e rimane soltanto il film; e anche di chi l'ha realizzato, si ricordano solo alcune caratteristiche; e nel tempo, perfino le caratteristiche peggiori cambiano di senso e acquistano leggenda.

Tra Fellini e Guido Anselmi, il regista di *Otto e mezzo* interpretato da Mastroianni, le somiglianze sono tante. Ma una significativa è quella tra l'indecisione di Fellini se fare o no il film, e quindi il suo rimandarlo e non trovare gli attori giusti, o le location adatte; e l'indecisione di Guido se fare o no il film, e quindi il suo rimandarlo e non trovare gli attori giusti, o le location adatte.

A un certo punto, nelle settimane precedenti alle riprese, Fellini ha fatto un provino a Brunello Rondi, lo sceneggiatore a cui aveva scritto gli appunti del soggetto, per fargli interpretare lo scrittore che critica Guido – alla fine per questo ruolo verrà scelto Jean Rougeul, uno scrittore francese. A guardare il provino ci sono una ventina di persone della troupe che delimitano anche lo spazio scenico. Rondi è in pigiama e giacca da camera, un asciugamano al collo e un bicchiere di whisky in mano. Fellini interpreta Guido. Si danno le battute, poi a un certo punto Fellini chiede a Brunello di lasciar perdere ciò che è scritto in sceneggiatura. Andiamo avanti, improvvisiamo. E lo fanno. E cosí pian piano confondono i due personaggi che parlano del film di Guido, e lo sceneggiatore e Fellini che parlano di *Otto e mezzo*. Le persone presenti, le stesse che hanno a che fare con la precarietà del film che viene di continuo rimandato, cominciano a sentirsi inquiete. Non capiscono piú a cosa stanno assistendo.

A un certo punto Rondi si sdraia sul divano, e pulendosi gli occhiali, dice:

«Davvero, sai, la tua sceneggiatura non funziona. Non funziona proprio».

Fellini fa una pausa teatrale, sentendo la tensione intorno, e poi, invece di rivolgersi a Rondi, guarda quelli che stanno assistendo, cioè la troupe in preparazione, e dice:

«Ok, tutti a casa. Il film è sospeso fino all'8 settembre».

Intorno c'è una risata trattenuta, interrogativa. È il provino o stanno dicendo sul serio? Rondi insiste.

«Se vuoi la mia opinione, devi ancora aspettare parecchio prima di fare questo film».

«Giusto», risponde Fellini, «ma chi lo dice a Rizzoli?»

E qui le persone intorno non ridono piú. Perché il produttore del film nel film, anche se è un ritratto di Rizzoli, non si chiama Rizzoli ma Pace. Rizzoli è invece il vero produttore del film.

Poco prima delle riprese del *Gattopardo*, la Titanus convoca una conferenza stampa. Su un divano di cuoio i giornalisti trovano seduti Goffredo Lombardo e Luchino Visconti. Si annuncia il giorno di inizio delle riprese, che cominceranno davvero con l'entrata dei garibaldini a Palermo. Sul set si reciterà in una lingua mista, visto che gli attori hanno varie provenienze. Il budget non si capisce quale sia, Lombardo dice miliardi e poi ci tiene a fare i complimenti a Visconti: ci sono leggende sui costi dei suoi film, ma qui si sta collaborando a ridurre le spese al minimo. In realtà, quella di Lombardo è una dichiarazione pubblica per costringere Visconti a non andare oltre un budget già quasi insostenibile.

Fellini e Visconti sono i due registi italiani a cui verrà attribuito per tutta la vita l'eccesso di pretese, pretese irrealizzabili, sforamento dei budget. Tutti e due respingeranno per tutta la vita questa accusa, con rabbia.

Durante la conferenza stampa, riguardo alla sceneggiatura, Visconti risponde che nel film non si vedrà la morte del principe: «il presagio della morte l'avrà durante il ballo.

Poi la mattina tornerà a casa a piedi. E sarà la fine». Per il resto dichiara che resteranno molto fedeli al romanzo.

Poi aggiunge una cosa che risulterà in seguito molto importante durante le riprese, anche se qui sembra una dichiarazione quasi di routine: «Quando io riduco un romanzo, stendo una sceneggiatura, lascio sempre molte cose indefinite, mi riservo sempre una grande libertà d'invenzione. Per esempio, per la scena di Tancredi e Angelica nel castello di Donnafugata, Tomasi di Lampedusa mi dà soltanto un suggerimento, la realizzazione della scena in immagini è ancora da farsi. Sono io che traduco e definisco, una volta per sempre, la scena in immagini: qui è la mia grande libertà di espressione».

I giornali il giorno dopo daranno risalto a questa conferenza stampa, annunciando l'inizio delle riprese, ma soprattutto concentrandosi (fin dai titoli) sul fatto che non si riuscirà a girare a Palma di Montechiaro perché i notabili del luogo e soprattutto minacce mafiose hanno reso impossibile restare lí. È stato Visconti a parlarne, indignato; ma Goffredo Lombardo al suo fianco, anche se in silenzio, si è mostrato solidale con il regista. Alla produzione è arrivata questa minaccia: che ciò che sarebbe stato costruito di giorno per il film, sarebbe stato sistematicamente distrutto di notte. A quel punto la Titanus si è arresa, ed è in cerca di un altro luogo dove girare.

Tutto ciò provoca un tale scandalo che il sindaco di Palma è costretto a dimettersi, dopo che lui per primo, e i cittadini, si sono risentiti e indignati per le dichiarazioni offensive di Visconti. Lombardo riceve un telegramma del Comune di Palma in cui si afferma il consenso totale della popolazione per le riprese del film. Visconti e Lombardo insistono sia sull'ostruzionismo della giunta democristiana (Luchino ci tiene a sottolinearlo) sia sulle minacce mafiose. La questione passa alle pagine della politica, c'è anche un'interrogazione di un deputato regionale.

La verità però la si scoprirà solo anni dopo.

Pietro Notarianni è il responsabile della produzione. Colui che, per spiegare meglio, ha la responsabilità diretta dei costi del film, oltre a tutto il resto. E se qualcuno ha la curiosità di andare a cercare il suo nome su google, una delle cose che leggerà è: l'uomo di fiducia di Fellini. In realtà Notarianni ha gestito set di Visconti, Antonioni, e molti altri; e anche quelli di Fellini, piú tardi. Una figura mitica del cinema, e un uomo con una responsabilità enorme, soprattutto per un budget cosí rischioso come quello del *Gattopardo*.

Bene, anni dopo Notarianni ha confessato che le lettere minatorie mafiose c'erano state, ed erano indirizzate proprio a lui; ma era lui stesso che le aveva redatte e mandate, probabilmente con la complicità di Lombardo (oppure no, chissà). Il fatto è che Palma di Montechiaro era un luogo complicato da raggiungere e pieno di problemi logistici, e in qualche modo bisognava contrastare l'intestardimento di Visconti che voleva a tutti i costi girare lí.

E Notarianni non aveva trovato altra soluzione.

Mastroianni ha capelli ingrigiti, borse sotto gli occhi, è svuotato dalla dieta – Marcello era un gran mangiatore, e di questa dieta soffrí molto. L'invecchiamento lo rende molto diverso dal Mastroianni della *Dolce vita*.

Fellini gli ha fatto tre provini per arrivare a un punto soddisfacente. I due erano molto amici, e per questo a Federico piaceva torturarlo. Ma soprattutto amava molto di Marcello il rispetto silenzioso che aveva nel partecipare a un film senza sapere davvero di cosa si trattava: «non mi ha mai chiesto una volta questo maledetto copione com'è, e perché lui deve dire una data cosa piuttosto che un'altra». Solo un paio di volte, in due momenti di pausa sul set dovuti a lungaggini di preparazione, Fellini si è un po' sfogato con lui riguardo a dei dubbi che aveva sul film, e Marcello lo ha ascoltato «come pochi ascoltano, con delicata finezza». Quando qualcuno chiedeva a Mastroianni, anche con tono indispettito, come potesse recitare non sapendo bene cosa stava succedendo, lui rispondeva sia divertito sia convinto: ma la vita non è cosí? So cosa sta per succedermi quel giorno quando mi sveglio la mattina?

Poi, non è che andasse sempre bene. C'erano delle mattine in cui Federico lo vedeva arrivare sul set ingrassato; non si sa se davvero aveva disobbedito alla dieta o era di malumore e torvo e questo lo rendeva diverso – forse aveva fatto tardi o gli era successo qualcosa di sgradevole. Poi sbadigliava, e Fellini si innervosiva di piú. Poi si accorgeva dello sguardo di Federico addosso, e allora gli sorrideva un po' furbamente. E Fellini a quel punto lo odiava; e lo avrebbe odiato per l'intera giornata di lavoro. E chissà, forse era Fellini che era di malumore, e se la prendeva con lui.

Luchino cominciò a cercare don Fabrizio prima di tutto tra gli attori siciliani, convinto che non si potesse fare altrimenti. Ma si arrese subito perché un attore siciliano che fosse conosciuto non esisteva; né Visconti aveva trovato, come Fellini in Mastroianni, un attore che incarnasse evidentemente il principe di Salina. Poi pensò a Laurence Olivier, ma quando Lombardo seppe che era stato ricoverato per i primi sintomi di un male che lo avrebbe accompagnato per il resto della vita, prese l'iniziativa di proporre il film a Lancaster, senza che si incontrasse prima con Visconti. La proposta di Burt Lancaster era irrifiutabile: aumentava la possibilità che mettessero soldi e distribuissero il film in America; ed era un grande attore. Ma il problema era un altro: a Visconti non piaceva. Diceva: come fa un cowboy a interpretare un principe siciliano? E in piú, fu molto indispettito dal fatto di non averlo incontrato prima di subirne la candidatura. E cosí, come era successo con il romanzo, anche il suo attore protagonista era il punto piú lontano dai suoi desideri: era partito cercando un siciliano, si ritrovava con un americano ancora giovanile e prestante. Eppure, controvoglia, dovette accettarlo. Ma fece cosí: andò a vedere *L'uomo di Alcatraz*, e disse che gli piacque molto – oppure se lo fece piacere, chissà. Decise che Lancaster lí era bravo, sembrava anche un po' invecchiato, e insomma poteva accettarlo. Diciamo che trovò la scusa per capitolare; e non poteva fare altrimenti.

Lancaster era entusiasta del regista, del romanzo, del personaggio. Arrivò in Italia con qualche settimana di anticipo, e chiese di andare subito in Sicilia per immergersi nel film, nonostante le riprese che lo riguardavano cominciassero un paio di settimane dopo l'inizio del film. Ma Visconti disse ai suoi collaboratori che non lo voleva per nessun motivo tra i piedi, e cosí se ne andò in Sicilia lasciandolo a Roma.

Una sera, i paparazzi fotografano Lancaster all'uscita di un ristorante di piazza Navona con una giovane attrice, Béatrice Altariba. Preso dal panico, spaventato da un eventuale scandalo, Burt affronta uno di loro e lo colpisce con un calcio nelle palle che manda il fotografo all'ospedale per dieci giorni. Grazie all'intervento della produzione, si riuscirà a evitare la denuncia con un accordo amichevole, cioè un indennizzo in denaro. Ma non la pubblicazione delle foto.

A quel punto sono tutti d'accordo che la cosa migliore è farlo partire per la Sicilia, anche contro il parere del regista.

I giornali, le riviste, i rotocalchi si occupano molto di *Otto e mezzo* e del *Gattopardo*; si occupano molto della rivalità tra i due registi e c'è molta eccitazione per il fatto che l'autore della *Dolce vita* e l'autore di *Rocco e i suoi fratelli* tornino sul set, e contemporaneamente.

Prendo come esempio un articolo tra tanti, perché è proprio a ridosso dell'inizio delle riprese, e quindi nel pieno della frenesia che c'è in tutte e due le produzioni. Lo pubblica Teletutto, il 28 aprile 1962. Si intitola: «Guerra ai ferri corti tra Fellini e Visconti».

In realtà l'articolo è su Fellini, sulle difficoltà che sta incontrando la preparazione del film (si dice che al momento l'unico attore sicuro sia Mastroianni); il giornalista Giuseppe Stratian afferma che raramente si è vista un'attesa e una curiosità cosí pressanti, e che Fellini ha minacciato di licenziare chiunque della troupe riveli qualcosa all'esterno. Ma oltre a tutti i problemi che sta avendo, Fellini è impegnato in una guerra fredda con Visconti.

Quindi, dopo tanti anni da quella mostra di Venezia, non solo l'antipatia continua, ma se ne parla ancora sui giornali. Il motivo principale, ovviamente, come dice anche Stratian su Teletutto, è Claudia Cardinale, e il fatto che Fellini la vorrebbe in *Otto e mezzo* mentre lei deve girare *Il Gattopardo* con Visconti. Questo è il motivo della contesa e dell'articolo.

Ma il settimanale svela un altro motivo di scontro: «La ruggine tra i due personaggi del cinema italiano è di vecchia data, cominciò a formarsi quando si stava girando *Boccaccio '70*». La ruggine è di vecchia data sí, ma molto piú vecchia di quanto indichi Teletutto, che dimentica quello che era successo tanti anni prima. Però racconta un'altra cosa: ancora prima del '54, addirittura ai tempi di *La terra trema*, Visconti decise di utilizzare una nuova pellicola della Kodak che dava come risultato un bianco e nero particolarmente contrastato. La Kodak, da Parigi, oltre al materiale, spedí anche un tecnico che assistesse gli italiani per i primi giorni. Questo tecnico era un fotografo, e si chiamava Paul Ronald. Era bravissimo, e Visconti ne rimase cosí entusiasta che lo convinse a non tornarsene in Francia ma a restare a lavorare con lui. Da quel momento in poi, Ronald è diventato il fotografo di tutti i film di Visconti, oltre che il suo fotografo personale. E di *Bellissima* è stato anche direttore della fotografia.

Quando girarono *Boccaccio '70*, Paul Ronald divenne fotografo ufficiale dell'intero film e non del solo episodio di Visconti. Quindi fotografò il set di Fellini durante le riprese di «Le tentazioni del dottor Antonio». Fellini ne fu molto colpito. E secondo Teletutto lo rubò a Visconti e da quel momento i due registi smisero di salutarsi, poi fecero la pace ma pronti a litigare. E infine il pretesto per litigare arrivò con Claudia Cardinale.

Ora, le cose andarono su per giú cosí, ma non proprio cosí. Prima di tutto, Fellini e Visconti non si parlavano né si salutavano già da otto anni. La storia di Ronald invece è vera, ma piú complicata. Fellini sapeva benissimo che Ronald era legato a Visconti, e sapeva benissimo che anche Visconti stava preparando il suo nuovo film; ma non gliene importò nulla, e davvero chiese insistentemente a Ronald di diventare il fotografo di scena del suo nuovo film. Ora: Ronald aveva lavorato sempre con Visconti; Visconti stava preparando *Il Gattopardo*; com'è possibile che Ronald abbia effettivamente accettato la proposta di Fellini?

Ecco, lui è almeno parzialmente scagionabile. Sia chiaro: Fellini era Fellini, aveva appena fatto uno dei film piú importanti della storia del cinema, era seducente e allegro; Ronald si era trasferito in Italia grazie a Visconti, erano anni e anni che lavorava con lui e forse questo era anche un motivo: stanchezza, probabilmente reciproca. Ma in realtà Ronald respinse piú volte la proposta di Fellini perché c'era appunto *Il Gattopardo*. E poi accadde un episodio, che oltretutto c'entra ancora con Claudia Cardinale, rendendo la storia di questi due film e di questi due registi sempre piú intrecciata: Ronald fa un servizio fotografico a Claudia Cardinale, pubblicato da Epoca; ma Visconti, che sapeva essere molto dittatoriale, si arrabbiò perché non lo aveva autorizzato – si sentiva padrone di Ronald e padrone della Cardinale, che voleva gestire in ogni aspetto, da quando era stata ingaggiata per Angelica, e questo fa comprendere ancora di piú quanto lo facesse arrabbiare che Fellini la volesse anche per il suo film. Visconti si adirò per il servizio, e interruppe il rapporto con Ronald. Ma non è che Ronald corse da Fellini a dire: sono libero! No. Ne ebbe pudore, gli sembrava ormai tardi. In seguito ha raccontato di essere stato chiamato al telefono da Nello Meniconi, il direttore di produzione di Fellini. Aspetta che ti passo Federico. E Fellini con aria scherzosa gli dice: cosa devo fare? Devo venire con gli Oscar in mano per chiederti di fare il mio film?

Con ogni probabilità, era al corrente del litigio con Visconti; e il nervosismo di Visconti verso Ronald, con ogni probabilità, riguardava i colloqui di Ronald con Fellini.

A quel punto, Ronald disse semplicemente: vengo subito. Seguí come fotografo ufficiale il film dal primo all'ultimo giorno delle riprese. E non lavorò mai piú con Visconti.

La protagonista dell'articolo di Teletutto, e della nuova contesa tra i due, però rimane Claudia Cardinale. Ai piedi del titolo sulla guerra fredda tra i due registi c'è una sua foto in accappatoio, stesa su uno strano divanetto, che sta parlando al telefono. E la didascalia dice: «In questi giorni il telefono di Claudia Cardinale suona con maggior frequenza del solito: all'altro capo del filo si alternano con sincronismo perfetto Luchino Visconti e Federico Fellini (a sinistra e a destra nelle foto accanto al titolo). Entrambi i registi vorrebbero infatti che l'attrice partecipasse al film che stanno preparando».

La questione della Cardinale è seria. Bisogna dire che è stato quasi sempre Fellini a muoversi con arroganza nei confronti di Visconti – sia con l'episodio meno importante del fotografo, sia con l'attrice che Visconti ha scelto come Angelica. Ma ognuno pensa per sé, e Fellini ha scritto quel personaggio chiamandolo Claudia, dandole un ruolo piccolo ma significativo, che poi, con la certezza della presenza della Cardinale, cambierà, facendo un'operazione narrativa che nel film è unica: la Cardinale interpreta una donna che appare alle terme – quindi nella vita di Guido; ma poi a interpretare quel ruolo nel film di Guido verrà chiamata Claudia, cioè la Cardinale in quanto Cardinale, che quindi nel film si sdoppierà, rendendo ancora piú complesso e affascinante il gioco di matrioske che Fellini mette in scena.

Nell'articolo il peso della decisione è dato non alla Cardinale, ma a Franco Cristaldi, che viene definito «il giovane e valente produttore che ha la Cardinale sotto controllo». È una frase forte e ambigua, ma in realtà Cristaldi e la Cardinale sono legati da una relazione faticosa: Cristaldi l'ha salvata, ha dato un nome al figlio nato dallo stupro, gestisce e condiziona la sua carriera; Claudia, a Parigi, me ne ha parlato con distacco, ma con discrezione: non so bene se volesse dirmi che non l'ha mai amato, o non le importasse di dirmi niente. Ma racconti su Cristaldi, la Cardinale ne ha fatti, nei suoi libri o qui e lí, e ha anche detto: «Con lui ero praticamente un'impiegata, una subalterna che veniva pagata al mese per i quattro film l'anno che facevo: non lo chiamavo nemmeno per nome, ma per cognome. Mi sentivo in ostaggio, mio padre e mia madre erano furibondi». E a proposito del matrimonio che fu celebrato: «aveva deciso lui e in gran segreto: lo aveva organizzato senza dirmi nulla, io lo annullai perché non ero innamorata, era lui ad esserlo di me. Insomma, Cristaldi è stato certamente un grande produttore, ma sul piano privato… meglio sorvolare».

Fatto sta che Cristaldi può mettere d'accordo i due registi, si dice nell'articolo. Non che sia facile, perché Visconti comincerà a girare solo ai primi di agosto (non è vero), ma per fare un dispetto a Fellini si è detto disposto a scritturarla per quattro mesi «incurante del notevole ed esorbitante sacrificio finanziario». E cosí adesso, al momento in cui l'articolo va in stampa, la situazione è in stallo e la Cardinale riceve sei (!) telefonate al giorno: tre da Visconti e tre da Fellini (!). Per il ruolo della Cardinale, comunque, se dovesse rinunciare al film, qui si sostiene che Fellini ha già pronta Edy Vessel.

Tutto ciò sembra inventato – per questo è ancora piú interessante: lascia vedere la volontà della stampa di partecipare alla guerra tra i due registi, anche con mezzi poco leciti. Però è vero – ed è forse questa la notizia che è arrivata al giornalista – che la Cardinale non è impegnata sul set da subito (ma non certo dagli inizi di agosto, visto che a luglio farà avanti e indietro sui due set). E forse, chissà, Visconti avrà davvero provato a sottrarla a Fellini.

È stato il desiderio di Claudia Cardinale di partecipare anche a *Otto e mezzo*, che alla fine ha risolto la guerra fredda. Il 10 maggio, Le Ore la ritrae in copertina, al mare: «Claudia Cardinale si appresta a girare con Mastroianni il film Fellini 8 diretto da Federico Fellini». Sí: «8». A luglio invece La Domenica del Corriere può titolare: «Colpo doppio di Claudia Cardinale».

Bisognerebbe, infine, riportare tutta la trama di *Otto e mezzo* raccontata dall'articolo di Teletutto, lo stesso articolo in cui si dice che se qualcuno lascia trapelare una parola sul film sarà licenziato in tronco da Fellini, lo stesso articolo in cui si dice che nessuno sa nulla di questo film. Ma Stratian mette insieme quello che sa e quello che non sa e dice che Mastroianni lascerà la moglie per Carla, poi però ne rimarrà deluso e tornerà a vivere con la moglie, cercando nel lavoro una distrazione. Altre notizie: Mastroianni è stato messo a dieta, la cantante lirica Marcella Pobbe dovrebbe interpretare la protagonista femminile ma ha chiesto troppi soldi e se non cede il ruolo verrà dato a Sandra Milo (la Pobbe è stata davvero una seria candidata per il ruolo di Carla); anche qui, come in molti altri articoli si parla di Sylva Koscina, che non si sa se sia mai stata candidata a un ruolo, ma che parteciperà poi a *Giulietta degli spiriti*. E comunque il finale dell'articolo dice: «La presenza o meno di Claudia Cardinale ci dirà con piú eloquenza di ogni dichiarazione se la guerra tra Fellini e Visconti continua».

Il set di *Otto e mezzo* è blindato. C'è uno alla porta che ripete compiaciuto: qui non entra nessuno, nemmeno il Padreterno. L'aiuto regista Guidarino Guidi ha coniato questo slogan: «il set è chiuso». Si vocifera, come un fatto mitico ma probabilmente vero, che è il solo a nascondere sotto la maglia una copia della sceneggiatura. Nessun altro ce l'ha.

Camilla Cederna è una delle vittime di questo divieto. In accordo con Fellini, deve scrivere una cronaca per il libro tratto dal film; si sono già incontrati molte volte, la Cederna ha addirittura partecipato alla ricerca di Carla nei provini fatti a Milano, è una delle pochissime persone ad aver letto la sceneggiatura, ma non vogliono farla entrare. Non entra nemmeno il Padreterno. Alla fine, riesce a far arrivare a Fellini la notizia che è là fuori.

Fellini ha deciso di non voler rivelare a nessuno che film sta facendo. Con *La dolce vita* c'erano stati troppi fraintendimenti, ma la ragione stavolta è piú concreta di quel che si crede. Come si fa a raccontare *Otto e mezzo*? Una volta, alla fine di una giornata di preparazione, Deena Boyer, reclutata come ufficio stampa, lo riaccompagna a casa, ma restano imbottigliati nel traffico del lungotevere; e cosí, sfinito e senza difese, Fellini le rivela cosa sta facendo: «Un film in cui parti del passato ed eventi immaginari sono sovrapposti al presente. Voglio soltanto prendere un preciso momento nella vita di un uomo – un giorno, un'ora, un unico momento, in una parola – e mostrare come viene vissuto su tre piani differenti...»

Fellini è molto consapevole dell'azzardo che sta compiendo, e ne è anche spaventatissimo – tanto che ha piú volte provato a rinunciarvi. E quindi sa anche che se dicesse in pubblico cose del genere, lo prenderebbero per pazzo. Non sa cosa sarà davvero questo film; dice anche alla Cederna: «In confidenza ti dirò: è tutto sul filo del rasoio, potrebbe anche essere bruttissimo, non è escluso che il pubblico vada in bestia col mio protagonista, potrebbe finire tutto nel dileggio». Ma sa che, qualsiasi cosa sarà, non si può raccontare, bisognerà vedere cosa avrà fatto. Grazie alla *Dolce vita* se lo può permettere.

Voglio aggiungere un'altra cosa. I film si raccontano. Anche i romanzi, di solito, e fino a un certo punto, è stato sempre possibile raccontarli. Poi sono arrivate delle opere che non si potevano piú raccontare, ma bisognava vederle realizzate per capire cos'erano. Voglio pensare, mi piace pensare e credere, e forse ho anche ragione, che *Otto e mezzo* è stata la prima opera irraccontabile. Forse l'importanza di *Otto e mezzo* sta anche in questa impossibilità di raccontarlo. Forse è il primo film impossibile da raccontare prima, che puoi solo vedere per capire di cosa si tratta.

Il primo giorno di riprese del *Gattopardo* è maestoso, ma faticoso e inconcludente. Nel quartiere della Kalsa è stata ricostruita una porta di entrata a Palermo, il campo di battaglia lascia senza parole. I soldati sono qui in città da tre giorni perché Visconti ha chiesto che marciassero ore e ore per consumare gli stivali, per renderli credibili. Però le comparse si presentano tardi, si perde tempo a cercare le cinture dei soldati, le cartucce sono pericolose e si decide di sostituirle. Perfino i cestini in pausa arrivano tardi. Visconti è arrabbiato e se la prende con Notarianni. E in piú, il cielo si riempie di nuvole nere e cade anche qualche goccia di pioggia.

Vengono chiamate le donne a provare la scena in cui si scagliano contro i soldati; molte di loro sono comparse esperte, perché hanno da poco fatto una scena simile in *Salvatore Giuliano* di Francesco Rosi; e la prendono cosí sul serio che diventano realmente violente e addirittura ci sono degli scontri fisici perché qualcuno reagisce innervosito, le donne insistono e si fa fatica a far tornare la calma.

Poi finalmente torna il sole, ma è tardi. Visconti e Gioacchino Lanza Tomasi, il figlio adottivo dello scrittore che fa da consulente, scagliano una bottiglia contro la macchina da presa e si brinda. Si fanno pochi ciak e tutto viene rimandato al giorno dopo.

Nel primo giorno di riprese di *Otto e mezzo* si fa un po' di piú, ma non troppo. Però subito si entra in questa matrioska incredibile che è *Otto e mezzo*. Chi è negli studi di Cinecittà si trova davanti tre Carle, tre Saraghine, e altri che interpretano personaggi della troupe. Tra le tre Carle non c'è Sandra Milo, e questo dà il senso di quello che sta succedendo: ciò che si gira oggi sono i provini che Guido sta facendo per il suo film, e cioè il film che *Otto e mezzo* sta raccontando – ed è l'unica volta in cui vedremo qualcosa del film di Guido. Si girano subito perché verranno proiettati nella scena di quando in un cinema tutti guardano i provini, e il produttore Pace cercherà di costringere Guido a scegliere per cominciare finalmente il film.

Quelli della troupe che sono presenti, stanno in pratica assistendo a una ripresa di una sequenza di scene che hanno già vissuto nella realtà. Perché anche Fellini, nel preparare *Otto e mezzo*, ha fatto dei provini a delle Carle e delle Saraghine, e poi ha scelto Sandra Milo ed Eddra Gale. Ma Sandra Milo nel film diventa Carla, e Guido volendo fare un film sulla sua vita (si scopre) sta facendo provini per chi dovrà interpretare Carla, la Saraghina, sua moglie. Ed è ovvio che anche Fellini, come Guido, è stato a lungo a tergiversare sulle scelte; e anche Rizzoli, come Pace, gli metteva fretta.

Quando le scene prima della pausa stanno per finire, arriva Giulietta Masina. Tutta la troupe va a salutarla, e dallo studio accanto arriva Valerio Zurlini, che ha appena finito di montare *Diario di famiglia*. Ha portato una bottiglia per il suo amico Federico, che brinda con Giulietta, Mastroianni e gli altri, e rompe la bottiglia contro la macchina da presa.

Poi si va a pranzo, dove Fellini e Mastroianni cominciano una specie di gara a chi mangia pietanze piú leggere, e cosí alla fine riescono a ingozzarsi. Nel pomeriggio trovano la forza di girare ancora per meno di due ore.

E il giorno dopo si perde molto tempo per le luci, a mezzogiorno c'è un cocktail alla presenza del produttore per festeggiare l'inizio delle riprese, poi Rizzoli porta tutti a pranzo pretendendo che si uniscano i tavoli «democraticamente»; e quando Fellini scalpita per tornare sul set, lo convince a portare tutti al parco dell'Eur dove stanno costruendo la scenografia delle terme, per vedere come sta venendo.

I primi giorni sui set sono spesso i meno fruttuosi, servono a prendere le misure.

Penso che tutti sappiano che il piano di lavorazione e la sequenza cronologica delle scene non corrispondono mai, se non in casi eccezionali e per una volontà e finalità precisa. Certo, riuscire a girare un film dalla prima all'ultima scena in sequenza sarebbe un risultato eccezionale per il cammino emotivo dei personaggi e anche per la comprensione perfetta degli stati d'animo – ed è il motivo per cui accadono quelle eccezioni, quando sono possibili.

Per il resto, per la quasi totalità dei film, si fa in un altro modo: si accorpano gli ambienti, gli esterni e gli interni. Se per esempio c'è una scena in una camera da letto a inizio film e una nella scena finale, si girano una dopo l'altra. E gli stati d'animo con cui si entra in una scena in conseguenza di quella precedente, che magari non è stata ancora girata, sono il compito da ricordare per il regista e per gli attori. I film si fanno cosí. E se si costruiscono le terme nel parco dell'Eur o si trova un paesino siciliano dove poter fare Donnafugata, quando la scenografia è pronta si girano tutte le scene che servono, e poi si smonta tutto e tutto sparisce. Fa parte della logica delle riprese, e del risparmio economico in un'arte che ha costi giornalieri molto alti. In piú, ci sono le disponibilità limitate di alcuni attori, e molte altre variabili che rendono complicato il piano delle riprese.

Quindi i giorni delle riprese del *Gattopardo* e di *Otto e mezzo* seguono una sequenza di scene, da maggio a ottobre, che non corrisponde certo alla cronologia delle scene in sceneggiatura.

Burt Lancaster si aggira per Palermo. Fa anche visita al set durante le scene della battaglia, e rimane molto colpito dalla capacità di Visconti di concepire sul momento la scena da girare, o di cambiarla in corsa. Dice che a Hollywood sarebbe impossibile, che si va sul set con le idee già precise e si esegue. Insomma, lo dice nel modo in cui un turista americano può osservare l'Italia: molta ammirazione, ma anche preoccupazione. È sottinteso che lui non ha mai girato un film in questo modo, e quindi non si sente tranquillo.

In piú, si immerge completamente in questa vita per cercare di trovare le caratteristiche del suo don Fabrizio: studia tutto su Tomasi di Lampedusa, e Gioacchino Lanza gli procura anche una registrazione della voce dello scrittore; incontra i nobili palermitani e li studia; va in giro a visitare la città; va a sedersi al Caffè Mazzara, proprio nello stesso posto in cui si sedeva Tomasi a lavorare o a chiacchierare. Essendo un uomo intelligente, Burt ha anche capito di non essere molto amato da Visconti, che per ora lo tiene a distanza, e non sembra preoccuparsi quanto dovrebbe dell'interpretazione di don Fabrizio.

Sandra Milo arriva sul set la mattina senza un filo di trucco e con un foulard in testa. Sandrina, cosí la chiama Fellini, è molto amata dalla troupe perché è sempre allegra, tranquilla, diligente, gentile con tutti. Il truccatore Otello Fava la trasforma in Carla: le ridipinge le sopracciglia, le restringe la bocca a cuoricino, dissemina nei, le infila una parrucca bionda e le copre tutti i piccoli brufoli che le sono venuti per il regime alimentare a cui l'hanno sottoposta.

Infatti, se Mastroianni è stato costretto a dimagrire, Sandra è stata costretta a ingrassare. Quando si va a pranzo, mangia degli enormi piatti di pasta, e poi alle volte si siede accanto alla macchina da presa e con pazienza allegra mangia una fetta di torta. È ingrassata di sei chili e mezzo, tutti sono molto sorpresi da questa capacità di aumentare di peso cosí rapidamente.

Ma Sandra Milo dice che non si tratta solo del cibo. È incinta. Lo sa da qualche settimana.

Oggi però può evitare le torte, perché il suo compito è mangiare durante il ciak. Lei è Carla, l'amante di Guido, che arriva alla stazione con il suo corpo procace e la sua esuberanza. Pensa di dover andare alle terme con Guido, che invece la porta in un alberghetto vicino, le dice che è carino, le dice che si chiama «alla ferrovia».

E a tavola, in questo albergo di terz'ordine, Carla deve parlare, raccontare dei guai di suo marito, di come Guido potrebbe dargli una mano, e intanto mangiare con voracità una coscia di pollo con patatine fritte. Guido a stento la ascolta, legge il giornale annoiato; lei parla e parla, e intanto mangia. E deve mangiare, Fellini glielo ha imposto. Provano, cominciano i ciak, e ogni volta Sandra addenta cosce di pollo che le vengono sostituite alla fine di ogni ciak. A un certo punto, qualcuno della troupe azzarda che la Milo ha mangiato finora quindici cosce di pollo. E poco dopo, Sandra fa un cenno con la mano per dire che deve fermarsi un attimo, ma non riesce a pronunciare parola, si alza vacillando ma composta, si avvia nella direzione che le indicano, entra in un bagno. Ne esce poco dopo, pallida, ma sorridente, e si dice pronta a continuare. Ma per Fellini va bene cosí. Ha pure il coraggio di invitarla a cena, ma la Milo, che pure vorrebbe tanto, proprio non ce la fa.

Durante le riprese di *Otto e mezzo* nasce un amore che durerà anni. E anche qui è un gioco di scatole cinesi che coinvolge la vita e il film, come se fossero un tutt'uno.

Il personaggio di Carla ha un'ispirazione precisa, anche se trasformata: una donna che Fellini aveva incontrato anni prima, e con la quale ha avuto una storia segretissima per anni e anni, praticamente l'intera vita. Si chiamava Anna Giovannini, aveva una figlia, mise su una farmacia, e visse in una casa dove c'era spesso Federico con lei. Alcuni degli amici di Fellini, pochissimi, sapevano e partecipavano a questa vita segreta, andavano a cena in questa casa.

Questa storia è lunga e complicata. Sono molti quelli che non lo seppero fino a quando Fellini e Giulietta Masina morirono. Giulietta invece lo sapeva, anche perché a un certo punto fece pedinare Fellini da un detective, e fu anche tentata di andare a fare una scenata a questa donna che definí bastarda – ma poi lasciò perdere. Una volta schiaffeggiò Federico, all'uscita da un portone dove aveva visto Anna. E una sera, racconta in un libro Marina Ceratto, figlia di Caterina Boratto, attrice mito che Fellini volle in *Otto e mezzo*, erano a cena a Fregene con un po' di amici, e Federico arrivò in ritardo. Giulietta era una furia e davanti a tutti urlò che non diceva mai dove era stato, che si sedeva a mangiare ma lei lo sapeva che aveva già mangiato, e che lui non era un uomo – urlava – perché non la toccava da otto anni. Guido Alberti imbarazzato come gli altri (Federico, muto, faceva finta di niente) si alzò e disse che non dovevano fare cosí, che avevano fatto insieme dei capolavori e che dovevano restare uniti. E del resto cosí fu: all'inizio Giulietta se ne lamentava rabbiosamente, poi smise di farlo. Anche lei si costruí una vita sua, ma i due restarono insieme fino alla fine, come abbiamo visto tutti con enorme commozione. Quelli che sapevano di Anna mantennero il segreto, e persino i fotografi furono complici di Fellini quando lui e Anna decidevano di andare a cena nei soliti ristoranti che frequentava. Pare infine che Anna Giovannini crollò sentendo alla tv «Giulietta don't cry», la frase famosissima che Fellini disse quando ritirò l'Oscar alla carriera. È come se, dopo aver vissuto decenni nell'ombra, si aspettasse qualcosa, un accenno, un riscatto – insomma qualcosa; era del tutto irrazionale, lo ammise anche lei. Come poteva Fellini dire qualcosa da quel palco, dopo tutti quegli anni? Anna era una donna intelligente, e lo sapeva. Eppure, da quel momento sentí un dolore, un distacco, Fellini se ne disperava. E poi successe che, già malato, morí.

Mi sono sempre chiesto se quel giorno in cui sono andato a Cinecittà a fare un saluto a Fellini, lei ci fosse. Forse è impossibile, oppure forse era là.

Ecco chi doveva interpretare Sandra Milo, ecco qual era l'origine di Carla – con la dovuta differenza che c'è tra la persona ispiratrice di un personaggio e il personaggio.

Fellini vide in Sandra Milo l'attrice e la bellezza perfetta. E poi però Sandra Milo cominciò anche lei una relazione erotica e amorosa con Fellini, per molti anni. Piú tardi scrisse anche un libro, *Caro Federico*, in cui un'attrice di nome Selena raccontava tutto, persino i dettagli erotici della loro relazione. Per Fellini fu un duro colpo.

Quindi Sandra Milo interpreta il personaggio che diventerà nella vita vera, ma prima che accada nella vita; infatti in molti penseranno, in seguito, che Carla sia una proiezione di Sandra Milo, mentre invece Carla è un personaggio ispirato dall'amante segreta di Fellini; ma la Milo diventerà a sua volta l'amante segreta di Fellini per anni e anni. E poi nel film successivo, *Giulietta degli spiriti*, sarà davvero una proiezione di sé stessa, interpretando l'amante del marito di Giulietta. Un intreccio molto complicato, ma anche veritiero: nella vita, lei e Giulietta erano amiche, Sandra frequentava casa loro, e non ha mai capito se Giulietta sapesse tutto o no.

Anna Giovannini di Sandra dirà: non mi assomiglia, ma soprattutto non è come me; io non direi mai a tutti che sono l'amante di Fellini, e invece lei lo fa. Questo corpo lui l'ha cercato nella vita, lo ha trovato nella Saraghina, in Anna Giovannini, è diventato il corpo del cinema di

Fellini. E non si sa se è la Giovannini che ha determinato le donnone e le culone; o viceversa, il suo incontro con la Giovannini è stato fulminante perché si è ritrovato davanti la donna che aveva sempre immaginato.

Il primo giorno di riprese di Burt Lancaster si annuncia difficile. A Villa Boscogrande si gira la scena del rosario, in un caldo infernale come se fosse agosto, invece è fine maggio. Tutti hanno vestiti pesanti, busti, trucco che il sudore prova a sciogliere. E sono in attesa, perché Lancaster è ancora chiuso nella sua roulotte e ha dato ordine di non disturbarlo. L'orario di inizio riprese è passato da un po', sembra ci siano ritardi, come accade spesso sui set; ma in realtà il set è pronto. C'è Rina Morelli che interpreta la moglie di don Fabrizio, i figli Ottavia Piccolo, Pierre Clémenti, e Lucilla Morlacchi – quando le dissero che Visconti l'aveva scelta, presa dalla confusione uscí dalla sartoria di Tosi e andò dritta, e una macchina la mise sotto; volevano portarla al pronto soccorso, ma lei disse non è niente, si alzò e tornò a casa ad aspettare la telefonata di Luchino per essere sicura che fosse vero.

Visconti sembra sereno. Quando vede che non succede nulla, anticipa la pausa e manda tutti a mangiare.

Il problema è il seguente, anche se nessuno lo sa: il truccatore del film è De Rossi, ma Lancaster ha portato con sé dagli Stati Uniti un suo truccatore personale, Schiffer. E pretende che sia il solo a toccarlo. Ma evidentemente non ha ancora capito bene con chi ha a che fare. Visconti infatti, che non vuole affrontare la questione in modo diretto, va dal solito Notarianni e gli dice con calma: «O Lancaster si fa truccare da De Rossi oppure io il film non lo faccio». Questo significa che Notarianni deve andarglielo a dire. E Notarianni non ha molta scelta. Va.

Alla fine, dopo molto tempo a discutere, arrivano a una conclusione: Lancaster si farà truccare da De Rossi, ma Schiffer deve restare sul set insieme a lui – perché ovviamente Visconti aveva ordinato di rimandarlo da dove era venuto. È un buon compromesso, Visconti lo accetta senza entusiasmo.

Quindi si comincia a girare, ma i primi giorni sono cosí: Visconti e Lancaster lavorano trattandosi freddamente, ognuno con i suoi intorno. Lancaster ha anche la segretaria e un aiuto regista americano – quindi è come se ci fossero due schieramenti. L'attore vorrebbe indicazioni su tutto, sui gesti, sui modi di parlare, sulle condizioni psicologiche del principe in quella o in quell'altra scena. Ma Visconti dà pochissime indicazioni, e poi ordina di girare.

Un giorno c'è la scena di don Fabrizio con suo nipote Tancredi, che è Alain Delon. Tancredi sta per partire per il fronte (è la scena in cui dice allo zio la frase piú celebre del *Gattopardo*: «se vogliamo che tutto rimanga com'è, bisogna che tutto cambi») e don Fabrizio lo saluta. Visconti è insoddisfatto della tensione emotiva di Lancaster, e ordina a un aiuto di andare a prendere il libro. Lo apre alla pagina giusta e lo legge all'attore: «Il povero Salina si sentí stringere il cuore». Poi lo guarda e gli chiede se è possibile vedere esattamente questo. A quel punto Lancaster comincia subito a rispondere alla sollecitazione diretta che è arrivata finalmente dal regista, sente di essere don Fabrizio, sente che potrebbe perdere per sempre quel nipote adorato piú di suo figlio, si percepisce la commozione, Visconti urla stop. E poi dice semplicemente: perfetto.

È questo che manca a Burt Lancaster per capire Fabrizio Salina: un aiuto del regista. Ha cercato in tutti gli aristocratici palermitani, in tutti i racconti, nelle abitazioni e nei caffè, una scintilla di precisione, ma non è riuscito davvero a trovarla. Vorrebbe da Visconti indicazioni, spiegazioni, su come dovrebbe camminare, parlare, gesticolare per essere davvero don Fabrizio. Non si dà pace, né si ritira nel silenzio; anzi; continua a porre molte domande al regista, che gli risponde vago e distaccato, eppure quando come stavolta gli ha dato uno straccio di indicazione proveniente dal libro, poi ha detto: perfetto.

Tutto questo, poi, all'improvviso cambierà. All'improvviso Lancaster, da solo, capirà tutto.

Capirà chi è il principe di Salina, e da un momento all'altro lo diventerà.

Alla fine, come ho raccontato, il critico rompiscatole lo interpreta lo scrittore francese Jean Rougeul. È un tipo pacato, mangia da solo da Otello alla Concordia e aspetta pazientemente i giorni in cui deve girare. Ma sul set Fellini è capace di farlo innervosire: «Uno riceve le battute mezz'ora prima di girare, appena sufficiente a impararle. E inoltre tutte le sue indicazioni servono solo a definire il personaggio o le sue azioni da fuori. Certo, riesce a ottenere che uno faccia quello che vuole lui, ma, quasi in automatico, uno tende a voler sapere qualcosa dell'interiorità dei personaggi, e lui non te lo dice. E questi pezzi di legno, a terra, per guidarmi – non so mai dove sono, e sfido chiunque a non dare l'impressione di cercarli. E se mi fermo un centimetro prima o dopo, l'intero ciak è rovinato».

La questione piú inquietante e divertente è che il giorno in cui si lamenta, arrivano le nuvole, e anche se è maggio si infittiscono, e si attende per ore che torni il sole. C'è l'orchestra che per noia si mette a suonare un twist, e intanto lo scenografo Gherardi fa stare una pallina da ping pong in equilibrio sul getto di una fontana, tutti intorno sono ammirati, e cosí il tempo passa.

Nel film Rougeul è il vero avversario di Guido: chiamato per mettere a posto il copione, è estremamente critico, trova tutto superficiale. E quando Guido dice che vuole andarsene e farla finita, risponde: «non c'era altro da fare». Fellini nel tratteggiarlo con gli sceneggiatori diceva che poteva essere un Moravia, un Calvino, un Fortini; ma in realtà molti sostengono sia un ritratto di Guido Aristarco, il critico che si oppose al suo cinema fin dai primi tempi. E che infatti nel film finisce per essere impiccato, almeno nei sogni e nei desideri messi in scena da Guido. Però chissà, potrebbe essere uno scrittore di quelli che, chiamati a lavorare per il cinema, restano impermeabili, scettici, critici; e cosí, invece di collaborare, spiegano perché non si può fare, perché è tutto sbagliato. Ce ne sono stati tanti, li avrà incontrati anche Fellini.

All'inizio di luglio, Mastroianni si ammala. Un'influenza, ma forte. Si girano scene in cui lui non c'è, e poi finalmente sta meglio e torna. Ma nel frattempo si è arrivati in uno di quei momenti difficili per i set. Se si rimane a girare le scene in albergo, che sono in ritardo, non si va a Filacciano a girare le scene con la Cardinale; ma la Cardinale tra cinque giorni parte per Palermo, per le riprese del *Gattopardo*. Tornerà, certo, ma forse Filacciano non si potrà girare piú in là. Per far quadrare tutto, devono girare tutte le scene dell'albergo entro oggi, e poi partire per Filacciano. Altrimenti, al ritorno, devono reinstallare tutto il sistema elettrico nell'albergo: è dispendioso sia in termini di tempo che economici. Sono già in ritardo sul piano di lavorazione.

Mastroianni, per quanto convalescente e di malumore, accetta di girare fino a tardi. Nessuno rinuncia alla cena, ma tornano a girare al piú presto. Rougeul deve dire: «Scusami se ti parlo in questo modo ma, se davvero vuoi attaccare la cultura cattolica in Italia, devi davvero avere un livello culturale piú alto».

Questa storia del livello culturale piú alto non è cosí di poco conto, riguardo a Fellini. Ma ci tornerò.

Fellini fa ripetere a Rougeul le battute molte volte, dice che sembra un francese che fa la caricatura di un francese, si incazza, lo stimola. Quando è cosí, è stressante. Di solito, invece, è suadente, e quindi bugiardo, perché dice: «Benissimo, bravo, ancora una volta però, questa è l'ultima», oppure: «L'ultima, l'ultimissima proprio, poi andiamo tutti a mangiare la pappa».

Quasi all'una di notte, dopo aver spalmato marmellata su dei toast mentre aspetta le luci, fa l'ultima inquadratura a Mastroianni e dice: finito. Sono tutti contenti, domani i camion possono partire per Filacciano.

Nel paesino di Filacciano, la giornata e la serata se ne passano con le prove. Gli abitanti sono tutti in piazza, indicano la Cardinale, dicono che Mastroianni è vecchio, sembrava piú giovane, e quelli della troupe sono costretti a spiegare che è stato invecchiato apposta. Poi alla fine, sia quelli in piazza sia quelli alle finestre, se ne vanno a dormire delusi e annoiati, perché non è stato girato niente.

Finalmente la sera del giorno dopo si comincia a girare. Quando Claudia si avvia verso la sala trucco un gruppo di ragazzi la vede e urla all'unisono: «bona!», in un modo che secondo la Boyer, che è accanto a lei, vuol dire che hanno visto una ragazza molto bella, ma incredibilmente non l'hanno riconosciuta.

Il regista si siede al posto di Marcello e fa domande a Claudia alle quali lei risponde improvvisando; la Cardinale e Mastroianni lo seguono, passo dopo passo. Fellini è in una di quelle serate ispirate, questa scena sarà importante nel film, ma come succede sempre sul momento nessuno se ne accorge, nessuno ci pensa, tantomeno il regista. Però un segnale c'è: un cane grosso e indolente si sdraia davanti alla cinepresa; tutti quelli del paese provano a spostarlo, ma dicono che è testardo e pericoloso. Non si può girare, perché è nell'inquadratura. Fellini gli si avvicina, e gli chiede gentilmente di andare via. Il cane lo guarda per un po', poi si alza lentamente e si allontana.

È tutto pronto, adesso. Claudia guida una Porsche (che è la Porsche di Mastroianni, nella realtà), e quando la fa partire con uno scossone, Fellini si spaventa e urla alla troupe: tutti sul marciapiede!

Visconti invece sul set era spietato, cosí come lo era a teatro. Mirava a ottenere quello che voleva, con qualsiasi mezzo. Si gira una scena con la Cardinale e Lucilla Morlacchi, che interpreta Concetta, la figlia di don Fabrizio innamorata di suo cugino Tancredi, e che fino alla comparsa di Angelica – anzi all'apparizione nel film, che è davvero un momento meraviglioso, e in cui l'espressione di Concetta cambia per sempre, muore per sempre – ritiene che sarà il suo promesso sposo.

È una scena davanti allo specchio. Angelica ha il petto che si muove a ritmo della fatica, e va a sedersi accanto a Concetta. La Cardinale è bellissima, lo dice la stessa Morlacchi quando racconta l'episodio. Visconti manda fuori tutti, troppa gente e soprattutto troppe comparse, restano con lui l'operatore e Peppino Rotunno, il direttore della fotografia. E le due attrici. All'inizio sembra che sia una prova, invece Visconti gira subito. Dà indicazioni a Claudia di mordersi le labbra per arrossarle. La segue, le dice di guardarsi allo specchio, poi le dà il via per pronunciare la sua battuta. Fino a quel momento ha ignorato Lucilla Morlacchi, seduta lí accanto, con dei boccoletti che la peggiorano appositamente. E infatti Visconti le dice: «Guardati nello specchio, Morlacchina, e guarda Claudia: sembri un cocker».

Si riferisce ai boccoletti e alla differenza di splendore e bellezza tra le due. La Morlacchi si guarda allo specchio e a quel punto si sente davvero un cocker, si piega e si immalinconisce. E cosí la reazione di Concetta alla vicinanza di Angelica diventa perfetta.

Ma il momento piú difficile tra Angelica e Concetta è dopo l'apparizione di Angelica in casa. Alla cena, Tancredi le parla fitto e fa questo racconto dei soldati alle prese con le suore di un convento, pieno di allusioni erotiche, che Concetta, indignandosi, troverà del tutto sconvenienti.

Invece Angelica ride. Ride senza freni, e sarà proprio

la Cardinale a descrivere questa risata di Angelica come una «risata di giovane donna piena di desiderio, eccitata dal lusso, dal potere degli uomini, e dal potere che lei ha su di loro».

Visconti è sempre molto dolce con Claudia (con Angelica). Ma vuole che la sua risata salga di tono, cosa non semplice per la voce roca di Claudia. Il ciak viene piú volte ripetuto, Visconti fatica a non spazientirsi, ma lei è ostinata a far bene, totalmente consapevole dell'importanza di questo ruolo nella sua carriera. E alla fine ci riesce, e quella risata resta impressa a chi guarda il film. Ma probabilmente questo è proprio il giorno in cui Visconti decide che la Cardinale andrà doppiata, come del resto è successo finora per tutti i film che ha fatto.

Il primo che sceglierà di lasciarle la sua voce sarà Fellini in *Otto e mezzo*.

La questione piú affascinante che riguarda le riprese di *Otto e mezzo* è uno sciopero che coinvolge tutti gli stabilimenti di sviluppo e stampa. È una situazione gravissima, perché se la pellicola non viene sviluppata giorno dopo giorno non è possibile avere i giornalieri – cioè non è possibile vedere il lavoro che si sta facendo. Bisognerebbe lavorare al buio, ipotizzando di aver fatto bene, cercando di ricordare cosa si è fatto. Rizzoli, il produttore, è deciso a fermare il film. Fracassi, il direttore di produzione, si rifiuta di andare avanti anche un solo giorno senza vedere i risultati.

Fellini si è intestardito e ha voluto continuare. E l'ha definita, in seguito, «la situazione ideale». In questo modo il film che voleva fare non è mai stato condizionato dal film che stava effettivamente facendo; perché i giornalieri procurano anche questo sgomento, di vedere cosa stai girando e di accettare – e non può capitare altrimenti – che il film che stai facendo non è – e non può essere – il film che avevi immaginato di fare. Ma soprattutto, man mano che te ne rendi conto, non puoi non abbandonare, piú o meno impercettibilmente, e poi sempre di piú, il film che volevi fare per seguire quello che stai realmente facendo.

Nel caso di Fellini questa mutazione non è potuta avvenire. Non guardando i giornalieri (cosa che ha delle ricadute produttive pericolosissime, e piú che azzardate) ha continuato imperterrito a girare il film che aveva in testa.

Quel film che volevi fare, ha detto una volta Fellini, di solito verso la fine delle riprese è scomparso, si è «scolorito». Stavolta non è potuto scomparire.

E non si può escludere, e anzi potrebbe essere molto probabile, che *Otto e mezzo* è *Otto e mezzo* anche per questo motivo.

Ed è forse questo che Fellini aveva intuito: girare liberamente e sperare che venga bene, senza saperlo. Forse sarebbe l'ideale di qualsiasi film? Sicuramente è stata la situazione ideale di *Otto e mezzo*.

Piú tardi, il 13 agosto, Fellini gira la sequenza dei bambini nella fattoria, un ricordo di Guido. È la scena di quando vengono messi tutti a letto e nominano la parola «Asanisimasa» nel linguaggio che hanno inventato: devono portare a termine la scena entro la giornata perché poi ci sono tre giorni di vacanza per Ferragosto. In piú, il regista ha anche programmato di andare a fare un sopralluogo a Fiumicino per decidere su come illuminare la visita all'astronave.

Fellini si rende conto che non ce la farà, come gli capita spesso; continuerà la scena dopo Ferragosto, manda tutti a casa presto e cosí almeno è pronto a partire per Fiumicino. Proprio in quel momento si viene a sapere che all'Istituto Luce, dove sono conservati i negativi del film, è scoppiato un grosso incendio.

Fellini parte per Fiumicino, e dalla produzione arriva l'ordine di non dirgli niente; ma soltanto quando l'incendio sarà domato, e quindi al piú presto il giorno dopo, si potrà sapere se i negativi sono salvi o sono bruciati.

Nel qual caso bisognerà ricominciare il film daccapo.

Sono le ore piú tese e terribili di quei mesi. Nessuno ha voglia di parlarne, figuriamoci di immaginare cosa potrebbe succedere.

Ecco cosa poteva accadere a *Otto e mezzo*. Ma il giorno dopo arriva la notizia: i negativi sono salvi.

Mentre tutti alloggiano a Villa Igiea e all'hotel Delle Palme, Visconti ha preso in affitto per una cifra considerevole una villa, anzi lo chiamano castello. Lo ha riarredato, ha portato il suo personale di servizio e il cuoco, addirittura dei mobili dalla sua casa romana. Ha stanze per gli ospiti riservate agli amici che verranno a trovarlo. Goffredo Lombardo alla notizia di questa scelta si è spaventato, ma subito lo hanno rassicurato: è Luchino a pagare tutte le spese. In questo castello, ogni sera si tiene una cena per una decina di ospiti alla fine delle riprese. Tutti coloro che sono presenti sul set hanno in seguito testimoniato che durante la giornata ci si domandava chi sarebbe stato invitato quella sera, si passava il tempo sperando di esserci, si restava delusi se l'invito non arrivava. Le serate nel castello di Visconti erano ambite e si rivelavano molto piacevoli, si mangiava benissimo e si chiacchierava fino a tardi, spesso con ospiti sorprendenti. Paolo Stoppa e Rina Morelli erano presenze fisse, i tre erano molto amici e lavoravano insieme in compagnia teatrale da anni; gli altri venivano invitati a seconda dell'estro o dell'umore del momento.

Chi sperava di non essere invitato, o riusciva a declinare la maggior parte degli inviti, era Alain Delon; sempre che gli venissero recapitati, perché Luchino per dispetto si dimenticava di invitarlo; e quando lo faceva e Alain non andava, poi si indispettiva ancora di piú. Alain aveva la scusa perfetta, ogni volta: Luchino lo aveva costretto, la sera, ad andare a lezione di mazurca. In realtà, le cronache mondane lo descrivevano spesso nelle notti palermitane intento in balli scatenati, non mazurche ma twist.

Anche i rapporti tra Visconti e Alain Delon sono difficili. E hanno a che fare con lo struggimento sentimentale di Visconti. Visconti rimane protettivo verso il suo Delon, ama molto la sua compagna, Romy Schneider, e con loro ha anche messo in piedi uno spettacolo a Parigi. Ma nel tempo il distacco tra i due è diventato doloroso: Alain si è allontanato, e Luchino si è incattivito. I litigi sono frequenti, rabbiosi, feroci. Anche sul set è duro con l'attore, e durante le riprese dell'inseguimento in soffitta tra Tancredi e Angelica, Visconti, insoddisfatto, esplode furioso contro Delon. La Cardinale racconta che era seduta accanto a lui su un canapè, intanto che Visconti lo umiliava davanti alla troupe, e Delon per non rispondere le stringeva la mano fino a farla star male dal dolore. E poi, quando sono rimasti soli, Delon si è messo a piangere.

Cosí, Delon evita quando può le cene da Visconti; evita anche, ogni volta che può, le lezioni di mazurca, perché ha voglia di divertirsi nelle nottate palermitane; va a ballare e spesso nel suo letto finiscono delle donne incontrate nei night.

A Palermo, Alberto Lattuada sta girando il *Mafioso* (altro film contemporaneo al *Gattopardo* e a *Otto e mezzo*). Anche questa troupe va ad alloggiare a Villa Igiea. Alberto Sordi fa subito amicizia con Burt Lancaster, fa il buffone facendolo ridere sulla prestanza fisica degli italiani, e poi si appassiona nel parlare di tasse con l'attore americano. Se è cosí di buonumore è anche perché ha avviato una relazione appassionata con l'attrice del film, Norma Bengell, che tutti definiscono la Brigitte Bardot brasiliana: ha da poco girato due film che l'hanno resa abbastanza nota, uno ha vinto la Palma d'oro a Cannes e nell'altro ha una lunga scena di nudo che è già diventata leggendaria. È bella, affascinante, Sordi ne è invaghito. Ma nel loro stesso albergo dorme Alain Delon. Che appena la vede comincia a chiacchierare fitto con lei, rendendo nervoso Sordi. Dopo un paio di sere in cui si incontrano al bar dell'albergo, la Bengell va in camera, Delon la segue. Ed entra.

Sordi, che ha capito o è stato avvertito, bussa alla porta di Norma. Ma lei non risponde. La chiama, comincia a tirar pugni contro la porta. Norma cerca di dire che sta dormendo, ma Sordi risponde: voglio entrare. A quel punto a Delon non rimane che comportarsi come nei (peggiori) film: scappa sul balcone, e scavalca in quello successivo, e un balcone dopo l'altro si allontana. Norma può aprire la porta. Sordi entra e comincia a indagare e trova subito un paio di stivali da uomo nascosti sotto il letto. Chiede spiegazioni, Norma risponde vaga, Sordi le dà uno schiaffo e se ne va.

Da quella notte, le cose si complicano: Norma non lascia Sordi, ma i suoi incontri con Alain si intensificano, tutti e tre nello stesso albergo, sotterfugi e litigi – Sordi sa tutto ma fa finta di nulla. Lei dirà poi, in un'autobiografia scritta in età avanzata: «Delon e io eravamo molto simili: belli, liberi, leggeri, sciolti e giovani».

A quel punto però le voci di una relazione tra Delon e la Bengell arrivano a Parigi, a Romy Schneider. Che comincia a tormentare di telefonate Alain a tutte le ore, ingelosita e sospettosa. Alain nega tutto, ma Romy decide di partire per Palermo. Intanto le riprese del *Mafioso* sono finite e la troupe deve partire. La mattina, una macchina attende la Bengell per portarla all'aeroporto. Dall'albergo escono tutti e tre: Norma, Alain e Alberto. Alain porta la valigia di lei tenuta sulla testa, Sordi confiderà che si è rifiutato: «a me con la valigia in testa nun me ce vedono».

Quando Romy Schneider arriva a Palermo, Alain la accoglie con entusiasmo, decide di lasciare Villa Igiea e di andare in un castello vicino Bagheria. I due si mostrano molto in giro, dichiarano ai giornali di volersi sposare entro la fine dell'anno. E vanno spesso a cena a casa di Luchino, che dice sempre che sono una coppia commovente e che Alain deve tenersela cara, la sua Romina.

Qualche settimana dopo, Norma Bengell viene ricoverata al Lido di Venezia per aver preso una dose eccessiva di tranquillanti. Non si saprà mai la verità, ma molti dicono sia stato un tentativo di suicidio per amore di Delon.

Anche Mastroianni, piú tardi, in là con gli anni, verrà lasciato dalla Deneuve per uno piú giovane e ricco o nobile, non ricordo – e dirà: che potevo fare, perdevo su tutto...

Ma per ora è al massimo del suo splendore come attore e come uomo, anche se Fellini lo ha invecchiato. È stato lui a raccontare che un giorno, mentre andava sul set, si è ritrovato davanti un taxi con sopra una valigia enorme, e una donna bellissima dal taxi si è girata e gli ha sorriso. Lui ha capito che stava andando a Ciampino, è corso verso Cinecittà e ha spiegato tutto a Fellini. Che ha detto: vai allora, dài, ma non tardare troppo. E Mastroianni si è rimesso in macchina ed è corso verso Ciampino. Questo è Fellini, ha detto. E poi ha aggiunto: «Prendiamo l'altro, Visconti. Ecco, Visconti era un uomo affascinante, estremamente severo, io non gli avrei mai potuto dire una cosa del genere». E li definisce cosí: «Visconti è il maestro che ognuno sogna di avere a scuola, mentre Fellini è il compagno di scuola chiassoso».

Ed è cosí al massimo della sua potenza, che sta per entrare nel casolare dove vivono tutte le donne della sua vita: quelle presenti, passate, sfiorate o solo desiderate. Sta per entrare nell'harem, la scena simbolo di *Otto e mezzo*; e il motivo principale per cui Fellini ha scartato l'idea di Laurence Olivier e di qualsiasi altro, è che solo Marcello poteva entrare, nei panni di Guido, dentro l'harem ed essere credibile e perfino un po' simpatico.

Sul set in preparazione, arrivano una alla volta tutte le protagoniste di quella che chiamano «la sequenza delle donne nella fattoria». Vengono a far vedere gli abiti di scena a Fellini, che intanto è alle prese con lo studio delle inquadrature. Ma per ognuna di loro, il regista smette di stare addosso alla macchina da presa e osserva i costumi.

Barbara Steele, Sandra Milo con la camicia da notte semitrasparente, un'altra attrice sconosciuta che interpreterà la showgirl. Poi Caterina Boratto, con l'abito di chiffon bianco delle scene in cui è la donna misteriosa dell'albergo delle terme. Molte di loro indossano abiti che hanno già indossato in altre scene, come fermate dalla fantasia di Guido. Ci sono anche la Saraghina, le zie dell'infanzia. E poi entra una ragazza nera, bellissima, mai vista prima, e tutto il set ammutolisce; nel film è un regalo che le altre faranno trovare a Guido. La piú clamorosa è la hostess del volo per Copenaghen, che ripeterà la formula per i passeggeri che ha fatto sognare Guido a tal punto da metterla tra le donne dell'harem: «siamo deliziati di chiedere ai passeggeri di questo volo di trascorrere la notte a Copenaghen per un fortunato guasto ai motori, tutte le spese saranno pagate dalla compagnia, a tutti felice notte».

Siamo nella seconda metà di agosto. A fine luglio sul set c'è stata una cena a base di couscous in onore di Claudia Cardinale, che aveva finito le sue riprese. E adesso si gira la scena dell'harem.

Quindi, del tutto insensatamente per questa scena, Claudia non c'è.

Il suo personaggio è il simbolo dei desideri dell'harem. Ma Claudia è a Palermo, sta girando scene faticosissime del ballo del *Gattopardo*, non c'è alcuna speranza di farla tornare. Sarebbe da parte di Fellini una richiesta insostenibile, e per Visconti una richiesta irricevibile.

Tutto questo fa capire in che modo si proceda nelle riprese di un film, e in particolare in un film di Fellini, e soprattutto in *Otto e mezzo*. Fellini improvvisa molto, cambia scene, rigira, fa entrare un personaggio di nuovo perché gli è piaciuto in precedenza. E quindi fare un piano di lavoro è complicato e del tutto provvisorio. Quando

Claudia ha finito di girare perché gli accordi prevedono che da un certo momento in poi non si possa piú muovere dalla Sicilia (dove a questo punto è prevista, in modo decisamente piú organizzato, la lunghissima scena del ballo), è evidente per il programma delle riprese che non ci sia nulla da girare ancora per lei. Ha già partecipato anche alla scena del vagone ristorante (di cui parlerò dopo), prevista nel finale. Ma il fatto che nessuno abbia pensato alla sequenza dell'harem (quella delle donne nella fattoria), è davvero stupefacente.

Anche la Boyer, nel suo diario sul set, ne parla il giorno in cui si gira, dicendo che manca Claudia Cardinale (ma non c'è da piú di quindici giorni! ed è stata fatta una cena per la fine delle sue riprese!), dicendo che al suo posto viene chiamata Barbara Steele (il suo personaggio, la giovane fidanzata dell'amico anziano: e la presenza di questo personaggio è piú che congrua).

La conseguenza di tutto ciò, nella scena dell'harem, è che davvero non c'è Claudia Cardinale.

È un fatto clamoroso, ma è cosí.

E la grandezza della scena è tale che riusciamo a dimenticarcene.

Il film che vediamo è quello, lo abbiamo accettato come si accetta qualsiasi scelta narrativa in quanto data. Ma chiunque abbia visto *Otto e mezzo*, se gli si dice che Claudia non c'è nella scena dell'harem, risponde che è impossibile. E infatti narrativamente è impossibile. Certo, trattandosi di un sogno, può succedere di tutto – ecco come viene giustificato: i sogni non hanno una logica, è questa la conclusione a cui sarà giunto Fellini; oppure non è giunto a nessuna conclusione. Ma la Cardinale gira *Il Gattopardo* e basta. Lui non può farci proprio niente.

E in piú, non è l'unica scena clamorosa in cui Claudia non c'è, e non è possibile che non ci sia. Ma nell'altra, di cui racconterò, e che prevede anche un piccolo mistero, la faccenda è diversa: sarà una scena girata negli ultimi giorni, e improvvisata – o comunque creata nel corso delle riprese. Invece questa scena dell'harem è una scena attesa, centrale, che abbiamo letto già nella lettera di Fellini a Rondi. E nessuno si è posto il problema, fino al giorno in cui il problema non è stato palese. E la soluzione è stata: non si può fare niente, non c'è. È un sogno, è illogico, non c'è.

Questa disponibilità all'imprevisto, Fellini la teorizza: «Tutto fa parte del film. E un'altra cosa vorrei dire: non esistono condizioni ideali per la realizzazione di un film, o meglio: le condizioni sono sempre ideali, perché sono quelle che in definitiva ti hanno permesso di fare il film cosí come lo stai facendo; la malattia di un attore, che obbliga alla sua sostituzione, la scaltra testardaggine di un produttore, un incidente che arresta la lavorazione: non sono degli ostacoli, ma gli elementi stessi di cui il film viene via via componendosi. Ciò che è finisce sempre per prendere il sopravvento, per sostituirsi a ciò che avrebbe potuto o dovuto essere. Gli imprevisti non solo fanno parte del viaggio, ma sono il viaggio stesso».

Intanto Claudia, nel calore asfissiante dell'agosto palermitano, gira di notte, ogni notte per trentasei notti consecutive, la scena del ballo. Alle tre del pomeriggio è già convocata al trucco. Si comincia dai capelli, per un'ora e mezza almeno, con l'ordine che arriva dal regista di lavarli solo quando lui dà il permesso, perché nel periodo storico che si racconta non c'era l'abitudine di lavarli spesso. Per questo motivo, la Cardinale dice che la parrucchiera, alla fine delle riprese, ha avuto un esaurimento nervoso grave e ha deciso di abbandonare il cinema. Poi comincia il trucco, e Visconti sempre appare a controllare le occhiaie (che vuole accentuate), le ciglia finte, gli occhi con trucco abbondante.

Infine arriva il momento piú faticoso: indossare il vestito meraviglioso di Piero Tosi, realizzato in un bianco azzurro diverso dal rosa indicato dal romanzo. La sottogonna è foderata in crine e per sostenerla ci sono dei cerchi di acciaio di un metro e mezzo di diametro. È un costume molto complicato, e dal momento in cui lo indossa, Claudia non può piú sedersi. Visconti le ha fatto costruire uno scranno in legno con la misura precisa che permette a Claudia di appoggiarsi e di riposare quando è stanca, ma senza sgualcire l'abito. Il resto dei dettagli è dell'epoca: il profumo, il fazzoletto, le calze. E il corsetto, appartenuto evidentemente a una ragazza piú piccola e magra, dentro il quale Claudia faceva lo sforzo di entrare ogni volta. Nel tardo pomeriggio cominciavano le prove sul set e si andava avanti cosí per tutta la notte.

Alla fine delle riprese, quando si spogliava, Claudia intorno alla vita aveva una piaga circolare che sanguinava.

Esiste una foto piuttosto famosa del set di *Otto e mezzo*: Fellini, in maniche di camicia e cravatta, che spicca un salto con una frusta in mano; e ce ne sono altre, fatte in quei giorni da Tazio Secchiaroli. Una è ancora piú significativa: Fellini è davanti, con la frusta in mano e lo sguardo feroce; Mastroianni è alle sue spalle, con la frusta in mano e lo sguardo feroce. È uno di quei momenti – che a Federico piacevano tanto – in cui Fellini mostra all'attore cosa vuole che faccia, e lo fa con tale precisione che Mastroianni ha imparato a seguirlo, a imitarlo.

La scena della frusta, che Guido prende per sedare la rivolta delle donne dell'harem, in effetti non è partita granché: Marcello non la sa usare, non sembra convincente e appare insicuro. Fellini lo fa allenare al centro del set, poi chiama un elettricista che sostiene di saperla far schioccare – e all'improvviso tutti fanno un salto di spavento: il rumore dello schiocco è fortissimo, preciso. A quel punto, non soltanto Marcello si mette a imitare l'elettricista, ma anche Fellini vuole imparare. E quando riescono finalmente a far schioccare (abbastanza) bene la frusta, cominciano a fare una gara, una sfida uno di fronte all'altro, per il divertimento di tutti. E poi, appunto, Federico mostra cosa deve fare Guido, e Marcello lo segue.

Quando si è pronti per girare, quasi tutte le donne dell'harem hanno un grembiule sopra i vestiti. Guido entra riparandosi da una tormenta: ha portato un regalino a tutte, e tutte ne sono entusiaste. E si passano secchi d'acqua per riempire la vasca per il bagno di Guido.

In realtà, il ciak tarda a essere battuto. Fellini riconcepisce sul set la scena che c'era in sceneggiatura, è allegro ma teso, continua a fare cambiamenti. Tutti sanno che i giorni della scena dell'harem sono appena cominciati.

Uno di quei giorni, sulla balconata, a guardare la scena, c'è Giulietta Masina, insieme alla sorella di Fellini. Guarda dall'alto tutte le donne intorno a Guido, compresa colei che interpreta la moglie. Guarda le lanterne appese al soffitto che oscillano, Guido avvolto dagli asciugamani, le donne che spaventate corrono avanti e indietro mentre la Saraghina ruggisce. Fellini è molto divertito, in forma, pieno di idee che suggerisce alle attrici durante i ciak: questi giorni gli consentono di vivere il sogno che vorrebbe vivere (o che in qualche modo riesce a vivere almeno in parte, con molta fatica), e alla maniera che desidera. Una volta, durante una pausa piú lunga del solito – non lo stesso giorno in cui c'è sua moglie sul set – Fellini si butta sul letto e pian piano le attrici si sdraiano accanto a lui, per chiacchierare e ridere in attesa di ricominciare. E quindi in quel momento il sogno si compie: la corrispondenza tra il film, il film che Guido fa, la vita reale e la vita sul set si armonizzano come se fossero tutt'uno.

Quando Sergio Zavoli la intervisterà, in seguito, in uno speciale televisivo sul film, Giulietta Masina risponderà cosí alla domanda se ha mai creduto di riconoscersi nella moglie di *Otto e mezzo*: «Mi hanno riconosciuto gli altri e allora, siccome mi è piaciuto tanto, e penso che a tutte le donne piacerebbe dopo tanti anni di matrimonio avere una dichiarazione d'amore come il protagonista di *Otto e mezzo* fa alla sua sposa... E allora io proprio non mi sono riconosciuta, ma poi mi è piaciuto tanto che ho detto: be', in fondo ci sto».

E qui si entra in quel pericolosissimo terreno di perdita dei confini, di sovrapposizione tra finzione e realtà molto interessante e scivolosa, che *Otto e mezzo* ha per forza di cose fondato. Ma in realtà, nel raccontare cosa accade sul set e intorno al set, nella nascita e nella costruzione di questi due film, l'abbattimento della barriera è già compiuto; e del resto, l'autobiografia è una delle questioni fondamentali di questo libro e quindi non ho nessuna intenzione di sfuggirle.

Sempre, per tutta la vita, quando gira, Fellini fa una serie di innumerevoli telefonate a Giulietta. Rapide, fatte di saluti, domande, rassicurazioni. E soprattutto ha sempre bisogno di sapere che Giulietta, da qualche parte, c'è.

Invece, la presenza di Giulietta sui set del marito si è fatta via via piú rara.

Però c'è un episodio che racconta l'essenza di questo rapporto complesso e per molti versi misterioso tra Fellini e Giulietta Masina – o meglio, l'essenza di ciò che Giulietta era per Fellini, piú che il contrario.

Una volta lei arriva sul set del *Satyricon*. Quel giorno è in programma una scena difficilissima, una delle piú terribili del *Satyricon*: il crollo della insula Felicles – una scena da kolossal con palazzi, uomini, animali. È una di quelle scene per le quali è possibile, e necessario, un solo ciak: gli operai si mettono in posizione pronti a sfilare all'unisono le travi di legno a sostegno dell'insula che deve crollare schiantandosi in mezzo a comparse urlanti che scappano. Come è ovvio su un set, tutto è cartapesta, anche i massi che rotoleranno. Ma la tensione nasce dai possibili imprevisti, da qualche incidente che potrebbe succedere, e soprattutto dal fatto che bisogna che le cose accadano come è stato calcolato che accadano, altrimenti la scenografia sarà distrutta e non si potrà ricostruire tutto daccapo.

Non è inconsueto che in un film ci siano queste scene da un solo ciak, ma non è nemmeno un fatto ordinario. E la tensione della giornata è sempre altissima. È in questo clima che Giulietta arriva, saluta, prende una sedia, la mette abbastanza vicino a dove è posizionato Federico, accanto alla macchina da presa, tira fuori la maglia e i ferri e comincia a sferruzzare.

Sta per accadere il finimondo. Fellini urla azione!, ma all'inizio, nonostante le travi tolte all'unisono, non accade nulla. Poi cominciano a rotolare un paio di massi di cartapesta, e solo dopo un po', quando tutti si stanno chiedendo cosa fare, e intanto Giulietta lavora la maglia e raramente alza la testa per guardare – viene giú tutto.

Si alza un polverone spaventoso. Il rumore, pur essendo cartapesta, è potente. Le comparse scappano urlando, in varie direzioni, ma lo fanno perché è il loro compito, stanno facendo quello che gli è stato chiesto.

Mentre invece i cavalli non possono sapere che è finzione. Si impauriscono per davvero, cadono, scalciano, galoppano anche verso la macchina da presa.

I cavalli sono una delle ossessioni terrorizzate di Fellini. Ne ha una grande paura. E adesso tra la polvere e le urla vede arrivare anche i cavalli. Di solito, Fellini fugge, o è già fuggito. Di solito, si mette preventivamente al riparo, ancora prima di ordinare l'azione. Oggi, no. Mentre la polvere riempie tutto, le comparse cadono e i cavalli corrono, Fellini è immobile lí, dietro la macchina da presa; e Giulietta è immobile lí, seduta vicino a lui – forse ha solo interrotto per un po' la maglia, ma chissà.

È cosí che si sente Fellini quando c'è Giulietta.

Nell'ottobre del 1961, Fellini ha trascritto un sogno, come gli aveva ordinato Bernhard: lui prigioniero in un castello abitato da prostitute vestite da geisha; sono affamate di sesso, crudeli, sadiche, mordono, e non si capisce se scherzano o fanno sul serio. Appare Leopoldo Trieste, uno dei suoi attori feticcio, che molto spaventato dice: scappa, ti mangiano vivo! Ma lui continua a stare lí, è convinto sia un gioco, finché si rende conto di essere in pericolo e per scappare insieme a Leopoldo usa una frusta, le colpisce sulle schiene nude e sui culoni, e poi sfascia tutto, i lampadari, i mobili, tutto.

È abbastanza evidente che molte parti della scena dell'harem arrivano da lí.

Nel film, il sogno dell'harem parte da un'invenzione del desiderio: Guido è al caffè della piazza con sua moglie e Rossella, qualche tavolino piú in là è seduta Carla, da sola. La moglie è furiosa, Guido respinge le accuse, fa finta di non sapere nemmeno perché quella donna sia lí. E poi immagina che sua moglie si alzi e vada allegramente a baciare Carla, a chiacchierare con lei. Vuole che tutte le donne che ama, si amino. E da qui parte il sogno ancora piú azzardato, che è il sogno di tutti: vivere con tutte le persone amate, del passato e del presente, e persino quelle solo sfiorate.

Gli uomini sono intimamente conquistati e infastiditi da *Otto e mezzo* e da Guido, il suo protagonista: vi trovano l'essenza piú denudata; sentono che vengono rivelati i sogni piú reconditi e allo stesso tempo piú scontati – e provano invidia per non essere stati loro a rivelarli. In fondo, oltre a essere il film su un regista che non sa che film vuole fare e soprattutto come vivere la vita, *Otto e mezzo* è anche un film sui maschi davanti alle donne. E non c'è soltanto Guido: tutti faticano nella seduzione, e il simbolo di questa fatica è Mario, l'amico che Guido incontra per caso alle terme con una inglese giovane e bella, di molti anni piú giovane di lui. L'uomo ha lasciato la moglie dopo trent'anni e adesso arranca e suda e ansima per ballare fino a notte tarda. Sente il dovere dell'allegria, della felicità, del tempo ancora da vivere; ma il suo piú intimo desiderio sarebbe abbandonarsi alla vecchiaia, anche se si ostina a ignorarlo.

La moglie sta scaldando l'acqua per il bagno di Guido, in questa casa di campagna enorme e vuota (è la stessa dei ricordi d'infanzia), e insieme a lei ci sono tutte le altre donne della vita di Guido. Che vivono insieme a lui, serene, in buoni rapporti, e lo aspettano. Guido entra portando regalini a tutte, e non ci sono soltanto la moglie e Carla, ma anche la Saraghina che è il primo mito erotico dell'infanzia; anche le zie e le servette che gli facevano il bagno da bambino, la cliente dell'albergo aristocratica e misteriosa (alla quale non ha mai rivolto la parola), l'attrice francese capricciosa e disperata perché Guido non le dice nulla del film (e nell'harem invece è allegra e morbida), la sorella della moglie che lo detesta e qui invece dice «adesso ti prepariamo subito il bagno»; ovviamente c'è anche la giovane amante dell'amico, perché il desiderio maschile fa dire: la voglio io, o peggio ancora: di sicuro ama me e non lui; ci sono le amanti del passato, una ragazza di colore che le altre gli hanno appena regalato («non te la ricordi? Ce ne parlavi sempre!»); c'è la hostess di un volo con la voce meravigliosa; si parla romagnolo, francese, inglese; c'è la ballerina di un varietà di Bologna che fa i capricci perché non vuole andare di sopra, dove sono relegate le donne che sono invecchiate e quindi vivono in una specie di pensione, lontano dalla vista, ma restano lí senza intenzione di andarsene via. E tutte insieme inscenano una rivolta, contestando la dittatura di Guido, che con una frusta le rimette al loro posto – ma è un gioco, un copione che si ripete evidentemente ogni sera per rendere piú frizzante la convivenza. Si dichiarano felici di stare lí, fargli il bagno, accudirlo, abitare tutte insieme e volersi bene.

La scena dell'harem di *Otto e mezzo* è il punto piú estremo di un racconto del maschio; racconta il desiderio piú profondo ed elementare – profondo ed elementare in un maschio non sono in contraddizione, anzi possono definirlo in modo sintetico.

La scena dell'harem è di una potenza e di uno strazio inarrivabili, perché è un amalgama armonioso di mostruosità e poeticità. Contiene la mostruosità dello schiacciamento delle individualità, del diritto a essere unico di qualsiasi persona; e contiene la volontà disperata di tenere la vita tutta insieme, il passato e il presente, le storie importanti e lo sguardo sulle passanti, come diceva De André. Contiene soprattutto il tentativo piú audace di sincerità e di autodenuncia, ma nel modo in cui lo concepisce un maschio: assolvendosi, cercando di convincere il mondo che il dolore non è poi cosí importante; e sopra ogni cosa c'è la volontà di tornare indietro nelle ere evolutive, di tornare alla supremazia del maschio (la moglie, nell'harem, è una specie di cameriera servizievole; nella realtà è una donna sofisticata, libera, intristita dalla distanza che ormai c'è tra loro). Ed è evidente che la scena dell'harem rappresenti soprattutto il suo contrario: l'impossibilità di tenere il mondo in armonia; l'impossibilità di non pagare un prezzo per i danni che si fanno. Quando la soubrette si lascia condurre di sopra e tutti si siedono a tavola, c'è una malinconia che attraversa ogni sguardo – una malinconia che sembra sopportabile perché quotidiana, che arriva sempre all'ora di cena, in ogni cucina o sala da pranzo di ogni casa illuminata dalla luce elettrica da poco accesa. Ma arriva anche qui? In questa situazione ideale? Arriva anche nella felicità? Guido dice che credeva fosse questa la vita piú giusta; poi aggiunge: «La felicità consiste nel poter dire la verità senza mai far soffrire nessuno».

È questo il punto piú profondo dell'impossibile. Non è vivere insieme a tutte le donne che ha amato e desiderato, ma ottenere che nessuna di esse soffra. Ottenere che la verità, quella indicibile, sia dicibile, e passi senza scalfire il mondo. Guido vorrebbe essere egoista, narciso, avere tutto, tenersi il passato il presente e il futuro, e non pagarne le conseguenze. Soprattutto questo: non pagarne le conseguenze.

Ecco, probabilmente *Otto e mezzo* è l'opera che prova

a eliminare le conseguenze dei propri gesti, dei pensieri piú sfrontati, dei comportamenti discutibili – e in parte ci riesce, se si considera il finale, in cui i personaggi del film e della vita di Guido (e della vita di Fellini, si oserebbe dire) sfilano allegri sulla marcia di Nino Rota, tutti insieme. Prova a eliminare le conseguenze della confusione, e degli errori. Mette davanti a tutto la comprensione dell'umanità dei buffoni, i mistificatori, gli imbroglioni. Ed è esattamente quello che tira fuori sempre, alla fine, un maschio, anche se di talento: la capacità di volgere i suoi gesti verso un giudizio positivo oppure comprensivo. È un istinto sia profondo sia elementare. Farcela, comunque, sempre, lo stesso, per forza, a prescindere, in ogni modo: farcela. Forse, con la convinzione del diritto acquisito. Ma in ogni caso, in qualsiasi modo, farcela.

Alla fine delle riprese dell'harem, Caterina Boratto, vedendo Fellini sfinito e immalinconito, dice alle altre attrici della scena: «Ecco vedete, gli abbiamo fatto venire i rimorsi».

E lui: «Mah! Pensavo fosse la scena piú divertente, invece è tristissima».

In una delle serate nel castello palermitano di Visconti, una volta arriva Leonardo Sciascia. Visconti ne è molto lusingato; quella visita non è un gesto qualsiasi, visto che è stato proprio Sciascia a far partire tutto il tormento sul romanzo che è arrivato fino a qui, adesso, nelle mani di Visconti.

Quella sera è presente Sandro Bolchi, regista dei grandi sceneggiati televisivi degli anni in cui si facevano riduzioni di romanzi classici (è il regista dei *Promessi sposi* e delle trasposizioni da Tolstoj e Dostoevskij). E con i soliti ospiti e Burt Lancaster, che nel corso del tempo è passato da essere il nemico di Visconti al complice sul set e il piú presente a cena, si chiacchiera e si ipotizza di fare un film sui *Viceré* di De Roberto. Lancaster ne ha ricevuta una copia in inglese da Visconti e ne è entusiasta e vorrebbe produrre il film; si gioca ad assegnare le parti a Stoppa, Morelli, Valli e anche alla Cardinale e Delon. Come se la stessa compagnia – alla maniera di quella teatrale di Visconti, Stoppa e Morelli – si dovesse spostare sul repertorio successivo.

E proprio durante la serata in cui si chiacchiera dei *Viceré*, arriva Leonardo Sciascia. Un'altra delle coincidenze affascinanti di questa storia. Sciascia non solo aveva criticato il romanzo di Tomasi di Lampedusa, ma come tutti gli opponeva proprio *I Viceré* (il confronto tra questi due romanzi non è ancora finito, e mai finirà). Sciascia aveva un'enorme considerazione del romanzo di De Roberto, che giudicava secondo solo ai *Promessi sposi*, quindi si aggregò volentieri alla chiacchierata, e chissà se ebbe anche la sfacciataggine di confrontarlo con *Il Gattopardo*; probabilmente, conoscendo le regole dell'educazione, non andò a casa Visconti mentre girava il film a dirgli quello che tutti sapevano pensasse del libro. Ma la visita era un segnale: anche Sciascia, evidentemente, sperava che Visconti deviasse e ricostruisse in modo piú accettabile le tesi di fondo del romanzo. Ma poi, in realtà, andando a leggere cosa scrisse in seguito sul film, non ne fu soddisfatto. E aggiunse le riserve sul film a quelle sul libro. E guarda caso gli venne voglia di citare *I Viceré*, quando scrisse che non aveva capito alla fine, perché Visconti avesse voluto fare *Il Gattopardo*: «Senza dire che *I Viceré* di Federico De Roberto era un libro già piú vicino alle sue idee, anche se lontano dal suo temperamento».

La posizione intestardita di Sciascia ha ben due ragioni: la prima deriva dal fatto che libro e film, come ho già detto, fin da subito, si legarono fortemente; e la seconda deriva a sua volta dalla prima: Visconti alla fine non ha operato in pieno quello spostamento che in molti si auguravano. Per questo Sciascia dice in modo implicito che *Il Gattopardo* è lontano dalle idee di Visconti. E per questo lui e Aristarco (e altri), alla fine videro deluse le loro speranze. Ha perfino, Sciascia, criticato una scena specifica del film, quella in cui don Fabrizio sogna padre Pirrone; e Visconti, quando è tornato in moviola dopo che il film era già uscito nelle sale, prima di portarlo a Cannes, ha tagliato quella scena.

Ma la verità è che *Il Gattopardo*, fosse o no vicino alle idee di Visconti, era molto di piú: raccontava a Visconti un sentimento profondo della propria vita, ed è da questo che Visconti è stato trascinato sul set – sempre piú consapevolmente, sempre piú volontariamente.

Mentre doveva fare i conti con quel romanzo, con il Paese, e con le sue idee, piano piano ha capito che c'era da fare i conti con qualcosa di piú: sé stesso.

Marcello Mastroianni ha avuto un incidente d'auto, questa è la notizia che appare su un giornale della sera.

Tutti si preoccupano, provano a telefonargli a casa, ma nessuno risponde. A fine giornata, vanno via tutti turbati. La mattina dopo, Mastroianni si presenta sul set di *Otto e mezzo* con la testa fasciata. Tutti impallidiscono: Marcello, con Claudia Cardinale, deve girare la scena dell'uscita dal cinema e dell'entrata in macchina. E per Claudia è (o dovrebbe essere) l'ultimo giorno di riprese, domani riparte per Palermo.

E oltretutto, Mastroianni, cosí com'è messo, chissà per quanto tempo non potrà girare. Il primo istinto è quello di nascondere tutto al regista – è il primo istinto di chiunque su un set, come se questo potesse risolvere qualcosa. E in ogni caso non è che si può impedire a Mastroianni di andare da Fellini. E Marcello ha tutta l'intenzione di mostrarsi a Federico. Che quando lo vede si preoccupa molto: ma cosa è successo? Mastroianni capisce che il suo amico è disperato, e allora si sfila la fasciatura che si era fatto fare apposta.

Era uno scherzo. E ci sono cascati tutti.

Appena dopo l'uscita della notizia sul giornale della

sera, si è scoperto che l'uomo che aveva fatto l'incidente si chiamava Marcello Mastroianni; era un omonimo. E Marcello non ha risposto al telefono per tutta la notte con l'intenzione di fare questo scherzo.

Fellini racconta lo scherzo, molto divertito, durante la pausa, in una tavolata sul set che è un modo di salutare Claudia con una piccola festa: uno della troupe è nato in Tunisia, come Claudia, e ha fatto preparare del couscous. Fellini riceve una porzione gigantesca, Mastroianni si siede accanto a lui e dice che non ha fame. Lui davanti a Fellini dice sempre che non ha fame – qualche giorno prima sono andati in un ristorante e c'erano dei rigatoni e Fellini continuava a chiedergli: tu che ne dici Marcè, sono buoni? E Mastroianni, con aria triste, rispondeva: non lo so, non li ho mangiati. Neanche uno? Neanche uno, rispondeva mestamente.

C'è anche Anouk Aimée, che però annuncia che potrà restare pochissimo perché c'è sua figlia in camera e le dispiace lasciarla sola. Dopo qualche minuto sono già andati a prendere la figlia e l'hanno messa a tavola con tutti. Si mangia sul set, ma è notte e la luce è poca. E dopo tre minuti i fari di un'auto illuminano la tavola. I set sono cosí: tutto quello che il regista chiede o si immagina che possa desiderare, è già fatto.

Arriva il giorno delle prove del ballo di don Fabrizio e Angelica, di Lancaster e la Cardinale. Le prove per la scena piú importante del film, quella che sintetizza tutto: il passaggio generazionale, il trionfo di Angelica, l'ultimo atto del principe di Salina.

Lancaster però da qualche giorno ha un ginocchio gonfio, pieno d'acqua. È riuscito a soffrire in silenzio finora, e nessuno se n'è accorto. Ma ballare è un'altra cosa: le prove cominciano – tutti hanno preso lezioni di valzer in vista delle lunghe settimane di riprese della parte finale.

Burt e Claudia cominciano a volteggiare, Luchino dà qualche indicazione, ma dopo un po' dice di fermarsi: i passi di Lancaster sono timorosi, zoppicanti, stonati. Visconti prende la Cardinale sotto braccio e dice: andiamo Claudina, quando il signor Lancaster sarà pronto ce lo farà sapere. Cosí, davanti a tutti.

E se ne va in un'altra stanza con la Cardinale, imbarazzatissima.

Ordina anche a Notarianni, poco dopo, di organizzare un programma alternativo per non perdere tempo. Ma quando viene comunicato a Lancaster che non si prova piú, lui va a grandi passi verso la sala dov'è Visconti e lo affronta rabbioso, dicendogli che ha un problema al ginocchio. Il litigio si fa subito pesante: Visconti lo accusa di avere problemi fisici a causa della ginnastica che fa con ostinazione allo scopo di mantenersi giovane, gli dà del maleducato. Ma Lancaster non cede e vuole andare avanti.

Notarianni sostiene che davanti a tutta la troupe Visconti abbia anche detto: Lancaster non è un principe, ma un cowboy texano. È quello che desiderava dirgli fin da quando se lo è trovato davanti, il primo giorno in Italia. Ma alla fine, come succede spesso, quel litigio è il modo di stappare il tappo che comprimeva tutto.

In realtà i problemi sono già risolti da tempo: Lancaster sta facendo un meraviglioso don Fabrizio, e la sua professionalità lo spinge a ignorare perfino il dolore al ginocchio; Visconti è molto contento di come si sono messe le cose con l'ormai ex cowboy texano. E infatti, è da questo momento in poi che i rapporti tra i due cambiano. Si avvicinano finalmente, poi Visconti comincia a invitarlo a cena.

Molti anni dopo, il loro legame è cosí solido che Lancaster si renderà disponibile a girare un altro film di Visconti ormai malato, e di nuovo interpretando un personaggio autobiografico traslato; dando inoltre anche la garanzia assicurativa che, qualora fosse accaduto qualcosa a Visconti durante le riprese, *Gruppo di famiglia in un interno* lo avrebbe terminato lui.

All'improvviso, Lancaster ha capito.

Lo ha detto a Piero Tosi un giorno: continuo a chiedere a Luchino di farmi capire il personaggio, l'ho cercato dappertutto, in tutti i modi e i tratti degli aristocratici siciliani, e non mi ero accorto che era davanti a me.

Don Fabrizio è Visconti.

Da quel momento Lancaster osserva il suo regista e capisce che i tratti aristocratici e tormentati, davanti al mondo che sta cambiando, sono quelli del suo regista. Comincia a imitarne perfino la camminata. E cosí don Fabrizio si precisa, Lancaster smette di essere l'attore che lo interpreta e diventa il principe di Salina.

Ma non basta. Questa intuizione di Lancaster non riguarda soltanto il suo lavoro sul personaggio, ma ha qualcosa di piú profondo: capisce non tanto che don Fabrizio è Visconti, ma che Visconti, man mano che i giorni delle riprese avanzano, sente sempre di piú di essere don Fabrizio. Sente che quel mondo che sta filmando è il suo mondo, la sua vita, sono le sue sale, i suoi quadri e i suoi tappeti, i suoi lampadari, i modi e i ricevimenti della sua famiglia. Sente che sta girando un film su di sé. Giorno dopo giorno, durante le riprese, culminando con il lungo mese del ballo, sente scivolare via il compito politico e sente avvolgersi attorno il sapore proustiano del mondo dove ha vissuto, della sua infanzia, di quando durante le feste di notte guardava la sala dal buco della serratura e vedeva le ultime poche coppie che ballavano e il pavimento sporco.

Cosí si avvia non verso la negazione del compito politico, ma verso un modo di tralasciarlo, di tenerlo a bada in secondo piano, mentre si avvia verso sé stesso.

E lí, trova Burt Lancaster ad aspettarlo.

Il cowboy che invece aveva già capito tutto, osservandolo, aveva cominciato a imitarne l'aristocratica malinconia, la camminata imponente, sentendosi pian piano a suo agio in mezzo a quel mondo cosí lontano. Intanto Visconti, osservando il suo attore in mezzo alla ricostruzione di un mondo che lui stesso aveva vissuto da bambino, si lasciava andare dentro il film, proprio come, probabilmente, Tomasi si era lasciato andare nel raccontare il suo bisnonno nei panni di don Fabrizio.

Cosí, la grandezza del *Gattopardo* – non la sua maestosità, che ci sarebbe stata comunque – cresce man mano che Visconti si allontana dal compito politico e si avvicina a sé stesso.

Tutto ciò è visibile in modo eclatante nella lunga scena del ballo. Già prima però ci sono esempi del lavoro con cui Visconti si identifica nel principe di Salina. Quasi sempre, senza bisogno di toccare la sceneggiatura, solo lavorando all'interno della scena.

L'esempio piú paradossale e potente, sta proprio nella scena piú esplicitamente politica, quella del sabaudo Chevalley che va a chiedere a don Fabrizio se accetterebbe un posto nel parlamento dell'Italia unita: Visconti e Lancaster danno al principe una malinconia esistenziale, un modo di distaccarsi dal mondo (e dalla politica), una sincerità intima che riguarda un uomo e un'era che stanno tramontando.

Il dialogo è politico, cosí come nel libro; ma, come nel libro, la malinconia è personale. Don Fabrizio non parla a Chevalley, ma a sé stesso. È come se stessero raccontando anche il distacco di Visconti dal compito politico.

Chevalley è stato mandato in via confidenziale a chiedere se la proposta sarebbe di gradimento al principe, il quale lo ascolta assorto, come se fosse piú concentrato sui suoi pensieri che sulla proposta. Lancaster qui è perfetto, sembra quasi addormentato mentre il piemontese si agita. Gli chiede cosa significhi davvero essere senatore, come se non ne sapesse niente. Il dialogo è molto simile a quello del libro. Chevalley gli dice che potrà essere il portavoce di questa bellissima terra.

Don Fabrizio non accetta: per dignità, coerenza. Spiega: «Avevo detto adesione, non partecipazione»; «io sono completamente senza illusioni, che se ne farebbe il Senato di me?» Si sente un esponente della vecchia classe, e soprattutto avverte di essere intimamente distaccato da ciò che avverrà. Ha demandato il futuro a suo nipote e ad Angelica, e può bastare. L'individuo, il rappresentante della nobiltà, si sente estraneo. È un discorso fortemente personalistico, e che Lancaster e Visconti accompagnano con una grandezza dura, disincantata. Prevalgono, nel libro e poi nella recitazione e nella messinscena, una problematicità e un distacco che rendono solitario e decadente don Fabrizio. Risponde dopo pause assorte, si alza e va davanti al camino a pensare. Non un oppositore e nemmeno un partecipante. Ma un individuo che accompagna sé stesso alla morte. E in piú, fa un'analisi della sua terra spietata e amara, e allo stesso tempo appassionata.

«Siamo vecchi, Chevalley». E si riferisce alla Sicilia e a sé stesso. «Siamo molto stanchi, svuotati, spenti».

Visconti, attraverso Lancaster, sta sottilmente affermando che la sua appartenenza a quella classe vecchia, svuotata, ha valore quanto il suo impegno politico. Lui è anche quello, è soprattutto quello, e questo film glielo ha mostrato con chiarezza. Sta parlando del suo rapporto con la società, non quello visibile, ma quello ancestrale: è come se facendo il film, l'impegno politico si attenuasse e la nostalgia si allargasse. Leggendo pezzi di romanzo sul set, come fa di solito, e alzando la testa e vedendo il mondo che ha ricreato, è come se venisse invaso dai ricordi. In piú, il suo attore, interpretando proprio Visconti, glielo mostra senza pudore. Quindi il senso dei dialoghi si inspessisce di una parte intima. «Da noi ogni manifestazione, anche la piú violenta, è un'aspirazione all'oblio. La nostra sensualità è desiderio di oblio, le schioppettate e le coltellate nostre, desiderio di morte; la nostra pigrizia, la penetrante dolcezza dei nostri sorbetti, desiderio di voluttuosa immobilità, cioè ancora di morte».

Don Fabrizio non sta parlando a Chevalley, sta sostanzialmente esprimendo la voce interiore. È il momento in cui Fabrizio di Visconti e Guido di Fellini sono piú vicini. E quell'esigenza politica del film si confonde senza discontinuità con un'angoscia esistenziale. È un uomo solo, perduto, invecchiato; che sta parlando per sé stesso e per il Paese. E in piú, è un uomo diverso anche dagli altri della sua classe, della sua città: neanche tra i nobili siciliani, come si vedrà al ballo, si sente a casa. Forse Visconti nel *Gattopardo* sta unendo il disincanto di don Fabrizio per l'Italia unita al suo disincanto per le speranze della politica.

Quei provini con cui le riprese del film sono cominciate, i provini di coloro che avrebbero dovuto interpretare, nel film di Guido, dei personaggi della vita di Guido (che poi sono dei personaggi della vita di Fellini interpretati da attori che fanno dei personaggi nel film di Fellini, a cominciare da Mastroianni che interpreta Guido), e che poi nel film di Fellini, poiché si parla di un regista che vuole mettere in scena il film che non riesce a fare (ed è la stessa cosa che sta facendo Fellini mostrandoci Guido alle prese con il film che non riesce a fare) – ecco, quei provini adesso sono proiettati in una scena dove Guido e il produttore e altri della troupe, e anche la moglie di Guido, sua sorella e altri amici, sono seduti in un cinema a guardarli.

La moglie di Guido, Luisa, interpretata da Anouk Aimée, sta guardando i provini che Guido ha fatto ad attrici che – nel film! – devono interpretare la moglie. Esattamente come Giulietta Masina ha visto Anouk Aimée interpretare la moglie di Guido, alter ego di Federico. E infatti Luisa è sconvolta e imbarazzata nel sentire i dialoghi del provino, e nell'assistere ai provini di colei che dovrebbe interpretare Carla; per lei Carla è un personaggio della sua vita (inventato da Fellini per il film) e Guido è suo marito e l'amante di Carla; e ora sullo schermo ci sono delle attrici che fanno dei provini per interpretare personaggi della vita reale di Guido, la moglie e Carla, che a loro volta sono personaggi della vita di Fellini che Fellini attraverso *Otto e mezzo* sta cercando, con le dovute licenze artistiche e libere di un'opera di finzione, di mettere in scena per raccontarsi.

E quindi, cosí come i personaggi che vengono filmati ora in sala si riconoscono sullo schermo attraverso dei provini, è evidente che ci sono delle persone reali che si riconosceranno nei personaggi di *Otto e mezzo*.

Faccio un esempio: la Saraghina. Chi della troupe di Fellini ha partecipato al lavoro di preparazione, per esempio l'aiuto regista che è la futura regista Lina Wertmüller, ha assistito: ai provini di Fellini per il ruolo della Saraghina; alle riprese dei primi giorni in cui nel film si giravano dei provini che sarebbero stati utilizzati in una scena successiva da proiettare, e quindi si provinavano attrici per interpretare il ruolo della Saraghina; e adesso, nel cinema, si proiettano di nuovo i provini girati nei primi giorni nell'ulteriore film di Guido nel film di Fellini, per scegliere chi interpreterà la Saraghina del film di Guido ispirata alla Saraghina del film di Fellini interpretata dall'attrice americana (in realtà prima di questo film mezzosoprano) Eddra Gale, ispirata alla Saraghina che Fellini ha incontrato davvero a Rimini nella sua adolescenza.

Il Gattopardo e *Otto e mezzo* sono due film autobiografici.

Questa è la vera parentela che alla fine avranno – e che è un punto di arrivo e non un punto di partenza. Ed è un punto di arrivo esaltante, perché sembra che i due film siano l'uno la negazione dell'altro, e invece sono i film piú intimamente autobiografici di questi due registi. E se in *Otto e mezzo* l'autobiografia è sfacciata, nel *Gattopardo* è sorprendente.

In questo senso anche Mastroianni e Lancaster, due attori completamente diversi, ingaggiati con motivazioni diverse – uno perché Fellini non può fare a meno di identificarsi con Mastroianni, e l'altro perché Visconti deve accettarlo per forza: tutti e due, sono uno Fellini e uno Visconti.

Otto e mezzo è il film autobiografico piú sofisticato, spietato e complesso. La scena dei provini ne è il fulcro esemplare. E la scena dell'harem ne è l'aspetto piú atavico e brutalmente condiviso, ma la forza sta nell'aver avuto il coraggio di raccontarla, e di renderla non solo possibile ma anche accettabile. La trasposizione di sé stesso, e dei personaggi della sua vita, i desideri piú indicibili, l'autodenigrazione e l'autoindulgenza che condividono lo spazio.

Ma l'autobiografia piú sorprendente è *Il Gattopardo*.

Il cammino che ha fatto la sceneggiatura da quando è arrivata sul set di Visconti fino a quando il film è uscito, e quindi con i tagli e i cambiamenti che si protrassero fino alla proiezione a Cannes, in pratica è una trasformazione del film dalla posizione piú politica che è il punto di partenza da cui Visconti e i suoi sceneggiatori avevano cominciato questo lungo viaggio, fino a quella piú personale. Questo cammino, in fondo, è ciò che è stato fatto passo dopo passo da Visconti sul set. Cosa è successo? Vedendo il film, vedendo le scenografie, standoci dentro, vedendo i costumi, vedendo la vita, vedendo il mondo, Visconti si è pian piano riconosciuto in quel mondo. Ha visto la sua famiglia e ha visto sé stesso.

Quindi, nel momento in cui ha capito che doveva imitare Visconti per trovare la chiave di interpretazione di don Fabrizio, Burt Lancaster ha intuito ancora prima di Visconti l'essenza piú profonda del film e cioè ha capito dove il film sarebbe andato. E questo è molto interessante perché ribalta la storia di quella insoddisfazione e di quel conflitto trasformatosi in amicizia tra Burt Lancaster e Visconti. Perché è la storia di come Visconti abbia tentato di respingere qualcosa che ovviamente non si vedeva affatto: lui davvero pensava di avere davanti un cowboy texano, ma evidentemente aveva intuito il pericolo che arrivava da quel grande attore di riuscire a penetrare la questione piú intima, piú potente.

Visconti, forse vedendo in don Fabrizio un suo ritratto – forse vedendo in tutto quello che sta facendo il ritratto della sua famiglia – comincia a capire che c'è qualcosa di molto piú personale, di molto piú intimo e anche di molto piú importante dell'operazione letteraria, storica, politica che sta facendo; operazione che non elimina del tutto, ma che trasforma. Cioè, piano piano, durante il cammino del film, cala l'interesse per tutto il resto; mentre acquista interesse il decadimento dell'aristocrazia, la malinconia del mondo che cambia e la personalità di don Fabrizio che era un prozio reale di Tomasi, nel quale Tomasi si identificava completamente. Anzi, è per questo che Tomasi di Lampedusa ha scritto un romanzo storico, per nascondersi dietro don Fabrizio e dietro un suo antenato: per raccontare sé stesso; e Visconti finisce per fare la stessa cosa, racconta quel don Fabrizio raccontando Tomasi, ma racconta sé stesso e porta tutto il film verso di sé.

Nella sostanza, succede proprio quello che succede nella scena dei provini di *Otto e mezzo*.

Quindi tutte le istanze marxiste che i suoi amici, per primo Antonello Trombadori, e il partito, e Togliatti, e Aristarco, gli avevano in qualche modo affidato prima che *Il Gattopardo* venisse realizzato, vengono deluse o accantonate. Poi si tenterà in tutti i modi, sia da parte degli altri sia di Visconti, di inglobarle. Ma in realtà a Visconti interessa un'altra cosa: una sorta di autobiografia personalissima fatta attraverso un grande romanzo e un grande film; fatta fingendo di non farla. Al contrario di quello che fa Fellini che invece la fa rivelandosi completamente, spingendo verso la spudoratezza.

La vita e la letteratura non si riescono a separare, l'autobiografia di questi due film lo racconta. Proprio come non si può separare ciò che accade sul set da ciò che accade fuori dal set. È per questo motivo che le riprese del film, ciò che accade sul set e nella vita, tutto insieme è da raccontare, e ha un valore perché – in *Otto e mezzo* in modo cosí esplicito – è il racconto specifico di come non si riesca né si possa tentare una separazione. E alla fine anche *Il Gattopardo* è la dimostrazione di questa teoria. Ecco cosa sembra dire Visconti: prendo un film che teoricamente parte da un romanzo totalmente lontano da me, o credo lo sia per questioni ideologiche; lo avvicino a me, ma sempre per questioni ideologiche – come una specie di licenza ideologica; lavoro su quella licenza per cercare di esplicitarla; ma poi piano piano, da sotto, dal sommerso arriva quello che mi appartiene di piú e mi somiglia di piú del *Gattopardo*: un aristocratico confuso e decadente che si guarda intorno e vede che il mondo cambia e quindi deve cambiare per forza anche lui.

Per questo motivo l'entusiasmo della sinistra prima che cominci il film, si trasforma in imbarazzo e per molti perfino nel silenzio dopo che il film è stato realizzato.

Anche stavolta il simbolo di tutto ciò è Guido Aristarco che si dichiara, prima e durante le riprese, convinto della grandezza di ciò che verrà realizzato: dice che Visconti darà un peso diverso alla visione storica del romanzo, e ne respingerà l'immobilismo; e addirittura afferma che nel film «ci sarà quell'ampiezza di visione storica che in verità manca al romanzo».

Aristarco si farà attendere a lungo prima di dir qualcosa, dopo l'uscita del film. Visconti ha tradito le aspettative – per fortuna; ha trasformato il suo film facendolo. Con la complicità degli sceneggiatori, e con la soddisfazione del produttore che in fondo era molto piú interessato all'adesione tra libro e film.

Lentamente Visconti si è legato, anche sul set, al romanzo. Una copia del libro continuava a essere nelle sue mani o in quelle dei suoi assistenti. Segnale quantomai significativo di come la parte piú intima del film, e il ritratto del personaggio principale, avesse ormai preso il sopravvento.

A Visconti era successo quindi ciò che a Fellini succedeva sempre: capire il film che stava facendo, soltanto facendolo.

Alcuni attori o tecnici della troupe hanno raccontato la particolare malinconia e cura con cui Visconti approcciava scenografie, costumi, situazioni. Era come se il tempo lo avesse riportato in casa sua, da bambino (anche se qui si raccontava l'aristocrazia siciliana dell'Ottocento); come se il cinema e tutto quello che aveva fatto da quando era uscito da quella casa fosse scomparso, e lui fosse tornato di nuovo lí. E forse, se era uno sguardo da bambino, quel don Fabrizio non era nemmeno lui, ma suo padre; ma chissà se questo poi ha importanza: si tratta del mondo dove è nato, cresciuto, da dove è scappato e dove stavolta gli è stata data l'opportunità di ritornare.

E quello che all'inizio si rimprovera a Fellini per *Otto e mezzo*, e cioè aver fatto un film interiore e autobiografico senza pensare alle questioni sociali e politiche (cioè quello che Fellini voleva esplicitamente fare), è in realtà quello che succede a Visconti cammin facendo. Si può dire che Visconti si sia sentito piú don Fabrizio (o figlio di don Fabrizio, è lo stesso) di quanto Tomasi di Lampedusa possa essersi sentito don Fabrizio. Forse è un paradosso, e forse no.

Da questo momento, da questi due film, sia Visconti sia Fellini non smetteranno mai piú di raccontare sé stessi, nello stesso modo che hanno inaugurato adesso: Visconti mediando sempre con personaggi e mondi aristocratici (*Ludwig*, *Morte a Venezia*, *Gruppo di famiglia in un interno*); Fellini abbandonando l'autobiografia epica dei fatti dei *Vitelloni* e *La strada* e penetrando dentro la sua coscienza. Adesso stanno costruendo la loro opera autobiografica piú potente, e poi non smetteranno piú di fare cinema in questo modo personale. Visconti cercando sempre le radici, e quindi smettendo di guardare in avanti, ma guardando indietro; Fellini dando corpo a ogni sua espressione interiore e anche inconscia, anche in film tratti da opere altrui; come se il cinema diventasse il modo di esprimersi in prima persona: praticamente tutti i suoi film coincideranno con le sue ossessioni.

Ma l'inconscio non lavora solo in Fellini; è piuttosto chiaro che lavora sul set anche in Visconti, se fa riaffiorare pian piano una corrispondenza con quello che sta mettendo in scena. Passare il tempo dentro la ricostruzione di un mondo aristocratico lo mette in una condizione unica, come di uno che ricostruisce la memoria di ciò che ha perduto, e piú ricostruisce piú la cerca. E cosí Visconti e don Fabrizio si uniscono in un destino comune, allo stesso modo in cui libro e film non si differenziano piú. Per un film che non aveva nessuna caratteristica dell'autobiografia, è un risultato davvero stupefacente. Il risultato è raggiunto grazie alla mediazione di un attore che decide che, per essere davvero don Fabrizio, deve osservare e imitare Visconti. Non importa chi dei due abbia cominciato, ma senz'altro i due si sono ispirati l'un l'altro settimana dopo settimana, fino al culmine della perfezione del ballo. Il risultato è ancora piú stupefacente, se si ripensa allo scetticismo (ma era piú che scetticismo) di Visconti quando Burt Lancaster sbarcò a Roma. Gore Vidal sintetizzò cosí: «Burt è abituato a pronunciare battute tipo "Mettete le mani bene in vista" o "Tu butta la pistola davanti a te"».

E invece poi i due sono diventati l'uno lo specchio dell'altro. E alla fine delle riprese Visconti e Lancaster hanno scoperto di essere nati tutti e due lo stesso giorno, il 2 novembre. Si scambiarono quel giorno due regali: Visconti regalò a Lancaster una tela di Guttuso; Lancaster regalò a Visconti una tela di Guttuso.

In fondo, il destino unico tra attore e regista è lo stesso che raggiunge Fellini con Guido.

(Esiste un titolo che sarebbe stato perfetto sia per *Il Gattopardo* sia per *Otto e mezzo*: «Alla ricerca del tempo perduto»).

Il passo definitivo, quello che rende *Otto e mezzo* quello che è, e che dà al film tutto il significato che ha, è stato fatto solo qualche settimana prima delle riprese: far diventare il protagonista un regista. Ma non si tratta solo di questo. Come per quella che viene definita autofiction, il rapporto tra il personaggio messo in scena e l'autore reale è necessario perché dà una forma esponenziale al senso. Se esistesse il film con Guido senza che chi lo ha realizzato fosse Fellini, perderebbe gran parte della sua potenza espressiva. Mettere insieme Guido e Fellini vuol dire che quello che Fellini racconta di Guido è *vero*, nel senso piú profondo; non: è successo esattamente cosí; ma: racconta una verità profonda. Se chi guarda il film non riconosce quella verità che Fellini suggerisce di dare a Guido, il film perde una buona percentuale della sua forza. *Otto e mezzo* è *Otto e mezzo* non solo per quello che racconta, ma anche per chi lo racconta – e per come le due cose coincidono.

Per questo motivo è un'opera raddoppiata. Fellini non sa che film fare, e allora fa un film su un regista che non sa che film fare. Quindi sia Fellini sia Guido si occupano della stessa cosa. E Fellini dà a Guido un'enorme quantità di sue caratteristiche intime: il narcisismo, l'incapacità di scegliere, l'esistenza arruffona, le ossessioni erotiche e quelle religiose, e soprattutto quella speranza impossibile (e meravigliosa) che i problemi si risolvano in un colpo solo e senza far nulla. Tutto ciò che Fellini è, o teme di essere, e perfino tutto ciò che può essere criticato, perfino ciò che può essere criticato del film – è già nel film. Quando poi c'è la scena della troupe e degli amici del regista che assistono ai provini, un personaggio sussurra: «Son tutte cose della sua vita». E questo è il momento in cui non c'è piú nessuna differenza tra Fellini e Guido.

Il 13 novembre 2019, quando ho incontrato Claudia Cardinale, era un giorno particolare per Parigi: era l'anniversario della strage del Bataclan.

Mentre scrivevo questo libro, è uscito in Italia *Yoga* di Carrère, che ha al centro del suo libro un altro evento tragico di questi anni a Parigi: l'attentato a Charlie Hebdo. Come succede spesso per gli autori molto amati, poi quando esce l'ennesimo libro, le persone intorno ti dicono che insomma, non è cosí bello come gli altri, un po' ha stancato... In particolare in Italia tutti a un certo punto stancano, hanno stancato. È successo persino a Fellini e Visconti.

Ho cominciato a leggere *Yoga*, e non solo l'ho trovato un libro bello e molto importante, ma piano piano nella mia testa si è formata chiara l'idea che aveva a che fare direttamente con *Otto e mezzo*, e soprattutto che stava riuscendo a spiegarmi qual è la caratteristica piú potente di *Otto e mezzo*: la vitalità.

Yoga è una storia tragica: parla della depressione violenta, dell'istinto al suicidio, dello star male; ma in realtà c'è una capacità incomprensibile di capovolgere tutto in un'estrema vitalità. In fondo, mentre lo leggevo, ho pensato che *Yoga* non fosse un libro sullo stare male, ma sulla volontà strenua di stare bene.

L'estrema vitalità è il segreto altrettanto incomprensibile di *Otto e mezzo*.

Cioè come sia possibile che un film che parla di un uomo che non sa piú cosa fare, che è in crisi su tutto, che scappa da tutto, dia come risultato un film che ha nella vitalità la sua evidenza maggiore, che ti fa uscire dalla visione con una forza e una voglia strepitosa di aggrapparti alla vita. Questo non è soltanto l'elemento fondamentale di *Otto e mezzo*, ma è anche, appunto, l'elemento inafferrabile di *Otto e mezzo*, il suo mistero piú profondo. Il film non racconta una forza, ma una mancanza di forza; non racconta una vitalità, ma una mancanza di vitalità. Tutti i personaggi, uno per uno, sono angosciati, perduti, tristi, patetici. E il tema del film è la confusione, lo smarrimento, l'incapacità. Eppure ne viene fuori un film vitalissimo e che ti lascia addosso l'euforia del vivere.

«Quarantatre anni non sono un'età precoce per tirare le somme della propria vita. Proprio per questo il film mi ha fatto un gran bene: mi sento come liberato, ora, con una gran voglia di lavorare. È un film testamentario, eppure non mi ha svuotato. Al contrario, mi ha arricchito: fosse per me, ricomincerei a farne un altro domattina. Davvero. Vorrei che questo senso liberatorio si trasmettesse a chi lo va a vedere, che dopo averlo visto la gente si sentisse piú libera, avesse il presentimento di qualche cosa di gioioso».

Nel *Gattopardo*, tra l'altro, don Fabrizio ha quasi la stessa età di Fellini, e a proposito di ciò che scopre di sua figlia, e cioè che è innamorata, Tomasi dice di lui: «Un uomo di quarantacinque anni può credersi ancora giovane fino al momento in cui si accorge di avere dei figli in età di amare. Il Principe si sentí invecchiato di colpo».

Quello che Fellini desidera che la gente provi, è quello che la gente prova. Ma ci si chiede: com'è possibile che un film che racconta la vita interiore di un uomo confuso, sbagliato, annoiato, e che di conseguenza rende tutto intorno a sé malinconico – com'è possibile che abbia qualcosa di gioioso? E se è cosí (ed è cosí), allora perché?

In fondo *Otto e mezzo*, anche per ciò che riguarda l'amore, è una dichiarazione di impossibilità, e dell'aver perduto ciò che si desiderava. E quindi è un film che mette in scena continuamente il contrario di ciò che si sta vedendo. Racconta un uomo di quarantatre anni al massimo della sua potenza, che si chiede se tutto questo sta per crollare. Per tutto il film c'è l'idea malinconica dell'interiorità di un uomo che può avere tutto, ha quasi tutto e vive in sintonia con il mondo; e pur vivendo in sintonia con esso, sente di non riuscire a prenderselo. Racconta come ci si senta perduti. Eppure (eppure!) tutto questo, grazie alla richiesta di assoluzione, alla richiesta supplice di non avere nessuna conseguenza, riesce a trasformarsi in una forza cosí spudoratamente vitale da conquistare i cuori di ognuno di noi. Forse, semplicemente, la vitalità gioiosa arriva dalla richiesta di eliminare le conseguenze di ogni gesto azione o parola; perché se si eliminano le conseguenze di tutto, allora si può eliminare anche la morte.

In un documentario Fellini a un certo punto usa questa espressione: la vitale confusione della vita. E una volta a Simenon che lo sta intervistando risponde: «In fin dei conti lei e io abbiamo sempre raccontato delle sconfitte. Credo che l'arte sia questo, la possibilità di trasformare la sconfitta in vittoria, la tristezza in felicità».

Ecco, è questo: la vitale confusione della vita. *Otto e mezzo* è il miracolo della vitalità. *Yoga* mi è sembrato una possibile spiegazione di questa vitalità: pur parlando di uno che sta molto male, è un libro sul voler rimanere aggrappati alla vita a tutti i costi. C'è una descrizione ostinata e meticolosa della depressione piú profonda, ma sempre il sottotesto suggerisce che chi scrive non si sta abbandonando, anche se lo afferma, ma vuole resistere, con tutte le forze che ha.

Questa volontà di stare bene è molto potente quando si

vede *Otto e mezzo*, è molto potente quando si legge *Yoga*. E per quanto mi riguarda è molto potente anche dentro di me. Infatti *Otto e mezzo* è il film della mia vita proprio perché mi svela la mia ostinata volontà di star bene; ma questo l'ho capito con chiarezza leggendo *Yoga*: ho capito perché da ragazzo mi sono aggrappato a *Otto e mezzo* e l'ho tenuto stretto per non perderlo mai piú. Ho sempre pensato che fosse solo per motivi di volontà, di creatività, ho sempre pensato che fosse il nodo della creatività che mi riguardava, e infatti poi ho scritto libri inseguendo quel tipo di pensiero e di struttura.

E cos'altro è l'idea che tutto deve cambiare per restare com'è, se non vitalità? La vitalità della nuova potenza della piccola borghesia, della costruzione di uno stato nuovo, dell'erotismo di Angelica, dello sfavillare di case, gioielli e sudore dei balli, per resistere alla vita che cambia.

«È una festa la vita», dice Guido.

Otto e mezzo per me è stato scrivere letteratura.

Il Gattopardo per me è stato scrivere cinema.

Tutti i libri che ho scritto hanno a che fare con l'autobiografia, o l'autofiction, o insomma questo modo di raccontare. Ho molti punti di riferimento letterari, ma se devo dire cosa mi ha condizionato di piú nella mia idea di letteratura, posso dire con certezza che è *Otto e mezzo*. Perfino i temi che ci sono lí dentro; e perfino una ostinata ricerca della vitalità – e non importa qui il valore reale dei miei libri o la visibilità reale di questa vitalità. E non importa nemmeno quanto me ne sia reso conto. Ma da *Otto e mezzo*, e da tutte quelle visioni consecutive quando ero ragazzo, quando mio fratello mi chiamava Fellini, è scaturita un'idea o un desiderio di esprimermi.

Quando poi ho cominciato a scrivere per il cinema, i due modi si sono subito affiancati, hanno convissuto nell'arco di un anno, di un mese, di una settimana, e spessissimo anche nell'arco di un giorno (la mattina scrivo il libro, il pomeriggio vado alla riunione o scrivo le scene per il film – o viceversa). La maggiore differenza sta nello scrivere da soli (letteratura) e insieme ad altri (cinema). Ma il punto di partenza, e quindi la capacità di convivenza, consiste nella diversità. Quando scrivo i miei libri scrivo di me – in quel modo in cui si può scrivere di sé, vero o falso che sia, ma senz'altro vero nelle verità essenziali che si vogliono raccontare. E quando scrivo cinema, scrivo una storia con dei personaggi, spesso inventati, spesso venuti fuori dalle ossessioni di qualcun altro, spesso (sempre piú spesso) da un libro. E quindi mi sembra di scrivere cose che derivano dal modo di esistere di *Otto e mezzo* se scrivo i miei libri, e cose che derivano dal mondo del *Gattopardo* se scrivo film. Cose mie e cose di altri. Cose vicine e cose lontane.

Ma se ha un senso scrivere sceneggiature, è perché sempre, entrando in una storia, trovo qualcosa che mi riguarda, ci metto dentro dinamiche e fatti che mi riguardano, e comunque quella storia e la mia vita cercano punti di contatto. Altrimenti il contributo che posso dare è minimo. Altrimenti il desiderio di continuare a fare il mestiere di sceneggiatore, mestiere che invece amo molto, si sarebbe spento. Per questo dico che quando scrivo sceneggiature mi sembra di aver a che fare con questa storia del *Gattopardo*, perché facendolo mi avvicino personalmente a quella storia o quella storia si avvicina a me. Mi riguarda, e se mi riguarda non può non avere la stessa energia e la stessa volontà di quando scrivo da solo. Finisce sempre che ognuno di quelli che stanno scrivendo una sceneggiatura, si sentono, facendola, come Visconti si sentiva girando *Il Gattopardo*: si rendono conto che lí dentro c'è qualcosa della loro vita, di ognuno di loro, e finisce per essere un'autobiografia condivisa. Fino a sentire, sempre, un senso di appartenenza. E questo senso di appartenenza, negli anni, si confonde poi con il resto delle esperienze di quel periodo, i fatti accaduti durante le riunioni, i rapporti personali con il regista, gli altri sceneggiatori e in seguito (piú da lontano) con le altre persone che entrano nel film o nella serie tv. Cosí, a ripensarci, non si tratta mai semplicemente di quel film o quella serie, ma di tutto quel periodo, quelle case, quei ricordi, quelle risate, quelle tensioni, quei momenti in cui scrivevi scene su scene, e altri in cui sei entrato in crisi; i momenti vissuti al di fuori di quell'esperienza nello stesso periodo, quando stavo male, quando stavo bene, quando è morta mia mamma, quando è nato mio figlio, quando ho fatto l'incidente, quando c'è stata quella serata.

E quindi quel film non è piú solo quel film ma è quel periodo. E se mi capita di vederne un pezzo in tv mi passa davanti la vita vissuta in quel periodo.

E cosí riconosco un'appartenenza a una storia che in partenza non era autobiografica; oppure, quando sono piú fortunato, e succede spesso, in quella storia che non dovrebbe appartenermi trovo molte cose che mi appartengono, e cosí si avvicina a me.

Ecco, è come se i miei libri avessero l'autobiografismo diretto di *Otto e mezzo*, e i film avessero l'autobiografismo indiretto del *Gattopardo*.

Questo libro, infine, assomiglia a quelle sceneggiature piú che agli altri miei libri: racconta la storia di altri, in un altro periodo storico. Ma già prima di cominciare a scriverlo, e poi soprattutto scrivendolo, mi sono diventati sempre piú chiari i motivi per cui questo libro mi riguardava, e quindi, pur essendo molto diverso dagli altri miei libri, lo sento autobiografico quanto gli altri. E se è cosí, è perché questo libro ha fatto lo stesso cammino del *Gattopardo*, partendo da lontano ma con delle motivazioni molto personali che poi pian piano si sono rivelate.

E alla fine ho la sensazione che sto scrivendo un altro libro personale, che però ha fatto un giro piú lungo.

Otto e mezzo esce per primo, a febbraio. Per questo motivo *Il Gattopardo* slitta un po' in avanti. La sfida al botteghino ci sarà comunque (erano tempi in cui i film restavano nelle sale mesi, e poi passavano a una seconda visione, e poi a una terza), ma si prova a tenerli il piú possibile separati. Sono i due eventi della stagione, e non deluderanno le attese.

L'anteprima di *Otto e mezzo* è al cinema Fiamma il 13 febbraio 1963, e il film uscirà il giorno dopo. È lo stesso cinema dove venne presentato *La dolce vita*. Ci sono tutti gli attori, e in piú amici come la Magnani, Gassman, Tognazzi, Pontecorvo, Blasetti. Restano tutti ammirati e anche sconcertati dalla grandezza e dalla unicità del film, soprattutto dalla confessione in pubblico che Fellini era stato capace di fare.

Intanto, con in prima linea il dirigente Antonello Trombadori, che è amico di Visconti e gli fa una lunga intervista, il Pci decide di ignorare la virata intimista che il regista ha dato al *Gattopardo*, e di sottolineare gli aspetti di cambiamento; decide quindi di appoggiarlo. Il partito non può certo permettersi di prendere le distanze una seconda volta, tanto piú che il film oggettivamente sembra destinato al successo. Togliatti, in una visione privata, sostiene Visconti e lo esorta a non ascoltare chi gli chiede di accorciare la lunghissima scena del ballo.

Il 27 marzo 1963 al cinema Barberini a Roma c'è la serata di premiazione dei Nastri d'argento, e c'è la possibilità di proiettare *Il Gattopardo* in anteprima in quella occasione. Si stava cercando di organizzare una serata di gala a Palermo, ma è una bella opportunità e Lombardo accetta.

Riflettori posizionati davanti alla fontana illuminano l'ingresso del cinema. Tra i presenti c'è anche Giorgio Bassani, e ci sono Guido Alberti e Barbara Steele, due degli interpreti di *Otto e mezzo* – oltre alla Cardinale, raggiante. Lancaster, che aveva assicurato con entusiasmo la sua presenza, è rimasto negli Stati Uniti a causa di un'epatite virale. Manca anche Delon, nessuno sa dire perché. Prima c'è la premiazione dei Nastri, e la Titanus vince il miglior film con *Le quattro giornate di Napoli* di Nanni Loy (ex aequo con *Salvatore Giuliano* di Rosi), e in piú Lombardo viene premiato come produttore. Lancaster chiama Visconti per dirgli in bocca al lupo, le luci si spengono e inizia la proiezione. Dieci volte partono applausi dalla sala, e sui titoli di coda il pubblico è tutto in piedi per un'ovazione che le cronache dicono indimenticabile. Nel pomeriggio il film era stato già proiettato per i critici, in modo che potessero scrivere le recensioni in tempo per l'uscita nelle sale, due giorni dopo. I giudizi sono in grande maggioranza i seguenti: un capolavoro che passerà alla storia; qualcuno dirà che il film è piú bello del romanzo. E praticamente tutti sono d'accordo sulla meravigliosa interpretazione di Burt Lancaster.

I due film incassano subito molto bene. *Il Gattopardo* farà il miglior incasso dell'anno, e nel primo weekend guadagna il doppio di *Rocco e i suoi fratelli*, e il triplo di *Otto e mezzo*. Finirà intorno al miliardo di lire nel solo periodo della prima visione. *Otto e mezzo* non può certo emulare gli incassi favolosi della *Dolce vita*, ma alla fine è il terzo film italiano piú visto della stagione, preceduto solo dal successo del *Sorpasso*. Al quarto posto ci sarà il *Mafioso*, il film con Sordi girato in Sicilia nello stesso periodo del *Gattopardo*.

Considerando il film personalissimo che è, *Otto e mezzo* sorprende tutti. Mentre *Il Gattopardo* supera qualsiasi previsione.

A maggio i due film sono a Cannes. *Otto e mezzo* viene presentato fuori concorso, come film di chiusura; *Il Gattopardo* è in concorso, e per l'accoglienza che ha avuto in Italia, e l'entusiasmo che suscita sia alla proiezione per la critica sia a quella per il pubblico, si impone subito come il favorito. Visconti ormai è abituato alla delusione, e infatti quando vincerà il suo commento sarà: «Non sono arrivato secondo».

La foto che tutti ricordano di Cannes è quella di Visconti, Lancaster e Cardinale con un ghepardo al guinzaglio. È un'idea improvvisata di Lucherini che è venuto a sapere di un circo nelle vicinanze. Affitta il ghepardo (la cosa piú vicina al gattopardo...) e lo fa sedare, in modo che sia tramortito quando la Cardinale lo mostra a passeggio sulla Croisette. Prima del festival, Visconti è tornato in moviola, e ha eliminato una decina di minuti di pellicola (tra cui la scena che non piaceva a Sciascia). A Cannes in giuria c'è Gian Luigi Rondi, che nella sua recensione non entusiasta sul Tempo aveva suggerito qualche taglio. In ogni caso, Rondi è deciso a difendere il film con gli altri giurati, solo che quando lo propone come Palma d'oro la risposta è un sí unanime, e quindi la questione è risolta in un attimo.

Anche la proiezione di *Otto e mezzo* in chiusura è un trionfo. E nel palmarès entra un altro film italiano, *L'ape regina*, con il premio come miglior attrice a Marina Vlady.

Otto e mezzo esce in tutto il mondo ed è un successo ovunque, e negli Stati Uniti fa incassi da record per un film straniero proiettato in poche sale. *Il Gattopardo* invece proprio negli Stati Uniti è vittima di una brutta storia: gli americani non hanno fiducia nella grande opera decadente e letteraria, inventano un manifesto con Burt Lancaster che sembra protagonista di un western, mettono mano al montaggio del film tanto che Visconti se ne vergognerà. Il vero riscatto avverrà dopo tanti anni, con il restauro e la versione che incanterà finalmente anche il pubblico americano.

Ai Nastri d'argento *Otto e mezzo* trionfa con sette premi, *Il Gattopardo* tre. Anche alla Grolla d'oro Fellini batte Visconti come miglior regista.

Poi arriva il Festival di Mosca, dove *Otto e mezzo* è in concorso (*Il Gattopardo* fuori concorso), ma c'è il timore fondato che un film del genere non possa essere apprezzato in un Paese comunista. La proiezione al contrario è sorprendente, settemila persone al palazzo dei Congressi che alla fine del film si lanciano verso il palco per testimoniare il loro entusiasmo. E cosí, ecco un problema per i russi: si può premiare un film come *Otto e mezzo*? Chukrai, il regista russo presidente della giuria, cerca una soluzione: diamogli un premio speciale ed escludiamolo dal premio per il miglior film. In giuria però ci sono giurati stranieri, e tra loro c'è anche un italiano: Sergio Amidei – il grande sceneggiatore a cui è stato intitolato il premio di cui ho raccontato a proposito di Giovanna Ralli ed Ettore Scola. Ha scritto i piú importanti film del neorealismo, ha scritto con Fellini i film di Rossellini, ha avuto un rapporto sempre difficile con quel giovane molto diverso da lui, e quando aveva saputo del suo esordio alla regia era stato molto molto scettico. Poi vide *Lo sceicco bianco* e capí. Ma sentiva di essere in debito con Fellini per averlo sottovalutato, e questa gli sembrò l'occasione per sdebitarsi, ritenendo *Otto e mezzo* un capolavoro. Cosí, quando Chukrai propone il riconoscimento speciale, si alza ed esorta gli altri giurati a fare come lui: ad abbandonare la riunione; lo seguono in sei, tra i quali ci sono l'americano Stanley Kramer, il francese Jean Marais e l'indiano Satyajit Ray. Si ribellano all'idea che il film, ritenuto da tutti il migliore, non venga premiato per ragioni politiche, anzi per ragioni di contenuto: un'opera profondamente umana e individuale. Cosí, richiamati dentro i giurati ribelli, *Otto e mezzo* viene votato miglior film all'unanimità. Amidei va in albergo da Federico e Giulietta, in attesa, e si abbracciano commossi.

E poi arriva anche il terzo Oscar, per Fellini. A Santa Monica, nell'aprile 1964. Presenta Jack Lemmon. Quando Julie Andrews annuncia il vincitore del miglior film in lingua straniera, c'è un'ovazione che riconosce a Fellini la grandezza del suo capolavoro; lui dice di essere felice soprattutto per il fatto che sta per ricominciare a girare, e vincere un premio cosí prestigioso prima di cominciare una nuova avventura è la cosa migliore che possa capitare. Il film che sta per girare è *Giulietta degli spiriti*.

Ma *Otto e mezzo* di Oscar ne vince due. E qui di nuovo i destini dei due autori si incrociano, anche se solo parzialmente. Perché sono candidati per i costumi sia Piero Gherardi per *Otto e mezzo*, sia Piero Tosi per *Il Gattopardo*. I costumi del *Gattopardo* sono leggendari, sono tra gli oggetti cinematografici passati alla storia; ma bisogna ricordare che le due candidature sono in sezioni diverse e parallele: allora i costumi avevano due differenti statuette, una per i film in bianco e nero e una per i film a colori. *Otto e mezzo* vince un Oscar prestigioso perché batte tutti i film americani; e la sconfitta di Tosi nella sezione a colori è un po' imperdonabile, ma allora i film in costume proliferavano e la vittoria andò a *Cleopatra*.

Al ritorno dagli Stati Uniti, dopo essere stato con tutto il gruppo a Disneyland e aver incontrato anche Walt Disney, Fellini riceve di nuovo l'Oscar con una cerimonia ufficiale a casa Rizzoli, che offre un ricevimento con molti ospiti. A riconsegnare la statuetta a Fellini è il presidente del Consiglio Aldo Moro.

Alla fine, in vari modi, e sempre con un piccolo vantaggio da parte di Fellini su Visconti, quell'anno trionfarono entrambi, festival dopo festival, e si incrociarono spesso. I fotografi approfittavano di queste occasioni perché sapevano che i due non si parlavano, e quindi ogni movimento era tenuto sotto controllo alla ricerca del minimo segnale di riconciliazione, ma era una causa persa.

Bisogna dire, a questo punto, che *Il Gattopardo* e *Otto e mezzo*, insieme, rappresentano ancora altro, al di là di sé stessi. La potenza di questo momento, il fatto che due autori cosí importanti abbiano fatto due film cosí grandiosi contemporaneamente, e che prima che cominciassero a girarli fossero cosí attesi e pieni di pettegolezzi, e che durante le riprese ci sia stata un'aura cosí mitica intorno, e che quando sono usciti abbiano avuto un effetto devastante, potente, anche pieno di ambigue critiche e scetticismi – ecco, bisogna dire che questi due film rappresentano non so se il punto piú alto, ma di sicuro il punto di arrivo di venti anni di grande potenza del cinema italiano nel mondo; e quindi rappresentano anche, allo stesso tempo, il momento in cui questa lunga età d'oro del cinema italiano finisce.

Dal '43 al '63, in pratica, il cinema italiano è stato al centro del mondo. Ha inventato e fondato il neorealismo, ne ha fatto una scuola per tutti, poi ha dato vita a una nuova generazione di autori che arrivano, tra gli anni Cinquanta e l'inizio dei Sessanta, a esplodere anch'essi in tutto il mondo: sono soprattutto Fellini, Visconti e Antonioni; ma seguiti da molti altri; proprio quest'anno, inoltre, sta nascendo con il *Sorpasso* una nuova strada, che avanzerà in sintonia con la crisi del cinema italiano, sia dal punto di vista economico che della centralità nel mondo.

Questa potenza e questa specie di ultima esplosione, si manifesta soprattutto nei riconoscimenti ottenuti nei vari festival internazionali. Tra il 1962 e il 1963 i film italiani vincono tutto: *Il Gattopardo* vince la Palma d'oro a Cannes, *Le mani sulla città* di Rosi vince il Leone d'oro a Venezia, *Il diavolo* di Polidoro vince l'Orso d'oro a Berlino, *Otto e mezzo* vince il premio per il miglior film al Festival di Mosca ed è un evento straordinario proprio perché accade nel mondo al di là della cortina di ferro. Viene premiato anche *Il sorpasso* a Mar Del Plata e il *Mafioso* al Festival di San Sebastián, senza dimenticare la Vela d'argento a Locarno per l'esordio di Lina Wertmüller con *I basilischi* (e la Wertmüller è stata, fino a poche settimane prima di girare, sul set di *Otto e mezzo*) e poi tutto questo finisce, si allunga al '64 con l'Oscar a Fellini e si può dire che si allunga ancora fino al 1965 con l'Oscar al miglior film in lingua straniera a *Ieri, oggi, domani* di Vittorio De Sica, ma anche questo è un film del 1963 (proprio come accadde a *La strada* che fu premiato due anni dopo).

Di spiegazioni sul perché il cinema entra in crisi ce ne sono tante, e in fondo ancora oggi se ne parla, e restano molte, anche se diverse. La piú importante riguarda l'esplosione della televisione, e quindi la perdita di attrattiva dei cinema rispetto a un concorrente pieno di novità e di comodità. Poi è cominciata la recessione, e questo, dopo gli anni del boom economico, colpisce tutte le industrie, non esclusa quella cinematografica. In un solo anno le produzioni si dimezzano, e poi, anno dopo anno, c'è un sensibile assottigliamento degli spettatori. In dieci anni, a partire dal '63, si calcola che si vendano duecento milioni di biglietti in meno. Ma faccio un esempio ancora piú concreto: nel 1962, l'Italia ha il primato europeo di spettatori con 728 milioni; la Germania ne ha 420, l'Inghilterra 380 e la Francia 290; in quell'anno, otto dei dieci film piú visti in Italia sono italiani. L'anno successivo e poi nel 1964 comincia il calo – in coincidenza con la perdita di capacità di penetrazione internazionale del prestigio cinematografico italiano: il chiaro segno del punto di decadenza; e poi un crollo non improvviso, ma costante.

Questo apice e questo inizio della decadenza è rappresentato da due film che sono il punto piú alto del momento d'oro ma anche, essendo il punto piú alto, il primo passo verso la decadenza; ma la cosa piú interessante è che sia *Otto e mezzo*, sia *Il Gattopardo* sono dei film decadenti che hanno al centro dei personaggi decadenti, che si pongono il problema della fine di un'era. Nel *Gattopardo* si tratta della fine di un'epoca storica. In *Otto e mezzo* c'è la fine della giovinezza (o la paura della fine della potenza) per un individuo e soprattutto per un artista.

Uno non ha piú niente da dare al mondo, l'altro non ha piú niente da dire al mondo.

Questo raccontano i due film che segnano la fine dell'età d'oro del cinema italiano e l'inizio della sua decadenza. Allo stesso tempo, rappresentano la risposta piú concreta all'inizio della crisi e alla concorrenza della tv: lo sfarzo della messinscena del *Gattopardo*, la grandiosità della messinscena libera e autoriale di *Otto e mezzo*. Sono due risposte produttive molto concrete, che infatti danno risultati sia di prestigio sia commerciale. Ma quella potenza produttiva non si vedrà piú; già *Il sorpasso*, loro contemporaneo, sceglie costi piú abbordabili con risultati ottimi.

Da ora in poi, il cinema italiano non si permetterà piú facilmente film spettacolari; né Visconti e Fellini riusciranno a ottenere produzioni del genere senza lotta e sacrificio, e comunque non a questo livello. In piú, a suggellare la veridicità di questo ragionamento, la doppietta *Sodoma e Gomorra* e *Il Gattopardo*, cosí onerosi, distrugge la Titanus, che per riprendersi dovrà affidarsi a musicarelli e film con Franco Franchi e Ciccio Ingrassia.

È la fine di un'epoca d'oro del cinema italiano. È la fine di un'epoca per don Fabrizio e la sua classe aristocratica. È la fine di un'epoca per Guido e la sua creatività senza freni. *Il Gattopardo* in particolare rappresenta la reazione del cinema al cambiamento che sta per avvenire: con il grande schermo, il colore, le grandi scenografie, è il kolossal italiano che si contrappone al decadimento del cinema. Lombardo ne parlerà cosí: «Il film è piú di *Via col vento*, è una cosa enorme. È favoloso. È difficilissimo per un film che tutti gli elementi siano contemporaneamente efficienti allo stesso modo. Io credo che *Il Gattopardo* segnerà un'epoca nel cinema italiano. Per me come produttore penso che nella mia vita di produttore mi basterà di avere fatto *Il Gattopardo*».

I due film insieme sono le grandi opere finali di un cinema che non esisterà piú, e sono realizzate da due registi in contrapposizione per dieci anni, che hanno non solo interpretato la loro arte in modo diverso, ma hanno evitato di parlarsi e di incontrarsi.

La loro lontananza è appunto cominciata in maniera feroce con *La strada* e *Senso*; Luchino ha sempre dato pareri sferzanti sui film di Fellini – e viceversa. Per esempio si racconta che all'uscita della *Dolce vita*, Luchino commentò: quelli sono i nobili visti dal mio cameriere. E che Fellini avrebbe detto che Visconti faceva film da frocio.

Soprattutto, c'è questo aneddoto che mi ha raccontato Lucherini: una volta che era in macchina con Visconti a piazza del Popolo si sono fermati davanti a Canova e c'era Fellini che ha girato la testa e li ha visti; e Visconti ha detto subito: chiudi il finestrino perché ho paura che Fellini sputi dentro la macchina.

Questo aneddoto è entrato un po' nel mito, tanto che alle volte è stato raccontato al contrario, con Federico in macchina che dice che Visconti potrebbe sputargli. In ogni caso io ho avuto una testimonianza diretta: Lucherini nelle nostre chiacchierate è stato molto divertente e pettegolo, mi ha anche raccontato della sua relazione con Luchino quando si sono conosciuti, e della sua gelosia per un attore italiano che ha partecipato anche al *Gattopardo* (mi ha dato tutti gli indizi per riconoscerlo): per scoprire se davvero avesse una storia con Visconti, aveva messo dei gommini che si attaccavano alle ruote all'ingresso della villa di Luchino, e cosí quando vide arrivare la mattina dopo la macchina con i gommini scoprí che quell'attore aveva passato la notte lí.

La distanza della memoria, la sostanza delle opere, la vita che hanno vissuto in quegli anni, i pettegolezzi e i dolori, i segreti e la vita pubblica, tutto contribuisce a creare il mito di quel tempo, di ognuno dei due e della loro rivalità. E come raccontano queste due opere, una in modo esplicito e l'altra in modo implicito, la combinazione di tutti questi fattori contribuisce al loro concepimento e alla loro realizzazione.

«Lunedí scorso io e Fellini abbiamo deciso di fare un volo in elicottero. Siamo andati all'aeroporto e abbiamo fatto un giro di due ore, arrivando a Fregene e volando – come in sogno – sulla spiaggia deserta e poi sulle bagnanti felici. Ci siamo fermati a picco su bellissime ragazze, ed è stata veramente una giornata stupenda». Questo scrive Flaiano in una lettera a Suso nell'agosto del 1961. È in una pausa di lavoro, e spera che questo progetto con Fellini e gli altri si riesca a chiuderlo per settembre. È probabile che stiano lavorando a *Otto e mezzo*. Ed è evidente la complicità, l'amicizia, la capacità di divertirsi insieme che hanno i due. *Otto e mezzo*, scritto insieme agli altri sceneggiatori, nel soggetto porta la firma di Fellini e Flaiano.

La fine della lunga età d'oro e il punto in cui comincia la decadenza del cinema italiano sono probabilmente sintetizzati in maniera esemplare da un divorzio avvenuto quando Fellini e il suo gruppo di lavoro volano negli Stati Uniti per andare alla cerimonia degli Oscar.

Il volo è offerto dal produttore Angelo Rizzoli per alcuni attori, alcune persone importanti del film, e qualche amico. In prima classe ci sono Fellini, Giulietta, Sandra Milo, Guido Alberti; e invece nella classe turistica viene messo, insieme ad altri, Ennio Flaiano.

Questo è stato considerato, storicamente, il momento in cui Flaiano e Fellini litigano; quel malaugurato posto in seconda classe è sempre stato il motivo evidente per cui i due hanno litigato e, in realtà, quel fatto è stato senz'altro importante. Ma come succede sempre tra due persone che si amano, o che sono amiche, che stanno insieme o che lavorano insieme, gli eventi hanno un'evoluzione, e poi casomai arrivano alla crisi; c'è una tensione che poi scoppia per un motivo. E qui il motivo finale è stata l'umiliazione che ha sentito Flaiano. È chiaro che il motivo non si può sottovalutare perché Flaiano riteneva di essere stato importante per questo film, riteneva di essere un autore del film, e grande amico di Fellini; ed essere relegato in seconda classe gli parve un'offesa e soprattutto un atto di disinteresse da parte di Fellini, che lo ferí molto.

Ma bisogna andare un po' indietro, all'inizio. C'è un racconto di Fellini che descrive molto bene due personalità simili e divertite di sé stesse.

Fellini dice che fin dai primi tempi in cui era a Roma a lavorare al Marco Aurelio, sullo stesso pianerottolo o addirittura nello stesso appartamento c'era un giornale importante: l'Omnibus di Longanesi e De Benedetti. Lí si incontrava anche Pannunzio, e c'era un personaggio che salutava con simpatia strizzando l'occhio, dice Fellini, comunicando in pratica: io sto con voi. Quello era Flaiano. Perché il Marco Aurelio e l'Omnibus erano concorrenti e nemici, e i collaboratori dei due giornali si guardavano con ostilità. Fellini racconta che una volta Flaiano era entrato in redazione – lui stava scrivendo e disegnando. Senza dire nulla, si era messo a guardare delle vignette, e a quel punto Fellini si era presentato dicendo che lo ammirava tantissimo – e però confessa che non era proprio vero, che a stento sapeva chi fosse. Flaiano aveva risposto che lo ammirava moltissimo anche lui, e anche per lui non era vero – nel senso che si conoscevano poco e se ne fregavano l'uno dell'altro. Ma c'era in entrambi l'istinto caratteriale di compiacere l'interlocutore. Ecco, Fellini sostiene che si sono riconosciuti su questa caratteristica in comune, la volontà di compiacere chiunque.

Piú tardi, Flaiano scriverà a Kezich: «Il terreno d'incontro tra me e Fellini è forse la tolleranza verso le azioni degli uomini».

Nella stessa lettera, Flaiano dirà anche: «Nel mondo poetico felliniano, non mi ritaglio nessuna fetta. Un film non è un picnic, finito il quale ognuno riporta a casa i suoi cesti vuoti e gli avanzi. Aggiungo che il mio difetto è la generosità, o la diffidenza verso ciò che m'appartiene. In Fellini ammiro la capacità di scegliere il suo materiale, e di saperlo prendere, se occorre, dove lo trova. Anche il furto, in certi casi è un tentativo di mettere ordine nel caos».

Ed ecco qui che il rapporto complicato viene fuori con chiarezza.

Fellini quando ha un'idea ne parla subito con Flaiano. Anche con Pinelli, in seguito, ma il suo interlocutore nella genesi di un film è sempre Ennio. È con lui che fa lunghi giri in macchina a chiacchierare. È un rapporto diverso rispetto a quello che ha con gli altri, non è un rapporto di lavoro, ma di amicizia che ingloba il lavoro: i due si vedono e passano del tempo insieme anche quando non hanno nulla da fare. Fellini nel Natale del '57 scrive a Flaiano una lettera contornata da disegnini natalizi e una caricatura dell'amico con il suo sigaro tra le labbra, vestito da Babbo Natale e con il sacco in spalla. Gli dice: «Molte volte mi vien voglia di scriverti per dirti che sei proprio tu il mio compagno di viaggio e che spero di trovarti vicino dopo morto all'inferno. Bene; ti auguro un anno sereno senza amarezze e spero che mi si chiariscano un po' le idee e che si possa presto lavorare di nuovo insieme».

E infatti poi, quando nasce l'idea di un film, Fellini la accenna a Flaiano e da loro due insieme l'idea prende corpo – e qui c'è il cuore di tutto ciò che produrranno insieme, e anche il germe del perché il rapporto finirà.

Due provinciali arrivati a Roma, che insieme hanno raccontato sia la provincia, sia Roma, sia i rovelli esistenziali di un essere umano.

Flaiano, nei confronti di Fellini, aveva un doppio atteggiamento. Da una parte, amava mostrarsi distaccato dal cinema e dal suo lavoro di sceneggiatore: «L'autore del film "diventa" il regista. Io mi riconosco tanto poco autore dei film a cui partecipo come sceneggiatore che mi diverto e sorprendo moltissimo quando li proiettano» – riconoscendo quindi a Fellini il ruolo guida e l'autorialità dell'opera finita. Ma poi era permaloso se non veniva riconosciuto il suo ruolo decisivo (è questo il motivo per cui si offende di stare in seconda classe sul volo verso gli Oscar, perché Fellini non ha fatto comprendere al produttore l'importanza del suo ruolo). E soprattutto dice e dirà che Fellini è come un tubo aspiratore: gli ha succhiato via tutto.

Negli anni, i «furti» di Federico, veri o presunti e comunque raccontati, si sono moltiplicati. Per quanto riguarda *Otto e mezzo*, per esempio, le scene del collegio dei gesuiti non appartengono alla memoria di Fellini, che non è mai stato in collegio ma nella scuola pubblica (e *Amarcord* lo racconta), bensí alla memoria di Flaiano, che invece c'è stato eccome: a Fano. Per esempio, «vitelloni», che fa pensare subito sia una parola romagnola, pare invece sia pescarese: lí si è sempre usato *vitellò* come appellativo per gli scansafatiche. Perfino «paparazzo» sarebbe un'invenzione pescarese usata per i molluschi.

Ma c'è un furto di Fellini, acclarato e postumo a Flaiano, che fa davvero impressione, ma che è allo stesso tempo una dichiarazione d'amore definitiva e tardiva. Nel 1987 esce *Intervista*. E c'è una scena molto famosa, dei due imbianchini nel teatro 5 di Cinecittà che stanno dipingendo un grande cielo azzurro.

PRIMO IMBIANCHINO Ahò? 'A Ce'?
SECONDO IMBIANCHINO Che vôi?
PRIMO IMBIANCHINO Vattela a pija' nder culo!
E poi, dopo un po'.
PRIMO IMBIANCHINO 'A Ce', no, stavo a pensà na cosa.
SECONDO IMBIANCHINO Che cosa?
PRIMO IMBIANCHINO Perché non te la vai a pija' nder culo?

(E poi c'è ancora un terzo dialogo, stavolta fuori campo).

Questa scena è tra le piú felliniane che esistano. Eppure, quindici anni prima, Flaiano l'aveva scritta identica in *La conversazione continuamente interrotta*, la sua ultima opera teatrale. Nel Quadro Sesto il Poeta appare solo in scena mentre sta scrivendo una lettera. Si tratta di un lungo monologo, inframmezzato dai dialoghi fra «il primo imbianchino» e il «secondo imbianchino» che interrompono l'azione con le seguenti battute:

PRIMO IMBIANCHINO Cesare!
Una lunga pausa.
SECONDO IMBIANCHINO Che vôi?
PRIMO IMBIANCHINO Vattela a pija' nder culo!

Lo stesso dialogo fra gli imbianchini ritorna tre volte.

Tutta questa letteratura su Flaiano e Fellini esiste a causa di quel litigio, esiste perché insieme hanno concepito film entrati nella storia del cinema. Flaiano aveva anche detto: se ho il raffreddore, è colpa di Fellini. Una volta un amico andò a trovarlo appena dopo che era andato via Fellini, e lui era tutto incazzato e disse: mi ha trattato come fossi una bottiglia di coca cola, lui tira dalla cannuccia e aspira. In realtà, i loro amici dicevano che Fellini, quando andava a casa di Flaiano, entrava nel suo studio, gli apriva tutti i cassettini e si prendeva quei foglietti su cui Flaiano usava annotare appunti. Casomai lo faceva quando Flaiano andava a preparare il caffè o andava in bagno.

Ora: è legittimo che un regista aspiri come un tubo e succhi tutto da uno sceneggiatore? (trattandolo come una bottiglia di coca cola da bere aspirando con la cannuccia?) Rispondo da sceneggiatore, e dico sí. Sia il regista ne ha diritto, sia lo sceneggiatore non deve risparmiarsi, e non deve risparmiarsi nemmeno quando è uno scrittore, e sente – come Flaiano ha piú volte detto – che quell'aspirare toglie forza e narrazione ai possibili romanzi. Se si conosce la vita di Flaiano, il suo carattere, la sua disposizione alla costruzione letteraria – eccetto il primo libro, opera a parte rispetto a tutte le altre – si capisce che non è stato certo Fellini a impedirgli di esprimersi in altro modo da come si è espresso; e non è stato certo non aver scritto romanzi ponderosi che ha impedito a Flaiano di diventare lo scrittore grandioso che conosciamo; e non sono stati certo i litigi, le gelosie e la competizione a impedire alla coppia di firmare i piú bei film di Fellini.

Tutto quello che racconto, è in sintonia con la loro propensione alla condiscendenza e con un'accettazione della vita che è bene non trascurare, perché riguarda quello che hanno realizzato piú di quanto si possa immaginare.

La maggior parte delle incomprensioni riguardano i caratteri e la vita e gli atteggiamenti e le conseguenze del lavoro, non il lavoro – non quel tempo creativo in cui si scriveva il film. Per esempio, già nel 1955 Flaiano scrive una lettera arrabbiata a Federico che conclude a suo dire i loro rapporti:

«Caro Fellini, hai sbagliato a non avvisare me e Pinelli della tua conferenza-stampa sul *Bidone*. Hai voluto essere il solo responsabile di una storia che non è ancora un film, ma soltanto una sceneggiatura, trascurando che questa sceneggiatura è stata fatta anche da me e da Pinelli; che l'abbiamo inventata pezzo per pezzo in cinque mesi di lavoro; che ci siamo fraternamente preoccupati perché tu non abbandonassi l'idea del film. Tutto dimenticato? Bene. Già in altre occasioni, sempre alla fine del lavoro comune, il tuo contegno è stato poco leale nei nostri confronti. L'altr'anno, sul Mondo, che per mio interessamento si occupa di te, tu racconti la storiella del poeta che adopera carta e inchiostro; quest'anno il riassunto del film è su molti giornali senza mai un accenno agli autori. Il tuo sistema di propaganda non ci riguarderebbe se non ci rattristasse. Ti dico anche che aver agito cosí con me e con Pinelli, ben sapendo quello che devi a me e a Pinelli, non è da furbi. Potrei scusarti con la tua vanità, ma se penso che tra noi c'erano dei legami di lavoro e di amicizia, non trovo piú scuse. Siamo in pieno Rossellini, ma senza grandezza. A questo punto, caro Fellini, devo onestamente dirti: continua pure, ma non contare piú su di me».

E poi evidentemente tutto si risolve. Fellini aveva l'abitudine di mettere da parte non solo la sceneggiatura ma anche gli sceneggiatori quando entrava in scena come regista; e aveva degli atteggiamenti arroganti, anche con un amico come Flaiano. Il quale racconta che una volta Fellini l'aveva chiamato per dargli appuntamento il giorno dopo, alle cinque del pomeriggio da Canova. Alle sei Flaiano è lí che aspetta e Fellini non si vede. Cosí chiama in ufficio e la segretaria gli dice che Federico è in volo per gli Stati Uniti. Quando si rivedono e Flaiano lo rimprovera, la risposta di Fellini è incredibile: se per qualche motivo non fossi piú partito, volevo essere sicuro che c'era un amico che mi aspettava al bar Canova, era una cosa che mi tranquillizzava.

Non so se sia vero quello che Fellini poi disse di Flaiano in un documentario sullo scrittore, e anche se fosse stato vero rimane comunque una testimonianza ingrata: «Il cinematografo, come credo qualunque altra forma di attività, esige un amore totale, insomma non si può stare nel cinema a metà, il cinematografo è una dimensione che ti assorbe completamente, devi proprio farne parte, esserne cittadino ventiquattro ore su ventiquattro, completamente, amarlo in tutti i suoi aspetti di volgarità, di cialtroneria, di avventurismo. Stare nel cinema portando un tipo di collaborazione cosí selettiva, mi sembra che generi una forma di infelicità che tu compensi con una forma di diffidenza».

Non so se sia vero, e può darsi che potesse avere ragione, a giudicare da qualche dichiarazione dello stesso Flaiano; ma di sicuro Fellini ha ragione su come si fa cinema, sul farsi contagiare e immergere – anche da parte di uno scrittore colto e autonomo e molto considerato (nonostante la produzione letteraria non abbondante). Di sicuro questa frase racconta bene del rapporto tra uno scrittore e un regista, e un'idea di cinema. Se applicabile a Flaiano, non lo so: di sicuro sono chiacchiere, rispetto alla filmografia realizzata insieme (e anche con altri).

Ma non era solo Flaiano ad avercela con Fellini, durante gli anni del lavoro insieme; anche Fellini rimproverava il suo amico di mostrare scetticismo verso le sue idee. Era sempre frenante, diceva, e lo aveva soprannominato il cinghialotto proprio per sottolineare il carattere difficile. Ce l'aveva con lui in particolar modo perché nei momenti piú difficili delle discussioni sulla sceneggiatura della *Dolce vita* si era messo dalla parte del produttore e non dalla parte sua. E sosteneva anche che per farlo scrivere bisognava faticare, e questo forse poteva essere vero, lo dice anche Suso Cecchi d'Amico; ma non era quello il suo talento nel cinema, bensí inondare di idee una riunione o una gita al mare in macchina con Federico.

Insomma, poi dopo *Otto e mezzo* scrivono la sceneggiatura di *Giulietta degli spiriti*, sempre insieme a Pinelli e Rondi. A qualche settimana dall'inizio delle riprese ci sono gli Oscar e c'è il famoso volo per Los Angeles con tappa intermedia a New York.

Il malumore di Flaiano è evidente. Qualcuno che dalla prima va in classe turistica per chiacchierare, riporta a Fellini l'irritazione di Flaiano. Fellini dice che i biglietti non li ha mica fatti lui. Tutti vogliono perorare la causa di Ennio, dicendo che Rizzoli è rozzo e disattento, ma Federico avrebbe dovuto far notare l'errore e spiegare che il coautore del film, oltre che scrittore importante, non poteva essere trattato come un impiegato qualsiasi della Cineriz.

Cosí, Fellini a un certo punto, probabilmente di malavoglia, si alza e va da Flaiano.

Ma che c'è, gli dice.

Come che c'è.

Eh, ma che te ne importa, lascia perdere!

A Flaiano, già molto incazzato, e impermalosito, quella frase liquidatoria non piace. Restano a chiacchierare ancora un po', poi Federico torna di là. Flaiano si chiude in un silenzio rabbioso.

In seguito, i due avranno versioni diverse di questa storia, come si può immaginare. Flaiano sostiene che Fellini è venuto in turistica con aria di sufficienza, a offrire noccioline che distribuivano in prima classe; Fellini sostiene che aveva avuto il sopravvento, quella volta, la permalosità di Flaiano, che ha voluto addossargli una colpa che era degli organizzatori del viaggio.

Però è successo qualcosa di irreparabile. Perché, arrivati a New York, Flaiano si dilegua. Nessuno lo trova piú, e quando giunge il momento di ripartire per Los Angeles, Flaiano non c'è.

Come in tutti i rapporti che sono lunghi, e quindi ormai difficili, ognuno dei due credeva di aver ragione. E Fellini probabilmente non volle rovinare quella che poi sarebbe stata una festa, con la questione tra lui e Flaiano.

Al ritorno da quel viaggio, Angelo Rizzoli scrive a Flaiano una lettera di scuse: si è trattato di un incidente causato dalla fretta e se ne assume la responsabilità, chiede a Flaiano di essere comprensivo. È dispiaciuto: «un invito, che voleva essere un cordiale riconoscimento e un atto di simpatica amicizia nei riguardi dei piú validi collaboratori di *Otto e mezzo*, non si trasformi in un punto nero nei nostri cordiali rapporti di collaborazione e stima». Suso racconta che quando Flaiano le raccontò l'accaduto, aveva ancora la voce tremante per la rabbia e lo sdegno. Lei provò a sdrammatizzare, ma non c'era verso: Flaiano riteneva chiuso il rapporto.

Piú tardi, Federico ed Ennio sono stati visti passeggiare insieme a Cinecittà durante le riprese di *Giulietta degli spiriti*. Ma Flaiano era torvo e distaccato. Ormai il rapporto era finito, Flaiano era stato chiamato a un dovere, e poi non si vide piú: aveva scritto fino a un certo punto la sceneggiatura di *Giulietta degli spiriti*, poi anche quella, come *Otto e mezzo*, diventerà sul set una cosa di proprietà di Fellini, per un film anche questo molto personale.

A questo punto, però, la separazione implicita diventa esplicita. Sergio Zavoli fa uno speciale per la Rai dal titolo *Un'ora (e 1/2) con il regista di «8 1/2»*. È lí che c'è quella risposta imbarazzata di Giulietta alla domanda su cosa ha provato vedendo il film. C'è anche un'intervista alla madre di Federico, che ancora in quel 1964 – dopo che Fellini è diventato Fellini – voleva che suo figlio facesse un altro mestiere, dice, e che sta sempre lontano da Rimini. Poi aggiunge: in un film ha detto che ha il rimorso di aver passato poco tempo con il padre, non vorrei poi dovesse fare un altro film per dire la stessa cosa anche di me.

Tra tutti gli ospiti di questa grande celebrazione di Fellini e del film, si nota molto evidente l'assenza di Flaiano.

Zavoli l'ha invitato, ha insistito, ma Flaiano ha risposto di non voler partecipare, in modo ostile. Tant'è vero che quello che sta per succedere verrà sospettato essere stato addirittura ispirato da lui. Perché sull'Espresso (ancora L'Espresso) del 24 maggio 1964, il critico televisivo Sergio Saviane sottolinea con una nota caustica l'assenza.

Ora devo riportare sia un brano dell'articolo, sia il conseguente scambio di lettere tra Flaiano e Fellini.

Saviane scrive: «L'obiettività, l'intelligenza di Zavoli nel porre le domande ha fatto però rimarcare di piú l'assenza di una persona che piú degli altri avrebbe potuto portare una testimonianza precisa sul carattere, le anomalie, l'estrosità del Fellini uomo e del Fellini regista: Ennio Flaiano. Si sa che lo scrittore, ripetutamente invitato dalla televisione a intervenire si è ripetutamente rifiutato. "Non voglio partecipare ad una festa preparata" s'è limitato a dire. E la festa questa volta non c'è stata. Ma l'assenza dell'autore di *Tempo di uccidere*, il vero ispiratore geniale di Fellini, non certo voluta da Zavoli, pregiudica la trasmissione. Perché a Fellini, pur riconoscendo i meriti che ha, non sarebbe mai stato possibile fare quei film che l'hanno reso celebre in tutto il mondo senza Flaiano. E non gli sarebbe stato possibile farli senza le lunghe passeggiate a lui tanto care, le notti rubate al sonno dopo telefonate improvvise, nelle ore piú inconsuete, dopo tante settimane, mesi, anni di lavoro in équipe per discutere un'idea, impostare il film, montare le sceneggiature. Oggi, per la prima volta, Fellini è rimasto solo, senza Flaiano, dietro la macchina da presa e a passeggiare di notte per le strade di Roma».

La presa di posizione di Saviane sembra esprimere un pensiero troppo vicino a Flaiano, per questo è sospettato di aver ispirato il pezzo, per il quale si offendono tutti, e giustamente anche Pinelli e Rondi, completamente esclusi dalla creazione del film. Ma Flaiano dei sospetti non se ne cura, e un po' di giorni dopo decide di scrivere a Federico.

7 giugno 1964

Caro Fellini, un po' in ritardo, come vedi, vengo a sapere dell'articolo di Saviane sull'Espresso e delle giuste proteste di Pinelli, nonché della divertente lettera di Rondi. Mi conosci abbastanza e se ti scrivo non è per dirti che io in questa faccenda non c'entro – questo tu lo sai benissimo – ma soltanto per assicurarti di averne colto il lato comico. Bene, avrei scritto io stesso al giornale, ma non ho saputo niente fino all'altra sera; e ora, francamente, non mi sembra il caso di riaprire la questione, Rondi ha messo tutto in chiaro. Per Pinelli è un altro discorso, mi dispiace sinceramente che abbia potuto credere la cosa ispirata da me, e gli scriverò.

Saviane ha detto soltanto una cosa giusta, che cioè la nostra collaborazione è finita. Se c'erano ancora dei dubbi, la lettera di Rondi li ha fugati per sempre. Mi ha divertito a leggerla, quasi quanto le 60 pagine che scrisse per *Giulietta degli spiriti*, quelle che abbiamo buttato via. Speriamo ora che durante la lavorazione del film faccia dei bei dialoghi. È in ballo il nostro nome.

Ciao, caro Fellini. Le amicizie frivole finiscono per una frivolezza. Tuttavia, come si dice in questi casi? Arrivederci e buona fortuna.

Ennio Flaiano

Roma 12 giugno 1964

Caro Flaiano, non ho mai avuto dubbi sulla frivolezza della tua amicizia, ma che vuoi farci, sei proprio fatto cosí e anche la lettera che mi hai scritto è frivola.

Comunque, per me andava tutto bene lo stesso. Finisce la collaborazione? Mi spiace. Mi sembrava che in fondo ti divertivi a lavorare con noi e non ti facevo poi fare brutta figura come spesso ti capita con altri registi.

Ennio caro, ti saluto e buona fortuna anche a te, frivolmente.

Federico

E cosí, finisce per sempre una collaborazione tra le piú straordinarie nella storia del cinema italiano.

Probabilmente, avevano la sensazione di aver dato tutto quello che potevano; o forse davvero, come sostiene anche Pinelli, Fellini era cambiato, e mentre all'inizio lavoravano alla sceneggiatura tutti alla pari, film dopo film Federico aveva cominciato a voler fare tutto da solo. Il culto della personalità, era questo che sentiva Flaiano, che perfidamente, nel film di Petri che ha poi sceneggiato, *La decima vittima* (del '65), ha fatto mettere una targa stradale dove era scritto: «Lungotevere Fellini». Forse in molti rapporti di lavoro (e non solo), dopo tanti anni c'è il bisogno di allontanarsi, perché il numero di incomprensioni sorpassa il numero delle complicità. Forse anche, ed è possibile, dopo essere arrivato a realizzare con Fellini due capolavori consecutivi come *La dolce vita* e *Otto e mezzo*, Flaiano si riteneva soddisfatto e poteva dare credito a quel sentimento che in ogni caso aveva covato, e cioè di aver perso troppo tempo con il cinema e potersi finalmente dedicare di piú alla letteratura. I motivi sono tanti.

Però c'è qualcosa che è indelebile, a questo punto. Che Fellini, senza Flaiano, non sarebbe stato Fellini. Che Flaiano, senza Fellini, non sarebbe stato Flaiano.

Ma c'è un altro motivo di questa separazione.

Il piú intimo, che forse non è l'unico, ma senz'altro è il motivo piú profondo.

Flaiano aveva avuto una figlia con sua moglie Rosetta: Luisa. Malata di encefalopatia, era, come si diceva allora, una bambina difficile. Rosetta la portò in Svizzera piú volte, e con lei si trasferí poi lí definitivamente. Ennio soffriva molto per questa figlia sfortunata che amava tantissimo. Questa situazione dolorosa lo aveva segnato con la malinconia perenne che lo caratterizzava.

Ecco, pare che Fellini fosse molto a disagio quando andava a casa di Flaiano – a Fregene per esempio. E non sapeva comportarsi. Rosetta, anni dopo, ormai lontana da quel tempo, ne ha parlato con durezza. Ha raccontato che Fellini (ma non soltanto lui) evitava Luisa, alcuni amici quando arrivavano a casa nemmeno la salutavano, ma giravano la faccia per evitare di guardarla. E soprattutto Federico aveva detto piú volte delle frasi che avevano ferito molto Ennio e Rosetta, ed Ennio non ha potuto mai perdonarglielo. Una sera, Fellini riaccompagnò a casa dopo cena la ragazza che si occupava di Luisa, molto devota alla famiglia Flaiano, e le disse una frase che pare avesse già pronunciato altre volte con amici comuni: «Ma perché non la rinchiudono?» (aveva anche detto, secondo ciò che riportano altri, frasi piú terribili). E la ragazza, la mattina dopo, raccontò tutto a Rosetta, la quale poi ha anche confessato che l'atteggiamento di Fellini e di altri fu un problema anche nel suo rapporto con il marito. E cosí, alla fine, Rosetta ed Ennio decisero di nascondere Luisa agli occhi degli altri, quando venivano a casa.

Tutto ciò determinò in Flaiano un dolore serio nei confronti del cinismo del suo amico, ma non ebbe mai il coraggio di confessarglielo. Che questo sia uno dei motivi, se non il motivo principale per cui quel giorno in aereo verso gli Stati Uniti Flaiano decise di chiudere il suo rapporto con Federico, è molto piú che plausibile.

Questo litigio conclude il periodo d'oro del cinema italiano, e una delle frasi caustiche di Flaiano può esserne l'epitaffio, anche se ingiusta, ma non completamente falsa: «Fellini non mi interessa piú perché va verso la sartoria. Visconti perché va verso l'arredamento».

Quando chiedo a qualcuno che non vede da molti anni i due film, cosa ricorda, le risposte sono quasi tutte simili. Del *Gattopardo* tutti ricordano il ballo, di *Otto e mezzo* tutti ricordano la scena dell'harem e/o la passerella finale.

La scena del ballo è il finale del *Gattopardo*, un finale lunghissimo, che dura un terzo del film. Dentro quella scena sono finite tante delle cose che si raccontano nel romanzo e tanto del senso del film.

Per quanto riguarda la passerella di *Otto e mezzo*, è uno dei finali piú belli e vitali che esistano nel cinema (a proposito della vitalità che ho raccontato); ma anche tra i piú contrastati: perché il finale del film era un altro.

I finali sono sempre decisivi, è chiaro. Ma in questi due film riguardano sia il tormento per concepirli e realizzarli, sia come sono stati realizzati, sia il valore e il significato che hanno.

Tutte e due le opere sono caratterizzate da un tempo fermo. Nel caso di *Otto e mezzo* è un tempo che coincide con l'intera durata del film perché Guido è alle terme, deve cominciare un film, tutti lo stanno aspettando. Sono tutti piantati nello stesso luogo e il tempo non passa perché il tempo è l'attesa che Guido decida qual è il film che vuole fare e intanto la sua testa vaga nel passato, nell'immaginazione e nei sogni, e il tempo rimane fermo. Nel *Gattopardo* il tempo si ferma con l'arrivo del ballo. Si arriva a casa Ponteleone, comincia il ballo e da lí in poi il film è fermo a quella sera e a quella notte. E questo tempo immobile in tutte e due le opere è una caratteristica decisamente viva e moderna che contrasta l'idea del tempo che corre nel cinema di chiunque altro.

Le riprese del ballo cominciano il primo agosto per proseguire ininterrottamente per trentasei giorni, anzi notti. Dalle due del pomeriggio cominciano le convocazioni per il trucco, quelle per le centinaia di figuranti e comparse che devono cominciare la vestizione e preparare i movimenti. Le comparse sono sia generici che arrivano da Cinecittà, sia nobili palermitani, reclutati con maestria, che hanno accettato per divertimento, ma anche per il desiderio di dare un tono di verità a un ricevimento aristocratico. Tra generici e nobili (amici della vedova di Tomasi, di Gioacchino Lanza), Visconti aggiunge qualche attore e attrice della vecchia generazione, come Tina Lattanzi, voce in Italia della Garbo e di altre attrici di Hollywood. E nel ruolo della padrona di casa chiama Lola Braccini, attrice di teatro e soprattutto ex moglie di Paolo Stoppa, che lui aveva lasciato per mettersi con la Morelli. Non avverte né Stoppa né la Morelli, creando un grande imbarazzo, che verrà utile nella scena in cui Stoppa, nei panni del padre di Angelica, entra per la prima volta in una festa di nobili e prova inadeguatezza e, appunto, imbarazzo.

Nel tardo pomeriggio cominciano le prove sul set, e la sera alle otto, alle nove, alle dieci – a seconda di quando si è pronti – partono le riprese, che durano fino all'alba. Tutte le notti, per piú di un mese, chiusi in un palazzo di Palermo, palazzo Gangi, con un caldo violentissimo che devasta chiunque, dagli attori ai tecnici. E il caldo rende piú difficili le pause tra un ciak e un altro, per il sudore, il trucco che si scioglie, gli aloni sui vestiti, le persone che si sentono male per la mancanza di aria. Lí fuori è parcheggiata fissa un'autoambulanza. Cosí Visconti, piú per praticità che per pietà, fa acquistare dalla produzione trenta condizionatori, i piú all'avanguardia (che significa i piú costosi); vengono messi nelle varie sale del palazzo e permettono di tenere l'aria a una temperatura sopportabile e di velocizzare le riprese.

Di leggende intorno alle riprese del ballo ce ne sono molte. Enrico Lucherini le aveva create apposta, sia per alimentare la narrazione del Visconti spendaccione, sia soprattutto del Visconti ossessionato dalla filologia dell'epoca. Quindi si è raccontato per anni che i lampadari giganteschi delle sale da ballo fossero interamente riempiti da candele, come usava nell'Ottocento. E che tra un ciak e l'altro bisognava farli calare per riaccendere le candele che si erano spente, e in piú la cera cadeva come pioggia sulle teste degli attori. In verità, come è piú logico, solo la fila esterna dei lampadari era composta da candele vere, all'interno invece c'erano luci con effetto tremolante per apparire candele. L'altra leggenda passata alla storia sono le migliaia di rose che Visconti pretese di far arrivare da Sanremo, fresche, con un aereo, ogni pochi giorni. Anche questa è una leggenda per creare epica intorno al film, ma è del tutto falsa. Del resto il film non mancava di costi e di scelte filologiche, ma non cosí assurde.

Il metodo di Visconti è sintetizzabile in una pretesa che ebbe durante *Gruppo di famiglia in un interno*, uno degli ultimi film, proprio con Burt Lancaster: pretese che i cassetti fossero pieni di biancheria e abbigliamento prezioso, anche se l'inquadratura era solo su Lancaster che li apriva, e non si vedeva cosa c'era dentro. Per Visconti non era Lancaster ad aprire i cassetti, ma il personaggio, e quel personaggio doveva avere i cassetti pieni della sua roba.

E io penso che Visconti avesse ragione.

Dover realizzare questa sequenza lunghissima, con quel caldo, con centinaia di comparse da gestire, è davvero un'impresa. Visconti è nervoso e stanco, ma meticoloso e ostinato, e rimane concentrato fino alla fine di questi trentasei giorni. Dopodiché la troupe partirà da Palermo, per andare a girare altre scene ad Ariccia, a Roma. Quando il film finisce, Visconti si chiude al montaggio con Serandrei – il quale oltre a essere il montatore, ha un altro ruolo decisivo in questa vicenda: ha acquistato qualche anno prima un valzer inedito di Verdi, che regala a Visconti per il ballo di don Fabrizio e Angelica. Il primo montato della sola scena del ballo, quello che si definisce «largo», è spropositato: dura quattro ore. E però questo sproposito fa capire bene quanto materiale è stato girato. Poi comincia il lavoro dei tagli, che porterà alla misura che conosciamo: circa quaranta minuti.

Il 12 agosto, poco prima della pausa di Ferragosto, Fellini gira la scena alla stazione, quella in cui Guido aspetta Carla, e non vedendola scendere dal treno fa un sorriso sollevato: sembra piú contento che se fosse arrivata. E invece, Carla compare in tutta la sua bellezza sull'altro binario. Questo deposito della Prenestina, dove è stata ricostruita la stazioncina delle terme, è a disposizione delle riprese fino a oggi. Quindi è l'ultimo giorno, bisogna finire questa scena e poi girarne un'altra: la scena di Guido e la moglie che partono, vanno via dalle terme alla fine del film, e salgono nella carrozza ristorante, che è il finale, di cui Fellini ha già girato, un mese prima, molto materiale per un bel po' di giorni.

Fellini perde un po' di tempo nel girare la scena con Carla, comincia a farsi tardi, e poi a un certo punto molla e dice: vabbè non fa niente, la scena di Guido e la moglie non la giro, tanto non serve.

Questo potrebbe essere il momento in cui nella testa di Fellini comincia a farsi largo un'ipotesi. Non è detto che sia già cosí, perché potrebbe anche essere semplicemente che Fellini ha pensato che non c'è bisogno di vedere Guido e Luisa che salgono su quel treno. Però, visto quello che è successo dopo, e cioè che il finale del film cambierà, potrebbe anche aver preso piede un'altra ipotesi. Perché Fellini ha già visionato il materiale dopo la fine dello sciopero, e ha sicuramente già visto il girato della scena della carrozza ristorante.

Nei giorni successivi, poi, sul set comincia a girare voce che Fellini vuole un circo, ma nessuno capisce a cosa servirebbe questo circo. La Boyer che tiene quel diario durante le riprese, dice: l'unica ipotesi è che sostituisca il finale della carrozza ristorante.

Fellini, quando scrisse a Brunello Rondi dell'idea di *Otto e mezzo*, alla fine disse: «Eppoi il circo con tutti i personaggi della sua vita...» Ma era una metafora, oppure era una vaga idea iniziale che poi nella scrittura si è trasformata in una carrozza ristorante tipo l'Orient Express (è davvero ispirata a quel mito) in cui ci sono tutti i personaggi della vita di Guido.

Il finale, quindi, avrebbe dovuto essere questo: Guido e Luisa partono con un treno, e la carrozza ristorante dove sono seduti si riempie all'improvviso di tutti i personaggi che hanno attraversato il film: tutti viaggiano insieme a Guido verso la serenità, la capacità di stare tutti insieme, finalmente in pace. Che lo si sia voluto o no, appare un viaggio verso la morte.

Ed è stato girato.

Gli operai della troupe spingono dei pali sotto i supporti della piattaforma su cui è costruita la carrozza. Usando i pali come leve, scuotono l'intera piattaforma cosí che a quelli all'interno sembra di essere davvero su un treno in movimento.

La carrozza ristorante ha pareti di faggio, lampade con l'abat-jour, vasetti con i fiori; due specchi alle estremità la fanno sembrare ancora piú lunga e piena. Tutti sono vestiti di bianco: anche il cardinale, anche i genitori di Guido, Carla, la donna misteriosa dell'albergo, la ragazza delle terme, Claudia, il mago, Rossella Falk, la Saraghina, Guido bambino, tutti. Durante il ciak nessuno deve sbattere gli occhi, tutti devono sorridere. Fellini mette la Boratto seduta accanto al cardinale, la Saraghina accanto ai preti del collegio; poi continuamente sposta gli attori, dopo ogni ciak, cambiandoli di posto.

Anche in questa scena, all'interno di questa carrozza, con le luci sparate, fa molto caldo come sul set del *Gattopardo*. Tra una ripresa e l'altra, Fellini e gli attori escono dalla carrozza e si lasciano cadere nelle sedie messe di fronte a un ventilatore.

Poi ricominciano, e Fellini incalza Marcello e Anouk, dice loro che tutto sembra consumato, la felicità è alle spalle, il cuore è pieno di dolore. I due eseguono.

«Continuare cosí per sempre, perché... perché sei il solito egoista?»

E Marcello: «Sei proprio convinta che con un altro marito e un altro uomo saresti stata piú felice?»

Si tornerà a girare in treno verso la fine delle riprese, quando ormai il dubbio a Fellini è già venuto. Ma girerà tutto, perché deciderà dopo, al montaggio.

Intanto, a settembre, si comincia a organizzare la scena che Fellini ha deciso di girare come «prossimamente» (allora i trailer si chiamavano cosí) per il film. La sua idea è di far sfilare tutti gli attori lí dove c'è l'astronave.

Fellini ha detto di avere avuto quell'idea perché voleva un prossimamente che fosse allegro, anche perché raccontare il film gli sembrava (ed era) impossibile. Ma il dispiego di mezzi (viene girato con otto cineprese che filmano in contemporanea), di attori (tutti o quasi), di tecnici e di organizzazione non può giustificare né i costi né il dispendio di energie di un prossimamente. Eppure, a prescindere dal fatto che Fellini organizzando il set o girando il prossimamente abbia intuito che fosse il finale giusto – anche se lo ha immaginato, lo ha in ogni caso concepito come prossimamente, e ha continuato a girare, fino all'ultimo giorno di riprese, la scena della carrozza ristorante. E davvero poi, nonostante questo dubbio gli fosse entrato in testa presto, dopo aver visionato i primi materiali della carrozza ristorante, al montaggio si è portato dietro il dubbio per parecchio tempo, e ha sciolto le riserve solo a film effettivamente montato.

A questo punto c'è da soffermarsi su un grande mistero che probabilmente ha come al solito una spiegazione pratica e forse la soluzione sta nel fatto che il «prossimamente», che nel racconto epico che si fa si immagina girato in un solo giorno, in realtà è stato girato in piú giorni: due.

Ma insomma, nella passerella di *Otto e mezzo* che adesso vediamo, quando tutti scendono le scale e si mettono in cerchio, manca di nuovo, del tutto incongruamente, Claudia Cardinale.

Ci sono tutti i personaggi del film, ma manca lei. Di nuovo, come nella scena dell'harem, il film ha questa incongruenza inconcepibile. Ma in questo caso c'è da dire che il mistero è ancora piú grande: perché Claudia Cardinale sul set del prossimamente c'è. E infatti in due inquadrature precedenti alla passerella comparirà. Ma sulla passerella no.

C'è, lo dice la Cederna nel suo libro; lo dice la Boyer nei suoi diari; e soprattutto perché a un certo punto ho trovato un servizio della Rai realizzato da Antonello Branca, che si intitola *Otto minuti sul set di «8 1/2»*, ed è girato sul set di questo prossimamente, ormai verso la fine delle riprese, e si vedono tutti gli attori vestiti di bianco che stanno aspettando di cominciare. E insieme agli altri c'è Claudia Cardinale, anche lei vestita di bianco, che viene intervistata e risponde con timidezza, seduta su un prato.

Quindi, tutti già sostenevano che lei quel giorno c'era; e non solo, io poi l'ho vista, quindi c'è senza alcun dubbio. Ma nella passerella non c'è. Ed è impossibile che sia stata esclusa per questioni narrative o di altro tipo.

Quando sono stato a casa di Claudia Cardinale, a Parigi, le ho mostrato il servizio della Rai, spiegandole il mistero. Ma lei non ricordava nulla, si è divertita e intenerita di quelle immagini, e quando ha visto il filmato di lei giovane che rispondeva all'intervistatore, ha parlato della sua voce e di come ci fosse rimasta male che Visconti poi avesse deciso di doppiarla, e di come sia grata a Fellini, invece, che ha deciso di tenere la voce originale, che fino a quel momento nessuno aveva scelto di conservare. È da *Otto e mezzo* in poi che abbiamo cominciato ad ascoltare la vera voce roca di Claudia.

Di conseguenza, l'unica spiegazione possibile è sempre la stessa: *Il Gattopardo*. E infatti nel diario di lavorazione, nel giorno in cui si gira il prossimamente il tempo è nero, poi viene a piovere, tutti aspettano ma le previsioni non sono buone e Fellini alla fine deve mandare tutti a casa.

Ma quel giorno alcune riprese è riuscito a farle. In uno dei trailer in italiano, che si possono trovare anche su youtube, ce n'è uno di tre minuti e quaranta, dove si vedono i clown della passerella finale arrivare verso l'astronave con un cielo nuvolosissimo. E poi ci sono delle inquadrature che non si vedono nel film, e a un certo punto c'è Guido/Mastroianni che con il megafono urla «Claudia, dov'è la Cardinale?, Claudia, dove sei?» E in mezzo agli altri, giú dalla scalinata dell'astronave, c'è Claudia che si volta frastornata, con quel vestitino bianco che si vede nel servizio Rai. Poco dopo, mentre stanno facendo la passerella, Guido con il megafono ordina a tutti qualcosa, e passa Claudia sorridente e lui dice: «Claudia, misteriosissima...»

In piú, nelle foto di Gideon Bachmann che appaiono anche nel documentario di Mario Sesti, *L'ultima sequenza*, e che sono le uniche testimonianze della scena della carrozza ristorante, ci sono anche delle foto della scena della passerella, e ce n'è una dove Claudia è sulla passerella: il cielo è scuro, alcuni intorno a lei hanno un impermeabile, perché sono le foto delle prove del giorno in cui Fellini è riuscito a fare solo poche inquadrature.

E perciò, quando si torna a girare, uno dei giorni successivi, Claudia non può essere disponibile. Probabilmente, essendo settembre, era ad Ariccia dove hanno girato le altre scene del *Gattopardo*. Comunque, senz'altro il motivo per cui la Cardinale non c'è è che è sul set del *Gattopardo*. E del resto, al momento, ufficialmente, quello è soltanto un prossimamente. Quindi l'assenza della Cardinale, al momento, non è grave come lo è stata per la scena dell'harem.

Nelle due scene piú indimenticabili di *Otto e mezzo*, l'harem e la passerella, le due scene ricordate da tutti, non c'è Claudia Cardinale.

È un personaggio decisamente importante e manca nella scena dell'harem, pur costituendo un mito per Guido che la immagina in ogni momento, ed è insensato non sia nell'harem; cosí come è insensato che non sia nel gran finale dei personaggi in cui Guido vuole conciliare la sua vita con quella di sua moglie e con tutti quanti, cioè voler bene a tutti; e figuriamoci se non vuole bene a quella ragazza delle terme, o all'attrice Claudia – alla quale, portandola in macchina in una scena precedente, farà una domanda che è un po' la questione che riguarda il film, i registi, la vita.

Quindi Claudia Cardinale è assente nelle due scene indimenticabili di *Otto e mezzo*; è assente illogica, ed è un'assenza che pesa. Questo vuol dire che *Il Gattopardo* ha fortemente condizionato *Otto e mezzo*.

È un momento di scontro di queste due grandi opere che non solo vengono girate parallelamente, non solo hanno Claudia Cardinale o Nino Rota, che lavorano sia di qua e sia di là, ma si condizionano reciprocamente. E sul finale Fellini sa che non può di nuovo rinunciare alla presenza di Claudia anche nella passerella. Cosí, al montaggio, prende due inquadrature che è riuscito evidentemente a girare qualche giorno prima, quello del maltempo, e le usa come introduzione alla passerella. Anzi, Claudia è la prima ad apparire. E in questo modo Fellini riesce a farcela sentire presente, anche se non lo è nei fatti. Perché poi, dopo queste due inquadrature solitarie, sulla passerella, sparisce.

Fino all'ultimo giorno, Fellini continua a girare la scena della carrozza ristorante, ormai oltre i tempi previsti per la chiusura delle riprese. Ecco come descrive la Boyer la sequenza girata il penultimo giorno, il 13 ottobre: «Il treno è entrato in una galleria: o meglio, i finestrini sono stati oscurati con della stoffa nera. Le luci cominciano ad accendersi e spegnersi a intervalli irregolari, mentre le vibrazioni del treno aumentano. Guido improvvisamente ha caldo, si passa una mano tra i capelli, si guarda intorno, dentro e fuori, e vede il volto di sua moglie riflesso nel finestrino, esaltato da lampi di luce, respira una crescente difficoltà. Ora le figure vestite di bianco emergono lentamente dall'oscurità».

Mancano ancora un paio di inquadrature. Tutti sospettano che Fellini, scaramanticamente, se le sia tenute per non finire il film il giorno 13, e comunque il 14 chiude il film, con un grande pranzo per tutta la troupe rimasta.

Non sono pochi coloro che si attribuiscono i meriti del finale della passerella.

Fellini vede i giornalieri della carrozza ristorante insieme al direttore della fotografia Gianni Di Venanzo ed è lí, come ho già detto, che gli vengono i primi dubbi. Infatti quando si trova a parlare di questa scena dice: io l'ho vista e c'è qualcosa che non va. Poi ci sono due persone che si attribuiscono il merito di essere state decisive: il primo è Pinelli, lo sceneggiatore, ed è proprio lui che dice che di questa scena, quando Fellini gliel'ha mostrata, ha avuto un'impressione tragica, funerea; e sostiene di aver detto al regista: se tu finisci cosí, ammazzi tutto. Insomma, un'aria di morte che è piuttosto evidente, e che era nelle intenzioni della scrittura; e infatti forse Pinelli finisce per attribuire questa scelta alla malinconia pessimistica di Flaiano – è come se dicesse che sia stato Flaiano a spingere verso questa scena, ma sarebbe opinabile: la scena era presente nelle varie stesure della sceneggiatura.

Invece la scena della passerella ha una vitalità opposta: ha lo stesso scopo di accogliere tutti i personaggi della propria vita e far capire alla moglie che si può stare tutti insieme, però ha un elemento commovente ed euforizzante che inverte perentoriamente l'ipotesi del calando e lo risolve in maniera vitale (e non uso questa parola ripetutamente a caso, perché è qui che sta la forza piú visibile di questo film).

Ma la paternità di questa scelta del finale è stata rivendicata anche da altri. Non da Ettore Giannini direttamente, che per carattere non lo avrebbe mai sostenuto; ma sua moglie, Anna Giannini, è convinta che il suo intervento sia stato decisivo. Ettore Giannini è il direttore del doppiaggio di *Otto e mezzo*; come si sa, e per questo film in particolare, Fellini al doppiaggio rilavora molto anche sui dialoghi e sulla concezione del film. Ciò vuol dire che il lavoro con il direttore del doppiaggio è un lavoro creativo. E quindi in questo senso Ettore Giannini, essendo stato cacciato dal *Gattopardo*, rientra per una porta di servizio dalla parte opposta, in *Otto e mezzo*, e potrebbe aver giocato un ruolo importante. Secondo la moglie è stato insistente nel far scegliere a Fellini il finale con la passerella al posto del finale con la carrozza ristorante.

In ogni caso, la scelta è arrivata molto tardi. Fellini a novembre dice di essere ancora indeciso – qualcuno gli chiede: quale dei due finali è il preferito? E lui: chi sa. A tutt'oggi (fine novembre) non lo so ancora.

A gennaio registra le musiche e poi fa il missaggio di tutti i rulli e quindi rende il film quasi definitivo, perché in questo film ci sono ancora due finali. La cosa molto interessante è che, se è davvero successo tutto questo, il finale della carrozza ristorante, comprese le scene che servono per arrivarci e che sono state tagliate di conseguenza, sono state montate e missate; e quindi avremmo potuto vedere questo finale originario al suo meglio. Se *Otto e mezzo* fosse stato realizzato nell'epoca dei dvd e degli extra, non sarebbe andato distrutto. Invece, nel momento in cui Fellini sceglie il finale della passerella, le scene della carrozza ristorante e le altre che portano alla carrozza ristorante vengono distrutte, e infatti rimane solo la testimonianza delle foto di Gideon Bachmann. Quella scena, alcuni attori e alcuni tecnici neanche ricordano di averla girata, a distanza di anni; e se non ci fossero le foto, si potrebbe pensare a uno di quei racconti inventati da Fellini.

Rimane ancora un altro sospetto, che Piero Gherardi aveva insinuato. Lui aveva creduto molto nella scena della carrozza ristorante, tanto è vero che è uno dei pochi che aveva continuato a difenderla. Ma Fellini gli aveva detto di averla vista e rivista molte volte, e di averla trovata eccessivamente bergmaniana – e qui si capisce tutta la sua voglia di distanziamento dal *Posto delle fragole*.

Soprattutto riguardo alla definizione «bergmaniana», a Gherardi era venuto un dubbio – un dubbio sia indimostrabile sia inconfutabile: e cioè che Fellini potesse (cosa probabile, insomma verosimile), aver fatto vedere il finale della carrozza ristorante a Bernhard, e che fosse stato lui a spingerlo a non chiudere il film con questa specie di addio collettivo, un treno con i fantasmi che sembrano portare verso l'aldilà.

È indimostrato, però è plausibile. Quello che senz'altro è sicuro è che Gherardi aveva dedicato molto tempo a quella carrozza ristorante e a quel finale che riteneva invece potente, e quindi lottò molto contro la sua eliminazione; ma poi dovette arrendersi, perché Fellini scelse con molta decisione, e con molta ragione, l'altro.

Poi, in un'intervista pubblicata nell'aprile 1963 su Bianco e Nero, Fellini racconta:

«Il finale nel vagone ristorante non solo era previsto nella sceneggiatura, ma l'ho anche girato, è stato anche montato e in un primo momento pensavo che il finale fosse quello. La cosa è andata cosí: a un certo momento volevo girare una presentazione per il film, perché credevo che la solita presentazione fatta di brani di scene oppure di fotografie immobilizzate non fosse sufficiente. Ho pensato quindi una specie di presentazione di tutti i personaggi nella torre dell'astronave. Si è fatta una convocazione generale e ho girato con sette o otto macchine da presa perché volevo che questa presentazione fosse una specie di caos festoso: tutti, gli attori, i protagonisti, le comparse, i generici, i macchinisti, tutta la nostra *troupe* scendeva da questo scalone, girovagava per la pista goffamente, poi a un colpo di frusta di Mastroianni si mettevano su quella specie di maneggio e sfilavano al ritmo di una musica di banda. Questa doveva essere la presentazione. Quando l'ho girata, ho avuto l'intuizione che quello dovesse essere il vero finale del film. Allora ho girato ugualmente la presentazione, che poi non ho fatto piú stampare perché avrebbe anticipato in maniera pericolosa il finale vero del film, e l'idea di questa festosa e sgangherata riunione di tutti i motivi del film, questa unione, questa riconciliazione con tutti, con i morti, con i vivi, l'ho utilizzata come poi si è visto. Questo finale mi parve che presentasse numerosi vantaggi su quello immaginato precedentemente. Innanzi tutto c'era la musica, e questo mi pare molto importante in un film che tende, tutto sommato, a uscire dal caos per arrivare a una forma di armonia, a una forma di sincronizzazione di tanti individui che fanno una stessa cosa all'unisono. Direi che è proprio filosoficamente importante che il finale avesse musica, mentre l'altro finale, piuttosto che una musica, aveva il suono delle ruote del treno, il rumore del treno – potente, inarrestabile – che continuava dando una sensazione di fiducia cioè di abbandono. Il senso quindi era lo stesso: Marcello viaggia con tutti i personaggi della sua vita in un treno che corre nella notte e nonostante tutto ha fiducia in questo viaggio, e il film finiva su un tentativo sgangherato di Marcello di comunicare alla moglie che cosa era questa percezione che lo aveva illuminato, che per un momento lo aveva reso sereno, però non riusciva a esprimersi bene; e tutto finiva su questo tentativo goffo di spiegare questo presentimento di allegria che lo aveva afferrato; e su tutto c'era questo ritmo delle ruote del treno quasi a significare comunque un abbandono fiducioso. L'unico pericolo di questo finale era che il film finisse per sembrare una storia matrimoniale; poiché il film si chiudeva sul rapporto tra moglie e marito mi sembrava sproporzionato rispetto a quello che c'era stato prima. Anche per questo ho preferito l'attuale finale. Io tento di portare delle ragioni a questa preferenza, ma in realtà è stata un'intuizione abbastanza estemporanea. Guido non si riappacifica soltanto con la moglie, non accetta soltanto lei ma accetta tutti gli altri e quindi c'è questa unione, questa accettazione integrale di se stesso negli altri».

«La verità è che quella scena era necessaria alla struttura interna al film proprio nella sua apparente sproporzione. Sono 40 minuti che ne rappresentano infinitamente di piú. Nella festa dei Ponteleone deve scorrere la stessa dimensione temporale che si respirava nel *Guermantes*, lo stesso disfacimento di una società, e i suoi stessi sussulti per non passare le consegne... Il principe, in quei 40 minuti, invecchia esattamente di quei vent'anni che separavano nel libro il sesto dal settimo capitolo».

In pratica il ballo del *Gattopardo* sostituisce la morte di don Fabrizio che è nel penultimo capitolo del libro e sostituisce quindi, di conseguenza, anche l'epilogo con Concetta, protagonista dei tempi della vecchiaia, in cui si insinuano molti dubbi sull'amore tra Tancredi e Angelica, e in cui c'è una sorta di riscatto da parte di Concetta, sia pure parziale.

Il ballo, quindi, non è il finale del film per molto tempo. Quando Visconti conclude i suoi impegni di regista ed è piú presente in sceneggiatura, secondo le testimonianze dei vari sceneggiatori e soprattutto di Suso, diventa decisivo per l'eliminazione della morte di Fabrizio nel film. Quando Visconti legge la stesura della sceneggiatura, dice: bella questa morte ma è noiosa – come è noioso arrivare a questa morte!

E da qui scatta prima l'esigenza e poi l'idea che il ballo possa essere il finale del film. E sia in sceneggiatura prima, sia nelle riprese poi, questo ballo si dilaterà sempre di piú e diventerà il grande tempo del film, oltre che il finale.

Fino ad allora, la morte di don Fabrizio è stata presente in molte stesure di sceneggiatura, ed è poi sparita quando Visconti ha deciso che la scena del ballo poteva essere il lungo finale e inglobare ed evocare la morte di don Fabrizio – e non essere una morte alla quale si assiste (come nel libro, quando torna dalla visita medica nel continente e lo portano in un albergo vicino alla stazione perché non ce la fa ad arrivare fino a casa). Invece in questa lunga scena del ballo lui, piano piano, sente di allontanarsi da tutti quanti, vede le donne con cui ha avuto delle relazioni in giovinezza, ormai vecchie, e in contrasto vede non solo la bellezza, ma la potenza ormai irresistibile di Angelica, e tutta questa potenza sta per culminare proprio di fronte a lui. Ma prima don Fabrizio si chiude dentro lo studio del padrone di casa e lí si mette a guardare un quadro, e si chiede anche come sia possibile che quell'uomo tenga lí un quadro cosí fosco, questa *Morte del giusto* di Greuze, ma poi si dice: vabbè ma tanto Diego in questo studio entrerà una volta l'anno (è il libro che lo racconta).

«Come sempre la considerazione della propria morte lo rasserenava tanto quanto lo aveva turbato quella della morte degli altri; forse perché, stringi stringi, la sua morte era in primo luogo quella di tutto il mondo?»

Questo è ciò che Tomasi fa pensare a don Fabrizio; e probabilmente è qui che Visconti ha letto quello che poi ha condiviso con gli sceneggiatori: don Fabrizio comincia a morire qui, durante la festa da ballo.

Questa idea cambia, quindi, anche la prospettiva narrativa del film ed è un intervento di Visconti molto significativo rispetto a quello che poi farà e sentirà di fare. Ma quella che è una preparazione della morte di don Fabrizio, si trasforma in una scena lunghissima, sfarzosa e viva. Ed ecco che l'autobiografismo di Visconti diventa potente oltre ogni sua volontà: come se il ballo lo riportasse a una grandezza familiare perduta, e davanti a questo anche i propositi politici del film vengono sconfitti.

Però, per gli stessi motivi autobiografici, la sua concentrazione (la sua passione) è subito su Fabrizio, lí in mezzo, e su tutto ciò che sente che sta svanendo – proprio in mezzo allo sfarzo, all'allegria, ai balli e al cibo abbondante; e non gli interessa il personaggio dal punto di vista narrativo ma dal punto di vista emotivo, esistenziale. Per questo gli basta che Fabrizio si allontani dal ballo, per raccontarne tutta la parabola finale. Non c'è bisogno che arrivi a morire e non c'è bisogno che noi lo vediamo arrivare a morire, lo vediamo tramontare – anzi – essere tramontato. Che è un simbolo ancora piú potente della morte. Insomma, Visconti e gli sceneggiatori capiscono che non c'è bisogno della morte in scena, c'è bisogno della premonizione della fine.

Ma nel quadro di Greuze, don Fabrizio, e quindi Tomasi, e quindi Visconti, vedono un'altra cosa; vedono questo vecchio che sta per morire nel suo letto, circondato da nipoti «e le ragazze erano carine, procaci, il disordine delle loro vesti suggeriva piú il libertinaggio che il dolore; si capiva subito che erano loro il vero soggetto del quadro». Quindi il contrasto tra la giovinezza potente, voluttuosa, e il vecchio che muore: è esattamente quello che sta per accadere a don Fabrizio, perché entrano Angelica e Tancredi che lo stanno cercando in tutte le stanze; Angelica vuole chiedergli una cosa di cui Tancredi è un po' geloso, e cioè chiede al principe di ballare con lei la prossima mazurca. Don Fabrizio dice: la mazurca no – sta pensando che dovrebbe inginocchiarsi, e non pensa di farcela; lo dice per le sue giunture e lo dice nel libro, ma poi nella realtà delle riprese Burt Lancaster è afflitto da settimane da quel dolore al ginocchio, quindi lui stesso potrebbe dire quello che dice il suo personaggio: ti obbedisco però balleremo il valzer.

E cosí ecco la scena piú importante, piú famosa, piú grandiosa del *Gattopardo*.

Il valzer inedito di Verdi viene diffuso in tutte le stanze, e la coppia Angelica don Fabrizio comincia a ballare, e durante il ballo si assiste a molte cose, si sente la grandezza della vita e della morte. L'accettazione della vita e l'accettazione della morte. Proprio come nel quadro di Greuze. Angelica e don Fabrizio sono talmente morbidi e belli da vedere che Tancredi li guarda con invidia; tutti gli altri si fermano, e restano ad ammirare quel ballo.

Angelica che balla con il principe segna il trionfo della borghesia sulla nobiltà, la seduzione definitiva, il passaggio di consegne; ed è anche la capacità della nobiltà di restare in sella accogliendo i nuovi ricchi. Ma la cosa piú importante è che proprio come quelle ragazze del quadro, Angelica è assolutamente potente e desiderabile. Come dice Tomasi del quadro, al centro c'è la fine di don Fabrizio, ma in realtà il quadro è stato fatto per la potenza di Angelica.

«La zampaccia di lui», dice Tomasi, «le stringeva la vita con vigorosa fermezza, il mento poggiava sull'onda letea dei capelli di lei; dalla scollatura di Angelica saliva un profumo di bouquet alla marescialla, soprattutto un aroma di pelle giovane e liscia» e a questo punto alla memoria di don Fabrizio sale quella frase che don Tumeo aveva detto mentre erano a caccia, e don Fabrizio furente gli aveva intimato di non ripeterla mai piú: «le sue lenzuola debbono avere l'odore del paradiso», cioè una frase sconveniente e di forte desiderio.

Ecco il vero motivo che aveva indignato tanto don Fabrizio: è quello che prova lui; sente il desiderio potentissimo che arriva dal profumo di questa ragazza e anche dalla potenza di questa ragazza e sente il desiderio che arriva anche dal fatto che un tempo queste ragazze le avrebbe avute non soltanto perché era giovane ma perché era il principe, e loro delle borghesi; e oggi tutto sta svanendo insieme alla vecchiaia, al cambiamento dell'Italia – e quindi il cambiamento riguarda una generazione, una classe sociale e riguarda anche un grande principe che si sta spegnendo. Sente che Angelica ha conquistato lui, Tancredi, la sua classe sociale, e la nuova classe conquisterà il mondo. Quindi c'è prima un'accettazione della vita – ha già accettato il passaggio dei piemontesi e dell'Italia unita e l'arrivo di un nuovo mondo, dopodiché accetta che Angelica sia la persona che attraverso la sua bellezza può conquistare la sua classe sociale e anche il mondo che prima don Fabrizio dominava.

E subito dopo, c'è l'accettazione della morte. Cosí il ballo finirà e Fabrizio dirà che preferisce andare a piedi verso casa camminando, e questo suo malore e questo suo malessere, che sono la stessa cosa, piano piano lo spegneranno.

Alla fine della conferenza stampa in cui Guido non sa cosa dire, il produttore lo minaccia e un collaboratore gli infila la pistola nella tasca per permettergli di spararsi, poi tutto questo svanisce. Rimane Guido davanti alla gigantesca costruzione di tubi fatta per l'astronave. Ordina di abbatterla, saluta tutti e dice che magari si vedranno al prossimo film.

Il critico lo aspetta in macchina, si complimenta con lui per aver rinunciato – ma il critico stolto, anche se cita Mallarmé e se accoglie Guido nel novero degli intellettuali per la grandezza di questa rinuncia, non sa che Guido il film lo ha fatto, e quel far smontare la scena sembra sia per qualcosa che non è mai cominciato, ma in realtà è per qualcosa che sta per concludersi. Il critico parla e parla, teorizza, ma arriva il mago di Asanisimasa e dice a Guido: siamo pronti. Da questo momento, Guido sente arrivare un lampo di felicità serena, risolta.

Ecco che appare Claudia, prima sorridente, poi che cammina. Solitaria, come ho detto prima, perché le donne che facevano il bagno in campagna, Carla, la Saraghina e gli altri vanno in gruppo – ma in questo modo Fellini riesce a tener dentro la suggestione della presenza della Cardinale.

E Guido chiede scusa, dice «come è giusto accettarvi, amarvi». E intanto Luisa si avvicina alla macchina: «Luisa, mi sento come liberato, tutto mi sembra buono, tutto ha un senso, tutto è vero. Ah, come vorrei sapermi spiegare, ma non so dire... Ecco, tutto ritorna come prima, tutto è di nuovo confuso, ma questa confusione sono io, io come sono, non come vorrei essere. E non mi fa piú paura. Dire la verità, quello che non so, che cerco, che non ho ancora trovato, solo cosí mi sento vivo, e posso guardare i tuoi occhi fedeli senza vergogna. È una festa la vita, viviamola insieme. Non so dirti altro, Luisa, né a te né agli altri. Accettami cosí come sono, se puoi. È l'unico modo per tentare di trovarci».

Luisa gli risponde con un sorriso, ed è la Luisa piú vicina possibile a quella che Guido aveva immaginato nel sogno dell'harem: «Non so se quello che hai detto è giusto. Ma posso provare, se mi aiuti».

E su queste parole parte la musica di Nino Rota.

Appaiono i clown in fila che la suonano, con in coda quel bambino che era lui. Ed ecco le persone che Guido ama, o i personaggi del film di Fellini, vestiti di bianco, che si avvicinano all'impalcatura dell'astronave, all'imbrunire, e nulla è stato abbattuto. Poi Guido pensoso prende il megafono e comincia a dare indicazioni da regista, chiede al bambino di avvicinarsi a una grande tenda bianca, e poi ordina che si apra. E quando si apre tutti i personaggi del film, tutti (tranne Claudia, e chissà chi altro non aveva potuto), scendono la scalinata sorridendo e chiacchierando. I preti e il cardinale, il produttore, gente della troupe, le infermiere delle terme, amici, amanti, fantasmi, persone del passato e solo sfiorate. Arrivano i genitori di Guido, anche loro in bianco. Guido chiama la mamma, che si gira ma poi fa segno che deve andare con il padre. Intanto tutti si sono posizionati sulla passerella, si uniscono anche i genitori. Carla si avvicina a Guido, prima di essere accompagnata sulla passerella, e gli dice: «Io l'ho capito sai cosa vuoi dire, vuoi dire che non puoi fare a meno di noi». Guido con il megafono chiede a tutti di prendersi per mano, la marcia di Rota riparte, Guido urla tutti insieme!, tutti insieme!, e comincia il girotondo di tutte le persone della vita di Guido, che sorridendo e saltando percorrono il cerchio. E poi, con un gesto molto commovente, Guido va a prendere Luisa, le porge la mano, Luisa la afferra, e insieme si infilano nella giostra, si fanno spazio, danno la mano ad altri, e cominciano a girare anche loro.

È vitale, straziante. È tutto ciò che ogni persona desideri al mondo.

Poi, nella notte, la marcetta si fa piú lenta, i clown suonano e fanno una coreografia semplice seguiti dall'occhio di bue; infine rimane il ragazzino solo, con il suo flautino, la musica si abbassa ancora, le luci si abbassano, e appare la scritta: *8 1/2* di Federico Fellini.

Quando hanno girato questa scena, nel corso del pomeriggio, con Fellini afflitto da una sciatica che lo faceva stare a stento in piedi, a un certo punto, incurante del dolore, ha cominciato a correre dalla macchina da presa alla pista dove gli attori giravano tenendosi per mano, dando indicazioni (proprio come Guido nel film) e urlando: correte! correte! Poi, battendo le mani per tenere il tempo, ha urlato al mago, il capofila: continua, portali verso la strada. E nella penombra della notte ormai calata, il girotondo si è allontanato dalla passerella, sparendo nel buio verso la strada, con le macchie bianche dei vestiti che ancora risaltavano da lontano.

Ma questo poi non è stato montato.

Un po' di giorni prima, il 28 settembre, è il giorno in cui viene detto a tutti che forse si girerà un nuovo finale che potrebbe rimpiazzare la carrozza ristorante. Intanto che sul set si parla di questa idea di mettere in discussione il finale che tutti conoscono, un elicottero viene ripreso mentre getta in mare il manichino di Mastroianni, poi lo recupera o lo getta di nuovo – è il sogno iniziale.

Mentre c'è questo frastuono, viene annunciato che due persone della troupe, uscite in mare con una piccola barca, per controllare la messinscena del manichino, sono in difficoltà. Sembrano disperse. Viene chiamata la guardia costiera, che si mette subito in moto andando alla ricerca dei due con una lancia a motore. Sul set sono tutti preoccupati e in attesa – in una corrispondenza inquietante con il naufragio accaduto mesi prima sul set del *Gattopardo*. Ma mentre si attendono notizie dalla guardia costiera, i due ricompaiono sani e salvi, e non capiscono perché c'è tutta questa agitazione.

«Don Fabrizio quella sensazione la conosceva da sempre. Erano decenni che sentiva come il fluido vitale, la facoltà di esistere, la vita insomma, e forse anche la volontà di continuare a vivere andassero uscendo da lui lentamente ma continuamente come i granellini che si affollano e sfilano ad uno ad uno, senza fretta e senza soste, dinanzi allo stretto orifizio di un orologio a sabbia. In alcuni momenti d'intensa attività, di grande attenzione questo sentimento di continuo abbandono scompariva per ripresentarsi impassibile alla piú breve occasione di silenzio o d'introspezione, come un ronzio continuo all'orecchio, come il battito di una pendola s'impongono quando tutto il resto tace; e ci rendono sicuri, allora, che essi sono sempre stati lí vigili anche quando non li udivamo».

Questo concetto di accettazione della morte era probabilmente alla base della scena della carrozza ristorante. In qualche modo, quel viaggio avrebbe potuto far pensare a un ultimo viaggio, e la riappacificazione con il mondo, di Guido con tutti, e di tutti con tutti, sarebbe avvenuta alla fine. Mentre il finale che vediamo noi, che avviene senza dubbio al centro della vita, quando Guido è pronto a ricominciare (e a fare il film che nella realtà ha già fatto), è una potente accettazione della vita. Ed è il motivo piú evidente per cui a Fellini ha cominciato a entrare in testa la possibilità del finale della passerella, dopo aver visto il girato della carrozza ristorante. La passerella è l'essenza della bella confusione; ed è conseguenza del film visto finora, ed è la realizzazione esplosiva della vitalità. Quest'uomo depresso ci fa uscire dal cinema euforici anche perché l'accettazione commovente della vita nella passerella finale è il punto piú visibile della vitalità.

Il ballo del *Gattopardo* è una bella confusione dentro la quale si trova don Fabrizio, che la accetta e la assolve. La vita l'ha vissuta, e adesso, dentro questa bella confusione della festa, può mettersi di lato. Può andare a rinchiudersi nello studio e a guardare in faccia la morte in un quadro; può poi allontanarsi a piedi, solitario e lento, mentre lascia che il mondo che rimane vada in carrozza e corra. La sua accettazione della morte è conseguenza dell'accettazione della vita, sia per come l'ha vissuta sia per come il mondo sta cambiando.

L'aria di morte è stata espulsa dalle due opere: il capitolo della morte di don Fabrizio è stato escluso; il finale della carrozza ristorante è stato tagliato.

Fellini ha parlato fin da subito di accettazione della vita, ed è la sostanza della sua risposta anche al critico che alla radio attaccava il film: «Se tu ritieni sproporzionato l'invito piú o meno chiaro ma comunque molto sincero ad accettare la vita, non capisco che cosa tu possa ritenere proporzionato».

L'accettazione della vita e l'accettazione della morte sono i sentimenti con cui gli spettatori di allora, e noi oggi, uscivano e usciamo dalla visione dei due film. Una sorta di vitalità serena che le due opere riescono a produrre in noi. Una riconciliazione con il mondo lí fuori, dopo aver attraversato dei tormenti, in modo piú o meno comprensibile. Davvero una bella confusione.

Questa confusione sono io. Io come sono, non come vorrei essere.

Giulietta Masina, durante gli anni in cui Fellini e Visconti si sono detestati, si sono tenuti a distanza, si sono combattuti, arrivando a un confronto/scontro silenzioso ma diretto con *Otto e mezzo* e *Il Gattopardo*, ha frequentato Visconti.

I due si volevano molto bene (nonostante Luchino fosse stato spietato con lei guardando *La strada*), e qualche volta Giulietta accettava l'invito a una delle feste lussuose che Luchino organizzava a casa sua. Era implicito che andasse da sola, o con altri amici; era implicito che non fosse invitato anche Federico. La questione era un po' imbarazzante, abbastanza delicata, ma Giulietta riteneva sia di voler fare (e mostrare) scelte autonome da suo marito, sia di poter essere un ponte per la risoluzione di quella guerra fredda che durava da anni.

Quando tornava a casa, Giulietta diceva che Luchino era stato adorabile, che era un vero gentiluomo, che sarebbe stato bello se una volta Federico fosse andato con lei, diceva che era ora di finirla con questo litigio insensato, con questa distanza. Ma era l'unica a lavorare in favore di una riconciliazione. Perché tutti gli amici e i collaboratori tenevano a mostrare di essere di parte. E se capitava di incontrare Visconti o andare a una sua festa, lo nascondevano a Fellini; e lo stesso facevano gli amici e i collaboratori di Visconti, se avevano incontrato Fellini.

Del resto non era colpa loro. Entrambi i registi erano molto gelosi e attenti a testare la fedeltà della loro cerchia ristretta; cosí si creava una specie di vassallaggio automatico in cui chi stava da una parte sentiva di dover marcare la distanza con l'altra. Eppure da quel mitico scontro a Venezia erano passati tanti anni.

E poi, al Festival di Mosca, Giulietta sa che sta arrivando anche Visconti, perché *Il Gattopardo* viene presentato fuori concorso. E pensa, come pensano in tanti intorno, che sia giunto il momento di risolvere la questione: è metà luglio, i due film sono usciti e sono andati benissimo, Visconti ha vinto la Palma d'oro, Fellini sta per vincere il Festival di Mosca e sta per conquistare gli Stati Uniti, tutti e due sono ormai celebrati e osannati. Anche gran parte dell'antagonismo sui due film è consumato, è alle spalle.

Cosí Giulietta dopo aver preparato Federico, fa in modo che i due si incontrino nella hall dell'albergo; forse sono pronti a comprendere che questa specie di guerra che dura ormai da dieci anni può concludersi.

Quando si vedono nella hall, sotto lo sguardo severo e quasi minaccioso di Giulietta, i due si studiano, ma poi si abbracciano senza dirsi nulla. E cosí una lunga rivalità in qualche modo finisce, si stempera.

Per molti anni avevano fatto in modo di non incontrarsi mai, di fingere di non vedersi, di scappare quando c'era l'altro, di parlare male dell'altro, di non voler andare nei posti dove c'era l'altro e finalmente nella hall dell'hotel Moscova questo abbraccio liberatorio conclude una lunga incomprensione.

Da quel momento i rapporti tra i due diventano cordiali, non si può parlare di amicizia ma di grande rispetto senz'altro.

Fellini fa anche il primo gesto pubblico di stima nei confronti di Visconti, intervenendo proprio (e quanto simbolicamente) alla mostra di Venezia nel 1967, alla sera della prima dello *Straniero*. Il motivo vero è che il film era stato prodotto dalla società di Mastroianni; e comunque, quando finisce la proiezione, va da Visconti e gli dice: è il tuo film piú bello.

Anche su questa affermazione di Federico sorgono delle questioni: e cioè che il film tratto dal libro di Camus sia oggettivamente tra le cose meno riuscite che ha fatto Visconti; quindi chissà che non fosse anche una specie di cattiveria sotto forma di complimento.

Nel '68, poi, sono in grande sintonia quando sono ospiti tutti e due in una trasmissione televisiva sui giovani di quegli anni e si scambiano commenti scettici e previsioni pessimistiche, avendo tutti e due un atteggiamento distante e forse anche un po' antigiovanilistico. Poi nel 1969 Visconti restituisce la cortesia e va a Venezia per la prima di *Fellini Satyricon* e, alla fine della proiezione, da lontano gli manda un bacio con ampi gesti della mano come se tra di loro ci fosse tanta voglia di mostrare una stima che per molti anni non hanno mostrato. Qui i due poi, intervistati al volo da Bersani, incorrono in una spiacevole spiritosaggine parlando con ironia di chi non è voluto essere alla mostra. Si tratta di Pasolini, il quale, come sua abitudine, risponde dalle pagine del Tempo con una lettera aperta a Visconti, che ritiene suo amico (suggerendo implicitamente che Fellini non lo è piú), dicendo male del suo film *La caduta degli dei*, ma soprattutto ricordandosi di quell'episodio: «anche quando mi hanno detto che sei stato a Venezia al fianco di Fellini, complice con lui nel dir male, senza nominarlo, dell'assente (cioè di me: che ero assente per protestare contro due processi dovuti alla mia presenza a Venezia l'anno precedente. Non avrei mai preteso la solidarietà di Fellini, figlio obbediente. Ma la tua...)»

Ovviamente rimangono due registi completamente diversi; però si sentono parte di uno stesso mondo che è quel mondo che ha avuto quella potenza assoluta e che adesso, casomai, è meno potente e piú in difficoltà. L'anno dopo, nel 1970, sempre alla Mostra del Cinema di Venezia, c'è la prima dei *Clown*. In un filmato d'epoca, si vede Fellini alzarsi per prendere gli applausi, e dietro di lui, tra quelli che applaudono, si vede Zeffirelli (che anni prima aveva guidato la protesta contro *La strada*); poi Fellini allunga la mano per stringerla a qualcuno. E nell'inquadratura appare Visconti. Si abbracciano per un attimo, Visconti si congratula.

Ma nel 1970 c'è un evento ancora piú esplicito che riguarda la loro nuova amicizia. Al Festival di Spoleto vengono invitati insieme alla serata inaugurale per i premi «Spoleto Cinema», che consistono in un'opera creata apposta da Giacomo Manzú. C'è anche Suso, premiata per una sceneggiatura con Comencini; c'è Zeffirelli in un palco ad applaudire; c'è Giuseppe Rotunno, il direttore della fotografia di entrambi. Viene premiata Monica Vitti, e anche Alberto Sordi, però assente per un problema ai diverticoli. Infine, uno dopo l'altro, con i fotografi affollati sotto il palco e il pubblico in piedi ad applaudire, vengono premiati prima Visconti (per *La caduta degli dei*) e poi Fellini (per *Satyricon*). In quell'occasione, i due, sistemati in un teatro vuoto, concedono una piccola intervista insieme. Sono seduti a qualche sedile di distanza, in due file diverse. Visconti ha un vestito elegante, e dice, rivolto prima all'intervistatore:

Visconti: «Di Fellini e Visconti ce ne sono solo due, non ce n'è molti». (Poi si volta verso Fellini, seduto nella fila dietro). «È la tua opinione?»

Fellini: «Be', certamente». (E poi, con l'intento sincero di compiacerlo). «Mi piace stringere la mano al collega Luchino per la prova di coerenza e di salute che mi fa molta simpatia. È un collega che stimo veramente...»

E qui Visconti, in sottofondo: «Ti ringrazio. È reciproco». (E intanto fa un tiro soddisfatto alla sigaretta, mentre continua ad ascoltare compreso).

Fellini: «... per il modo di esprimersi, per l'impegno e soprattutto per l'umiltà che c'è, in fondo, al modo come Visconti fa il suo mestiere di artista». (Rivolto a Luchino, mettendogli la mano sulla spalla). «Sei contento, Luchino?»

Visconti: «Molto contento».

Questo scarto ironico di Fellini forse un po' turba Visconti, che non ha lo stesso piglio. Ma risponde con brillantezza: «Vorrei solo che queste cose fossero scritte su una piccola lapide».

Sono a disagio, sono complimentosi, ci tengono a mostrare all'altro una stima sincera; e allo stesso tempo sembrano giocare proprio con quella rivalità che li ha caratterizzati.

Di complimenti poi negli anni successivi, al contrario di quelli passati, se ne faranno. Quando qualcuno chiedeva a Visconti quali film andasse a vedere, lui rispondeva che andava a vedere i film di Fellini. E Fellini, una volta, a proposito dei suoi colleghi, quando Visconti non c'era già piú, ebbe voglia di dilungarsi proprio su di lui: «tra i colleghi del cinema italiano, a parte Rossellini che è una specie di Adamo, un progenitore, ciascuno al suo modo, ho molta stima per questa costanza, coerenza, questo suo modo puntuale, preciso e quasi fanatico di riferirsi a sé stesso che è Michelangelo Antonioni. Anche Visconti era un autore che apprezzavo molto per questa generosità e anche per questa umiltà perché Visconti era proprio qualcuno che si preoccupava in maniera ottocentesca del pubblico, era uno che voleva raccontare, voleva arrivare, era un signore della messa in scena. Raccontava tutto: personaggi, modi, temi. Questa generosità, questo tentativo di essere chiaro, di arrivare a commuovere, a interessare, attraverso una tradizione narrativa appunto ottocentesca, melodrammatica, lo faceva molto simpatico ed era questa la forma di umiltà che apprezzavo, l'umiltà dell'artigiano che cerca di fare bene. Ecco, io c'ho molta stima per chi lavora bene».

Nel giugno del 1963, mio padre e mia madre vanno a Roma per due o tre giorni. I film in quegli anni, e fino a non molti anni fa, restavano in sala per mesi, in prima visione e poi nelle sale di seconda visione. Quindi *Il Gattopardo* e *Otto e mezzo*, due film di successo, erano ancora in programmazione nelle sale del centro. E di sicuro, i miei genitori sono passati accanto a sale che esponevano manifesti del *Gattopardo* e di *Otto e mezzo*. Chissà se in quei giorni sono andati al cinema, o se li avevano già visti a Caserta.

Erano ospiti di zii di mia madre, dove lei era stata spesso anche prima di sposarsi. E dove da piccolo qualche volta sono stato anch'io: era ai Parioli, ma io non lo sapevo, e l'ho ricostruito molto piú tardi.

Mio padre e mia madre erano andati a Roma perché mio padre aveva preso i biglietti per una partita amichevole allo Stadio Olimpico – questo me l'hanno raccontato loro, insieme, in macchina, forse con i miei fratelli forse no, e non riesco in alcun modo a ricostruire quanti anni avevo, se tredici, sedici, venti, trenta, proprio non lo ricordo; ricordo che eravamo in macchina, e loro raccontavano, aggiungendo un pezzo per uno. Tornavamo da qualche parte, era sera, e ricordo solo che era una strada in salita quando dissero la cosa piú importante. Non ricordo altro, solo che era una strada in salita, di notte, con i fari della macchina che illuminavano il buio.

Si trattava di un'amichevole estiva tra Roma e Santos, e nel Santos giocava Pelé. E mio padre era venuto perché voleva vederlo, per una volta nella vita, giocare in carne e ossa.

Le cronache dicono che era stata una serata umida, con pioggia all'inizio del secondo tempo. C'erano quarantamila spettatori allo stadio, e mio padre tra questi. Disse che fu una partita bellissima, indimenticabile: finí 4 a 3 per il

Santos, e Pelé segnò due gol, il primo dei quali in tuffo di testa e a vedere la foto deve essere stato davvero spettacolare; e fece un assist ipnotizzando la difesa romanista (lo dicono sempre le cronache). In realtà le cronache dicono anche che il Santos, reduce da una partita a Barcellona, avesse un po' snobbato l'amichevole e giocato sottotono; però in realtà un 4 a 3 con due gol di Pelé deve essere stato molto eccitante. Per mio padre di sicuro, perché poi, tornato nella casa dei parenti dove mia madre lo aspettava già a letto, volle sfogare l'adrenalina, forse anche eccitati entrambi dall'essere ospiti di parenti, dal dover fare piano e in silenzio; o in realtà, facendo una cosa che sarebbe stato piú educato non fare.

Quella sera di molti anni dopo, in macchina, mi dissero che erano assolutamente sicuri di avermi concepito quella notte. E io sono contento di essere stato concepito a Roma, dopo due gol di Pelé, e con le sale dei cinema di Roma che proiettavano chi *Il Gattopardo*, chi *Otto e mezzo*.

Ora, i miei genitori non ci sono piú.

Per quale motivo un artista costruisce un progetto creativo che segue il precedente. Per quale motivo, e come, si arrivi a concepire un'opera cosí personale che devia dalle strutture narrative che si conoscono. Per quale motivo un artista arrivato al massimo successo come Fellini per *La dolce vita* ritiene di essere autorizzato a spingersi in una specie di racconto della nebbia dentro la testa di una persona. Se è per casualità, per ostinazione – questo non lo potremo sapere mai. Ma credo si possa azzardare che succeda anche perché c'è una dose di inconsapevolezza che rende piú audaci, meno stitici di coloro che sono colti e accorti e finiscono per avere paura della grandezza di quelli che studiano. In fondo è stato anche quel po' di disordine culturale, quella mancanza di coscienza totale (Fellini si attribuiva continuamente un'altra parola: ignoranza) a riuscire a far concepire un'opera cosí rischiosa e in fondo con il pericolo continuo, come Fellini confessa a Camilla Cederna, della caduta nel ridicolo, dell'errore gigantesco. Chi è molto colto e molto attrezzato tende a censurarsi, ad avere molto pudore, ad avere paura di cadere e fare errori e di conseguenza tende ad avere paura di azzardare. Fellini invece aveva una formazione antintellettuale: aveva cominciato con disegnini su un giornale popolare, era passato al varietà, alla radio, a scrivere film per Aldo Fabrizi.

Per cercare di spiegarmi, posso portare come esempio uno dei grandi libri della critica letteraria, *Mimesis* di Erich Auerbach: fu scritto durante la guerra, a Costantinopoli, dove non esistevano biblioteche fornite per studi sui testi europei, e dove non esistevano nemmeno edizioni critiche fidate dei testi. E Auerbach dice: «Del resto, è possibilissimo che il libro debba la sua esistenza proprio alla mancanza d'una grande biblioteca specializzata; se avessi potuto far ricerche, informarmi su tutto quello che è stato scritto intorno a tanti argomenti, forse non mi sarei piú indotto a scriverlo».

Sto cercando di dire che forse è addirittura grazie a quella sua parziale ma sperimentata superficialità che Fellini ha concepito un film cosí ambizioso con il rischio di sbagliarlo.

Per quale motivo sul cammino di Visconti arriva *Il Gattopardo* che pure lui aveva letto, seguito, tramite Suso Cecchi d'Amico, ma poi lo aveva lasciato perdere, considerandolo come un libro lontano dal punto di vista politico; e poi piano piano aveva visto la circumnavigazione del pensiero tornare dalla sua parte e si era forse sentito investito anche della possibilità di chiarire la questione politica. E per quale motivo poi questo film che nasce con una struttura di sceneggiatura solida legata a un romanzo si trasforma in un film personale, soprattutto sul set, perché il regista vede davanti a sé una parte viva di sé stesso che è Burt Lancaster (che lui aveva ritenuto totalmente inadatto a fare il principe di Salina). Per quale motivo Visconti è capace di partire per realizzare un film politico e abbandonare con disinvoltura la disputa politica per impadronirsi del film e approdare a una storia della sua aristocrazia decadente e della nostalgia per quella aristocrazia decadente e della sconfitta e della morte di quel mondo e quindi anche di sé stesso.

Per quale motivo una storia come questa del *Gattopardo* e di *Otto e mezzo* girati contemporaneamente, scoperta per caso fumando insieme alla Cardinale in attesa delle prove di Sanremo, diventa una storia che entra nella testa in maniera ossessiva mentre scrivo i miei libri e cerco poi di pensare a un documentario e poi una serie tv e poi alla fine decido di farne un libro perché leggo un altro libro che non c'entra niente con tutto questo, eppure a me sembra rivelatorio, come *La famiglia Manzoni* di Natalia Ginzburg. E per quale motivo, man mano che ci entro dentro a questa specie di documentario narrativo capisco che mi riguarda con la stessa circumnavigazione con cui Visconti era approdato al suo *Gattopardo*, anche se è *Otto e mezzo* che ha condizionato tutta la mia vita narrativa.

So con certezza che se mi alzo ogni mattina molto presto, e con una specie di spinta, una mano che mi spinge dal letto per dire: vai, e comincio la mia giornata in cui cerco di fare quanto piú possibile del mio lavoro, i compiti che mi sono dato e che mi hanno dato gli altri, è perché al liceo mi è stato messo in mano *Il Gattopardo*; è perché mi sono seduto davanti alla tv, ho visto *Otto e mezzo* e ho continuato a vederlo per mesi perché capivo che lí dentro c'era qualcosa che mi spingeva a pensare: anche io devo esprimermi e fare qualcosa. Se non fossero successe queste due cose, forse non avrei avuto il desiderio, lo slancio e probabilmente nemmeno gli strumenti per immaginare di esprimermi anche io in qualche modo.

Non ho mai saputo che senso abbia, né perché mi ostini cosí tanto da anni a fare una cosa e a pensare anche di non poter vivere senza farla; perché so che è un modo di stare al mondo del tutto arbitrario e discutibile. Se io non mi alzassi la mattina pensando che devo scrivere sento che la mia vita avrebbe un vuoto incolmabile; ma questa convinzione non è una convinzione reale, è il senso che gli ho voluto dare io e dentro questa specie di autointrappolamento mi sembra di avere una necessità e un compito; che però non esistono; me li sono imposti, e sto vivendo dentro la trappola che mi sono creato.

Non c'è una risposta, se non quella che dava Flannery O'Connor a proposito del suo allevamento di pavoni – quando racconta che chi va a trovarla le chiede perché alleva pavoni. Non c'è motivo, risponde lei. Anzi, lo dice in modo piú problematico: questa domanda non ha senso, perché la risposta si dovrebbe sapere, e la risposta che si dovrebbe sapere è quella, cioè che non ha alcun senso allevare pavoni; si fa e basta.

Mentre scrivevo il libro, Alain Delon ha avuto un ictus, per fortuna con poche conseguenze. Il giorno dopo sui giornali c'era la notizia della morte di Piero Tosi, colui che oltre a mille altri film, aveva realizzato gli abiti di Claudia Cardinale e dell'intero *Gattopardo*. Qualche tempo dopo, poi, è morto Peppino Rotunno, grande direttore della fotografia del *Gattopardo* e poi degli ultimi film di Fellini. Mentre scrivevo è morta anche Lina Wertmüller. Avevo provato a incontrarla, ma la figlia non ha potuto aiutarmi, forse anche lei sapeva che non avrebbe ricordato molto di quei giorni di *Otto e mezzo*.

Ma tutte le persone che hanno incrociato Fellini o Visconti in quei tempi sono delle storie che varrebbe la pena raccontare. Per esempio, Francesco Rosi: era stato assistente di Visconti in *La terra trema*, *Senso* e *Bellissima* (lí aveva partecipato alla sceneggiatura); era stato assistente al doppiaggio di Ettore Giannini e aiuto regista di *Carosello napoletano*, e poi se n'era andato qualche settimana prima della fine delle riprese per aver litigato con Giannini; e poi aveva contribuito alla riuscita di *Otto e mezzo* liberando tre settimane prima della fine di *Le mani sulla città* (sí, in quel momento si girava anche questo film!) Gianni Di Venanzo, il direttore della fotografia, che aveva ricevuto la proposta di Fellini, ma aveva detto a Rosi che era giusto rinunciarvi; ma Rosi disse: no, lo devi fare, è una grande occasione.

Ecco come era allora il cinema italiano: pieno di intrecci, un mondo piccolo dove tutti si incrociavano prima o poi.

Fellini e Flaiano staranno in silenzio cinque anni, fino a una lettera che Flaiano decide di scrivere dopo aver visto il *Satyricon*. Gli era piaciuto, dice che se lo sognerà, e dice che quelli che all'uscita del cinema dicono che non gli è piaciuto, sembrano usciti in realtà proprio dal film. E poi conclude raccomandandosi di fare i complimenti anche a Bernardino Zapponi, lo sceneggiatore che ha scritto il film con Fellini. Si congeda con una frase velenosa e allegra: «Mi pare giusto, per la vecchia amicizia che ci disunisce, dirti queste cose e mi auguro che anche tu l'intenda nel modo giusto».

E Fellini rilancia: «Ennio caro dirti che il tuo biglietto mi ha fatto piú piacere che ricevere un Oscar sembrerebbe un po' esagerato; ma è la verità e te lo devo dire proprio in nome di quella vecchia amicizia che ci disunisce (come dici tu) ma che però non è stata mai intimamente rinnegata (aggiungo io). Non credi che dovremmo vederci e stare un po' insieme? Da anni ti penso sempre con un sentimento di stupore e non so darmi risposta al nostro comportamento. Ma perché non ci siamo piú visti? Adesso credo proprio che debbo telefonarti o arrivare all'improvviso là sotto da te.

«A presto caro amico. Ti abbraccio. Tuo, Federico».

Questi biglietti portano a un cauto disgelo, nonostante sembri che non vedano l'ora di riabbracciarsi. In ogni caso, torneranno a incontrarsi, faranno qualche pranzo insieme, ma a lavorare insieme non accenneranno mai piú.

Però c'è una lettera di Flaiano, del 1969, probabilmente quando si parlano ancora a distanza, che mi sembra davvero risolutiva e commovente per il loro rapporto, e che rivela quel sentimento che le persone che lavorano insieme, che concepiscono insieme opere come quelle che hanno concepito Flaiano e Fellini, non sanno discernere nel presente: occorre che passi tempo per recuperare quella complicità, divenuta scevra da beghe quotidiane, stanchezze e recriminazioni.

Flaiano va a vedere una sera *La dolce vita*. In realtà, come scrive, è indeciso, ma poi si lascia trascinare. E quando torna a casa, la notte, prende carta e penna e scrive a Fellini.

«Caro Federico, ieri sera ho rivisto *La dolce vita*. Ti confesso che c'ero andato col lugubre presentimento di trovare tutto abbastanza offeso dal tempo, e che all'ultimo momento stavo per filarmela. Era una proiezione privata ed eravamo in sei persone, tutte col mio problema. Dio mio, *La dolce vita*, dieci anni dopo, proprio al limite del passato! Del passato-che-torna, come per le prostitute che hanno sposato l'ingegnere e il pappone viene a ricattarle, spingendole al suicidio.

«Invece sono caduto nel film come se non l'avessi mai visto prima. Affascinante, pieno di una realtà che ancora adesso si sta decifrando, un film poi che lascia storditi per l'abbondanza e la precisione dei motivi, dei personaggi e delle storie che si intrecciano come in un grande telaio, e ognuna completa l'altra. Insomma un romanzo, non un racconto. Ma queste cose le sai già.

«Credo che resti la tua opera piú viva in questo senso, proprio per la carica di pietà e di ansia per un mondo che sta uscendo dai binari e affretta il momento della disperazione. Ma anche per la grande libertà narrativa e per la forza, l'ironia del distacco che ti hanno evitato compiacimenti. Tu stavi scoprendo in quel momento una realtà che gli altri non vedevano, e la raccontavi tutta, coi suoi possibili futuri sviluppi. Io penso che per festeggiare i dieci anni della *Dolce vita* dovresti interessarti di farne fare una nuova edizione e presentarla. Sarebbe molto utile ai nuovi registi che non ti conoscono, perché allora avevano dieci anni loro. E sarebbe una lezione».

Insomma, cominciano di nuovo a incontrarsi, raramente. Subito Fellini gli propone goffamente di mettere insieme un libro, dice: appena riappacificati, già dobbiamo parlare di affari. Poi gli deve scrivere di nuovo per aver detto delle frasi incaute in un'intervista al Messaggero, dove è scritto: «ammiro Flaiano; peccato però che non sia completamente identificato con la propria vocazione» – che è esattamente ciò che pensa Fellini di lui, e lo dirà con chiarezza quando sarà libero di dirlo; ora invece dice che il giornalista ha travisato e capito male. Però, nonostante gli inciampi tracotanti e goffi di Federico, i due si riavvicinano. E quando Flaiano si ammala, e va a vivere in un residence di via Po, vicino all'ufficio di Fellini, è il periodo in cui si vedono piú spesso – senza mai piú accennare ai film che Federico sta concependo. E poi però Flaiano, nel 1972, muore.

E Fellini nel documentario su di lui gli rimprovererà l'incapacità di accettare la cialtroneria del cinema, la volontà di tenersi in disparte. Ma poi, nello stesso documentario, dirà commosso: «Di tutti gli amici scomparsi è quello che è meno scomparso di tutti se ci rifletti, perché continuamente c'è il desiderio di commentare con lui qualche cosa. Come si sarebbe riso su una certa cosa e come ci si sarebbe esageratamente spaventati su un'altra, era un miscuglio di complicità, permalosità, solidarietà. Anche l'amicizia intesa come rapporto d'amanti. Tra noi ci sono state interruzioni nel nostro rapporto di amicizia durate anni per un equivoco ridicolo».

Alla fine, insomma, avevano accettato di essere distanti, di essere stati vicinissimi, di aver fatto insieme cose grandi, e di essere stati irripetibili. Per questo continuarono a volersi bene, nonostante tutto.

Una volta, all'Opera di Roma, l'addetto all'ingresso degli artisti non riconobbe Visconti e gli disse che non poteva entrare. Visconti si arrabbiò molto e lo trattò in modo feroce, ma l'altro non demordeva. Quando, attirato dalle urla, sopraggiunse qualcuno del teatro, si scusò molto con Visconti e chiarí l'equivoco all'addetto. Che però, poiché Luchino continuava a insultarlo, disse al regista che non aveva riconosciuto: si calmi, e si ricordi che tutti dobbiamo morire.

E Luchino rispose: lei, forse. Io no.

Ma poi in un giorno di fine luglio del 1972, Suso va a prendere Luchino: devono incontrare due produttori per discutere di un film. Arrivano all'hotel Eden, i due produttori propongono di andare al ristorante, ma Luchino è di malumore, dice no a tutte le proposte, poi decidono di andare sulla terrazza dell'albergo a bere qualcosa. Suso ordina champagne in un bicchiere ghiacciato, e tutti si accodano. Quando arriva lo champagne, Suso fa notare che il bicchiere è freddo, ma lo champagne è caldo. Nota che Luchino ne beve solo un sorso e lascia il bicchiere sul tavolo. Janni, uno dei produttori, come al solito, dice Suso, divaga, racconta aneddoti, e lei è sempre quella che, poiché Luchino si annoia e si distrae, deve mostrarsi ascoltatrice attenta. E infatti Luchino sembra lontano, assente. Ma Janni, mentre racconta, e quindi guarda un po' Suso e un po' Luchino, fa uno sguardo allarmato. Suso si volta a guardare Luchino – e scriverà poi nel suo diario: «Era pallido, lo sguardo in alto, ma con l'occhio destro stranamente vago. La mano destra ondeggiava in un movimento autonomo».

Suso, Janni e l'altra persona seduta al tavolo si alzano subito, e Suso chiede di chiamare un medico. Si rendono conto immediatamente che la cosa è seria, anche se poi sarà molto piú seria di quanto immaginino adesso. È un ictus, che renderà Luchino invalido per il resto della sua vita. Suso corre al telefono a chiamare il medico di Visconti, un paio di amici. Quando torna verso la terrazza, un vescovo (e sembra di essere precipitati in *Otto e mezzo*) le dice che suo marito è stato portato in una camera dell'albergo, e Suso risponde «non è mio marito, è Luchino Visconti».

I medici dell'albergo, e poi il medico di Visconti, sono stati subito allarmanti. Intanto Visconti ha cominciato a muovere la gamba destra in modo incontrollato, e non smetteva piú. Per pudore, Suso è uscita. Hanno deciso di trasferirlo in una clinica, ma c'era lo sciopero delle ambulanze quel giorno, e alla fine è arrivata un'ambulanza dei carabinieri. Giú, fuori dall'albergo, c'era già un fotografo pronto allo scatto, ma qualcuno ha messo prontamente la coperta sul viso di Visconti, mentre un altro ha aggredito il fotografo per farlo desistere. La voce si diffonde subito in via Veneto, e sotto Villa Carla giornalisti e amici si affollano preoccupati. Notarianni è dietro il vetro, silenzioso e inconsolabile.

Visconti resterà in clinica parecchi mesi. Ne uscirà semiparalizzato e in sedia a rotelle. Decide di non voler tornare piú nella casa di via Salaria, e intanto se ne va a Cernobbio. Suso viene incaricata di parlargli, di impedire a Visconti di vendere la casa dove erano stati tutti, dove avevano scritto i film, dove avevano fatto le feste e dove era andata anche Giulietta, dove avevano vissuto anche uomini amanti e amici, dove la Cardinale andava a vedere Sanremo in tv.

Suso prende un treno e va a Cernobbio. «Luchino, le devo dire una cosa». Si sono dati del lei per tutta la vita. «S'era sempre detto che questa era la casa di tutti, ci abbiamo sempre lavorato, l'amiamo tanto. Non la dia via: la si può adattare, magari mettendoci un ascensore». Visconti rispose che quella casa era il simbolo della vita che aveva fatto e che non avrebbe potuto piú fare, e che aveva bisogno di dimostrare a sé stesso di essere capace di cominciarne un'altra.

Andò a vivere al quartiere Fleming, fece delle regie teatrali stupefacenti, e riuscí a girare altri film.

Quando era in clinica, Fellini andò a trovarlo piú volte, e Visconti ne rimase molto impressionato.

Luchino Visconti e Federico Fellini sono morti a molti anni di distanza l'uno dall'altro. Visconti nel 1976, Fellini nel 1993. Ai loro funerali, se li si mette a confronto, è successa una cosa piuttosto sorprendente, rispetto a tutto ciò che ho raccontato: è stata ribaltata la differenza che era stata cosí determinante nel 1954. Antonello Trombadori, amico e compagno del partito, ha celebrato Visconti dicendo che se n'era andato il principe di Salina – quindi sottolineando il carattere personale e la storia nobile di Luchino. E invece, al funerale di Fellini, Ettore Scola ha voluto dire, con chiarezza, che Fellini era stato il piú politico dei registi italiani. Un saluto invertito, ma che forse ha fatto giustizia di entrambi, e li ha accomunati in un destino piú complesso di quello in cui si era stati tentati di immobilizzarli.

Perché la divisione tra viscontiani e felliniani nasce quasi esclusivamente da una divisione della critica. Come se si fossero formati due partiti, uno solo dei quali si decise fosse piú vicino agli ideali dell'epoca. In questo si fece torto a Fellini e alla grandezza della sua immaginazione e della sua capacità di raccontare il proprio tempo; ma si fece torto anche a Visconti, perché si volle incastrarlo in una funzione politica. Fu proprio questo il motivo per cui decise di fare *Il Gattopardo*; e invece fu proprio *Il Gattopardo* che lo liberò da queste catene, ma senza mai renderlo esplicito.

Il cinema ebbe bisogno sia di Visconti sia di Fellini. E Tullio Kezich, un grande critico di quel tempo, disse che non c'era nessuna ragione per non dirsi fellinoviscontiani.

Ci sono altre coincidenze tra Fellini e Visconti.

Raccontano tutti e due che quando avevano contrasti in famiglia andavano a rifugiarsi in soffitta, o da qualche parte da soli. E tutti e due ipotizzano in quella solitudine ostinata l'inizio della volontà di espressione.

C'è poi una descrizione di Piero Tosi del lavoro con Visconti: lui portava a casa o nell'albergo di Luchino foto e documentazione del lavoro che voleva fare, spargeva tutto sul pavimento; e quando Visconti usciva dal bagno, la mattina, osservava, sceglieva e discuteva.

Bene, questa è una scena di *Otto e mezzo*.

E poi c'è un'altra cosa ancora che si vede nel *Gattopardo* e lo lega a *Otto e mezzo*: il rapporto certo non cerebrale come quello di Guido e Luisa, ma fraterno, di don Fabrizio con la moglie, libera il desiderio per la prostituta Mariannina, e soprattutto il desiderio – che però sarà tenuto a bada e nascosto a sé stesso – per Angelica. E anche Tancredi con Concetta e Angelica propone lo stesso schema: Concetta gli sarebbe destinata in moglie, ma l'arrivo di Angelica sconvolge tutto. Tutto questo è espresso in maniera chiara in *Otto e mezzo* sia con Sandra Milo che è l'amante e quindi è l'appuntamento fisso di Guido, sia anche – e questo è il gioco che finisce per essere impressionante per questo libro – dall'arrivo di Claudia Cardinale come ragazza delle terme ma soprattutto come Claudia Cardinale nella parte di sé stessa. Claudia potrebbe scacciare via sia Luisa sia Carla.

Tutti e due i film quindi ruotano intorno al desiderio per chi interpreta Angelica e Claudia.

Ecco infine cosa chiede Guido a Claudia nella macchina a Filacciano: saresti capace di scegliere una cosa, una cosa sola, e di essere fedele a quella?

È ciò che per lui è impossibile fare, e il film racconta questa impossibilità.

Vivere la vita come un blocco unico e coerente, vivere la vita come esplosa in tanti frammenti. È la storia della volpe e del riccio di un frammento di Archiloco, e su cui Isaiah Berlin ha costruito un saggio.

«La volpe sa molte cose, ma il riccio ne sa una grande».

Berlin ne fa uno spartiacque degli scrittori, dei pensatori, e dell'umanità in generale. Gli esseri umani si dividono in volpi e ricci.

Ricci sono quelli che si rifanno a un unico principio ispiratore, sulla base di una visione morale del mondo. Volpi sono quelli che si appassionano a modelli diversi e contraddittori, senza un faro etico. Per esempio, ricci secondo Berlin sono Platone, Lucrezio, Pascal, Hegel, Dostoevskij e Proust. E volpi: Erodoto, Aristotele, Montaigne, Erasmo, Molière, Goethe, Puškin, Balzac e Joyce.

Otto e mezzo racconta che Guido è volpe. *Il Gattopardo* racconta che don Fabrizio è riccio. Tutti e due concludono il film accettando la propria essenza. E forse, Fellini, Mastroianni sono volpi; Visconti, Lancaster sono ricci. Non so, potrebbe essere cosí. Ma di sicuro, questi due film contemporanei rappresentano i due aspetti dell'umanità, secondo questo principio. Insieme, riempiono tutti i tasselli possibili.

Guido chiede a Claudia se potrebbe essere fedele a una sola cosa. Proprio alla Cardinale, che ha già tradito questa fedeltà andando da un set all'altro, facendo avanti e indietro dalla volpe al riccio.

Mettendo insieme i due film, confrontandoli, marcando le tante differenze e qualche somiglianza, si ha il bianco e nero e il colore, la sceneggiatura originale e non originale, il finto e il vero, il chiasso e il silenzio, l'improvvisazione e la precisione; si tengono insieme il riccio e la volpe, e quindi si copre l'intero scibile creativo e intellettuale. E si mettono insieme l'accettazione della vita e l'accettazione della morte.

Cosí *Otto e mezzo* e *Il Gattopardo*, insieme, restituiscono la completezza del mondo.

Maurizio Porro racconta che una sera, quando ormai Fellini e Mastroianni erano un po' vecchi e malati, li portò a vedere una collezione di programmi di sala del teatro, dove c'erano alcune opere di Visconti con Mastroianni, come *Zio Vanja* e *Morte di un commesso viaggiatore*. Erano entusiasti, se li passavano e ridevano come bambini.

E da questo racconto sembra proprio che quel senso contemporaneo della loro vita, tutti quei combattimenti, risentimenti, sfide e inimicizie, paiano spariti. Il tempo non solo fa dimenticare che *Il Gattopardo* e *Otto e mezzo* sono stati due film concepiti e realizzati all'unisono, ma anche tutto quello che si sono trascinati per anni i due registi. Ridevano, Mastroianni e Fellini, forse felici e appagati da ciò che avevano attraversato. Che c'era stato il Mastroianni di Visconti e poi quello di Fellini.

Ecco, sembrava che anche loro avessero accettato tutto della vita, perfino la propria leggenda.

Avevano fatto il cinema, e sarebbero rimasti lí per sempre; ma nessuno aveva potuto fare cinema con una simile ambizione. Il cinema è pratico, creare opere grandi e immortali utilizzando il cinema, che Fellini descrive come un luogo dove bisogna sopportare le cialtronerie per amarlo – lo si può fare solo inconsapevolmente; non si può pensare di realizzare capolavori come *Il Gattopardo* e *Otto e mezzo* intanto che un'attrice non c'è perché è su un altro set, un attore ha male al ginocchio, il trucco si scioglie per il sudore, viene preso un ghepardo per fare pubblicità al film, la luce va via, un cane non si toglie dall'inquadratura, un attore finge di avere la testa fasciata, un produttore finge di aver ricevuto minacce dalla mafia, gli stampatori sono in sciopero, bisogna finire perché domani qui non possiamo tornare...

Dove, insomma, l'idea scritta e la pratica di realizzarla si devono incontrare in qualche modo che nessuno sa mai quale sia.

Per farlo, per fare cinema, non solo bisogna aver fiducia in questo incontro, ma bisogna trovare la grandezza nella praticità con cui l'idea viene trattata. Perché l'idea si fa sostanza in mezzo a una troupe di decine e decine di persone, consapevoli o no di quello che sta succedendo.

Una volta, sul set di Lattuada e Fellini, *Luci del varietà*, tutti quelli che avevano in mano la sceneggiatura avevano letto che c'era scritto: alba livida.

E quindi bisognava *fare* l'alba livida.

Da immagine letteraria, l'alba livida pian piano aveva cominciato a trasformarsi in una cosa da fare, una cosa concreta. L'ostinazione con cui una troupe cerca di realizzare quello che è scritto in una sceneggiatura, rende le parole della sceneggiatura un oggetto concreto nella vita di un set.

E cosí, ogni tanto, mentre si girava, qualcuno irrompeva negli studi e urlava: «L'alba livida! Ce sèmo! Fóri tutti! C'è l'alba livida!»

E per giorni, con preoccupazione, ognuno dei macchinisti della troupe diceva a Lattuada o a Fellini: «Voi vede' che manco stamattina potemo fa' 'st'alba livida? Er mese scorso semo stati pieni d'albe livide!»

Fare l'alba livida. Ecco cosa è il cinema.

Ringraziamenti.

Devo ringraziare Claudia Cardinale, per averci accolto nella sua casa a Parigi, ma soprattutto per quella sigaretta fumata insieme, quando è cominciato tutto.

Caterina d'Amico, per essermi stata vicino, avermi consigliato e puntualizzato. In piú, quando ha letto il libro mi ha fatto qualche nota, e l'ultima era: anche io c'ero quella sera a vedere la partita di Pelé.

Enrico Lucherini, con cui ho passato tre ore molto divertenti, oltre che utili.

Sandra Milo, per essere stata cosí sincera e disponibile, e affettuosa.

Gioacchino Lanza Tomasi, con cui ho parlato via Zoom ed è stato molto paziente.

Mario Capello, che ha tradotto il libro della Boyer, facilitandomi lettura e citazioni.

Poi, Giusi Migliaccio che ha lavorato ogni giorno insieme a me alle mille ricerche per questo libro. E Stella D'Argenzio, che ci ha dato una mano quando la mole di lavoro era troppa.

Devo ringraziare inoltre tutti quelli della casa editrice Einaudi che hanno partecipato alla lavorazione di questo libro, in particolar modo Paola Gallo e Marco Peano.

E Rosaria Carpinelli.

Però devo ringraziare anche alcuni libri, che sono stati importanti quanto le persone.

Il film «Il Gattopardo» e la regia di Luchino Visconti, a cura di Suso Cecchi d'Amico; e *«8 1/2» di Federico Fellini*, a cura di Camilla Cederna, che uscirono insieme ai film. Poi *Operazione Gattopardo* di Alberto Anile e Maria Gabriella Giannice, e *The two hundred days of «8 1/2»* di Deena Boyer. Sono stati la porta d'ingresso per questa storia e per la sterminata bibliografia di cui ho avuto bisogno, e che nelle *Fonti* è solo quella a cui ho fatto riferimento diretto.

Fonti.

Mario Alicata, *Il principe di Lampedusa e il Risorgimento siciliano*, in «Il Contemporaneo», aprile 1959.

Mario Alicata, *Lettere e taccuini di Regina Coeli*, Einaudi 1977.

Mario Alicata, *Urss, quell'invito di Alicata «Leggete Il Gattopardo»*, in «l'Unità», 3 marzo 2008.

Alberto Anile, *Delon l'infedele in fuga sui balconi sul set del «Gattopardo»*, in «la Repubblica», 15 agosto 2020.

Alberto Anile e Maria Gabriella Giannice, *Operazione Gattopardo*, Le Mani 2013.

Louis Aragon, *Un grand fauve se lève sur la littérature: «Le Guépard»*, in «Les Lettres françaises», n. 803, dicembre 1959.

Louis Aragon, *Il Gattopardo e la Certosa*, in «Rinascita», 30 marzo 1960.

Mino Argentieri, *«Il Gattopardo», Visconti e la rivoluzione tradita*, in «Rinascita», 12 maggio 1962.

Guido Aristarco, *La strada*, in «Cinema Nuovo», n. 46, 10 novembre 1954.

Guido Aristarco (a cura di), *Antologia di «Cinema Nuovo»*, Guaraldi 1975.

Guido Aristarco, *Su Visconti*, La Zattera di Babele 1986.

Erich Auerbach, *Mimesis. Il realismo nella letteratura occidentale*, trad. di Alberto Romagnoli e Hans Hinterhauser, Einaudi 1956.

Giorgio Bassani, prefazione alla prima edizione, in *Il Gattopardo*, Feltrinelli 1958.

Mario Baudino, *Il grande rifiuto*, Passigli 2009.

Maria Bellonci, *Il Premio Strega*, Mondadori 2003.

Paolo Beltramin, *Tullio Kezich: quando Fellini era il peggior regista al mondo*, in «Corriere della Sera», 19 gennaio 2020.

Isaiah Berlin, *Il riccio e la volpe*, trad. di Gilberto Forti, Adelphi 1986.

Bernardo Bertolucci, *Il mestiere del cinema*, La nave di Teseo 2021.

Enzo Biagi, *La bella vita. Marcello Mastroianni racconta*, Bur 2014.

Deena Boyer, *The two hundred days of «8 1/2»*, Garland 1978 [trad. inedita di Mario Capello].

Otto minuti sul set di «8 1/2» di Federico Fellini, servizio tv di Antonello Branca (Italia, 1963).

Gian Piero Brunetta, *Storia del cinema italiano*, vol. 3. *Dal neorealismo al miracolo economico: 1945-1959*, Editori Riuniti 1993.

Gian Piero Brunetta, *Guida alla storia del cinema italiano. 1905-2003*, Einaudi 2003.

Claudia Cardinale con Anna Maria Mori, *Io Claudia, tu Claudia*, Frassinelli 1995.

Claudia Cardinale, *Le stelle della mia vita*, Piemme 2006.

Emmanuel Carrère, *Yoga*, trad. di Lorenza Di Lella e Francesca Scala, Adelphi 2021.

Ugo Casiraghi, *A «Giulietta e Romeo» il Leone di San Marco*, in «l'Unità», 8 settembre 1954.

Suso Cecchi d'Amico (a cura di), *Il film «Il Gattopardo» e la regia di Luchino Visconti. Dal soggetto al film*, Cappelli 1963.

Suso Cecchi d'Amico, *Storie di cinema (e d'altro)*, Garzanti 1996.

Camilla Cederna (a cura di), *«8 1/2» di Federico Fellini*, Cappelli 1963.

Camilla Cederna, *Signore e Signori*, Longanesi 1969.

Camilla Cederna, «Fellini», in *Il mio 900*, Rizzoli 2011.

Marina Ceratto Boratto, *La cartomante di Fellini*, Baldini+Castoldi 2020.

Carlo Chianura, *Io, Flaiano, Fellini e mia figlia*, in «la Repubblica», 24 novembre 1994.

Emilia Costantini, *Claudia Cardinale e l'orrore dello stupro: «Ma nacque il mio Patrick»*, in «Corriere della Sera», 14 ottobre 2017.

Masolino d'Amico, *Persone speciali*, Sellerio 2012.

Caterina d'Amico de Carvalho (a cura di), *Album Visconti*, Sonzogno 1978.

Silvio Danese, *Anni fuggenti*, Bompiani 2003.

Roberto De Monticelli, *Vittorini confessa: «Scrivo libri ma penso ad altro»*, in «Il Giorno», 24 febbraio 1959.

Franca Faldini e Goffredo Fofi, *L'avventurosa storia del cinema italiano 1935-1959*, Feltrinelli 1979.

Franca Faldini e Goffredo Fofi, *L'avventurosa storia del cinema italiano. Da «La dolce vita» a «C'era una volta il west»*, Cineteca di Bologna 2021.

Oriana Fallaci, *Gli antipatici*, Rizzoli 1963.

Federico Fellini, *Fare un film*, Einaudi 1980.

Federico Fellini e Georges Simenon, *Carissimo Simenon. Mon chèr Fellini. Carteggio di Federico Fellini e Georges Simenon*, Adelphi 1998.

Felliniana, tributo a Federico Fellini, a cura di Enzo Sallustro. Di Leopoldo Santovincenzo ed Enrico Salvatori (9 puntate di Raisat Cinema; Italia, 2003).

Gian Carlo Ferretti, *La lunga corsa del «Gattopardo»*, Aragno 2008.

Ennio Flaiano, *Soltanto le parole. Lettere di e a Ennio Flaiano*, Bompiani 1995.

Ennio Flaiano, «La conversazione continuamente interrotta», in *Un marziano a Roma e altre storie*, Bompiani 1998.

Sebastiano Gesú, *«Il Gattopardo» di Luchino Visconti. Cinquant'anni di Grandeur*, 40due edizioni 2013.

Enrico Giacovelli (a cura di), *Tutto Fellini*, Gremese 2019.

Ettore Giannini, *«Il Gattopardo». Libero adattamento* [inedito].

Natalia Ginzburg, *La famiglia Manzoni*, Einaudi 1983.

Natalia Ginzburg, «La mia psicanalisi», in *Mai devi domandarmi*, Einaudi 2014.

Paolo Grassini, *Fellini 8 1/2. La genesi del film*, Edizioni ETS 2015.

Giovanni Grazzini (a cura di), *Fellini. Intervista sul cinema*, Laterza 1983.

La Sicilia del Gattopardo, regia di Ugo Gregoretti (Italia, 1960).

L'autore e il critico con Federico Fellini e Cesare Castello, a cura di Mario Guidotti, programma Radio Rai (Italia, 1963).

Tullio Kezich, *Fellini*, Rizzoli 1988.

Andreas Kluth, *For Introverts, Quarantine can be a Liberation*, in «Bloomberg», 28 marzo 2020.

Giovanni Macchia, *Elena l'impegnata di casa Croce*, in «Corriere della Sera», 21 marzo 1996.

Intervista a Federico Fellini su *La dolce vita*, di Carlo Mazzarella, servizio tv, Festival di Cannes 1960.

Christian Metz, «La costruzione in abisso», in *Semiologia del cinema*, Garzanti 1972.

Sandra Milo, *Caro Federico*, Rizzoli 1982.

Domenico Monetti e Giuseppe Ricci (a cura di), *«8 1/2» raccontato dagli archivi Rizzoli*, prefazione di Gian Luigi Rondi. Fondazione Federico Fellini - Centro Sperimentale di Cinematografia 2008.

Fellini vs Visconti, regia di Marie-Dominique Montel e Christopher Jones (Francia, 2014).

Alberto Moravia, *Claudia Cardinale vista da Moravia*, in «L'illustrazione italiana», giugno 1961 (intervista pubblicata originariamente in inglese su «Esquire», maggio 1961).

Fabrizio Natalini, *Ennio Flaiano. Una vita nel cinema*, Artemide 2005.

Salvatore Silvano Nigro, *Il principe fulvo*, Sellerio 2012.

Marco Nozza, *Quattro corrispondenze da San Pellegrino Terme*, in «L'Eco di Bergamo», 17-20 luglio 1954.

Francesco Orlando, *L'intimità e la storia*, Einaudi 1998.

Pier Paolo Pasolini, *Il 4 ottobre*, in «Il Giorno», 16 ottobre 1960.

Pier Paolo Pasolini, *Lettera aperta a Luchino Visconti*, in «Il Tempo», 22 novembre 1969.

Francesco Piccolo, *Un falso carosello sulla Napoli che non c'è*, in «Corriere del Mezzogiorno», 21 giugno 1998.

Lucio Piccolo, *Canti barocchi e altre liriche*, prefazione di Eugenio Montale, Mondadori 1956.

Maurizio Porro, *Fellini la vita è sogno*, in «Corriere della Sera», 13 dicembre 2019.

Il segno di Flaiano, programma tv di Alessandra Raspa (Italia, 2003).

Redazionale, *Confessione in pubblico. Colloquio con Federico Fellini*, in «Bianco e nero», n. 4, 1963.

Redazionale, *Questo sarà l'anno di Claudia*, in «Epoca», 17 febbraio 1963.

Redazionale, *L'amore segreto di Fellini: «Lo salvai dalla depressione»*, in «Corriere della Sera», 19 giugno 1995.

Renzo Renzi, *Visconti segreto*, Laterza 1994.

Gianni Rondolino, *Luchino Visconti*, Utet 2006.

Francesco Rosi, *Io lo chiamo cinematografo, conversazione con Giuseppe Tornatore*, Mondadori 2012.

Conversazione su Luchino Visconti, con Francesco Rosi (Italia, 2015).

Giovanni Russo, *Oh, Flaiano!*, Avagliano 2001.

Tatti Sanguineti (a cura di), *Voci del varietà. Federico delle voci*, Fondazione Federico Fellini 2005.

Sergio Saviane, *Strappano i denti a Fellini*, in «L'Espresso», 24 maggio 1964.

Leonardo Sciascia, *La Sicilia del Gattopardo*, in «L'Ora», Palermo, 28-29 gennaio 1959.

Leonardo Sciascia, *Da uomo classico a uomo decadente*, in «Cinema Nuovo», n. 166, maggio-giugno 1963.

Leonardo Sciascia, *Scopriamo il mondo di Tomasi di Lampedusa*, in «Epoca», 20 gennaio 1979.

Leonardo Sciascia, «Il Quarantotto», in *Gli zii di Sicilia*, Adelphi 2013.

Maria Livia Serini, *L'idolo di marmo*, intervista ad Alain Delon, in «L'Espresso», 6 novembre 1960.

L'ultima sequenza, regia di Mario Sesti (Italia, 2003).

Vittorio Spinazzola (a cura di), *Film 1964*, Feltrinelli 1964.

Giuseppe Stratian, *Guerra ai ferri corti tra Fellini e Visconti*, in «Teletutto», 28 aprile 1962.

Italo Svevo, *La coscienza di Zeno*, Cappelli 1923.

Aldo Tassone, *Fellini 23 1/2*, Cineteca di Bologna 2020.

Mi ricordo, sí, io mi ricordo, regia di Anna Maria Tatò (Italia, 1997).

Giuseppe Tomasi di Lampedusa, *Il Gattopardo*, Feltrinelli 1958 (nuova edizione riveduta 2002).

Intervista non firmata a Luchino Visconti, in «L'illustrazione italiana», dicembre 1960.

Lina Wertmüller presenta «8 1/2» di Federico Fellini (Italia, 2012).

Lina Wertmüller, *Tutto a posto e niente in ordine*, Mondadori 2019.

Salvatrice. Sandra Milo si racconta, regia di Giorgia Würth (Italia, 2017).

Un'ora (e 1/2) con il regista di «8 1/2», regia di Sergio Zavoli (Italia, 1964).

Indice

Stampato per conto della Casa editrice Einaudi
presso ELCOGRAF S.p.A. - Stabilimento di Cles (Tn)

C.L. 23153

Ristampa	Anno
3 4 5	2023 2024 2025 2026